Rache
znaczy
zemsta

Piotr Bojarski

Rache
znaczy
zemsta

MEDIA RODZINA

PROJEKT OKŁADKI I STRON TYTUŁOWYCH

Agata Wodzińska-Zając

Fotografia na okładce pochodzi z zasobów Narodowego Archiwum Cyfrowego.

Słowa i zwroty z gwary poznańskiej opracowano na podstawie *Słownika gwary miejskiej Poznania* pod red. M. Gruchmanowej i B. Walczaka, Wydawnictwo Naukowe PWN, Warszawa – Poznań 1997.

ISBN 978-83-7278-848-1

Media Rodzina Sp. z o.o.

ul. Pasieka 24, 61-657 Poznań

tel. 61 827 08 60, faks 61 827 08 66

www.mediarodzina.pl

mediarodzina@mediarodzina.pl

ŁAMANIE

 Cromalin

DRUK I OPRAWA

Abedik

Kasi — za wiarę we mnie
Pawłowi — za wskazówki militarne
Michałowi — za sympatię do komisarza Kaczmarka

I

WSYPA

Pociąg ruszył z cichym łoskotem z górskiej stacji. Wagony przesunęły się przed oczami zawiadowcy, wzbudzając w nim dumę. Lufy działek przeciwlotniczych prezentowały się świetnie. Skład wyglądał jak gigantyczny metalowy jeż. Kolejarz stał przy torach jeszcze długo potem, jak przetoczył się z hukiem za zbocze góry. Wiedział, kto nim podróżuje. Nie wiedział jednak dokąd.

Nie powinno mnie to interesować — stwierdził trzeźwo, wyrywając się z zadumy.

— Każdy ma swoje obowiązki — mruknął i wrócił niechętnie do budynku dworca.

Kilkadziesiąt innych osób także szybko opuściło peron.

Jeden z mężczyzn, noszący oficerski mundur Abwehry, nie udał się jednak w ślad za innymi do pobliskiej kantyny. Wybiegł przed stację i wskoczył do opla zaparkowanego przed wejściem.

— *Nach München! Aber schnell!*[3] — rzucił do kierowcy.

Chwilę później po samochodzie pozostała jedynie chmura spalin.

Obersturmbannführer Hartmuth Hinker stał przy oknie przedwojennego Domu Żołnierza, przyglądając się przechodniom na Ritterstrasse. Maj zaczął się chłodnie i kapryśnie — mieszkańcy Posen byli ubrani, jakby dopiero co odeszła zima. Mijali obojętnie budynek NSDAP przyozdobiony szyldem z napisem: „*Wir danken unserem Führer*"[4]. Żaden z nich nie zadarł głowy, by go przeczytać.

Gdzieś z parteru dobiegał Hinkera krzyk torturowanego człowieka. Dziwnie kontrastował ze spokojnym, miejskim życiem widocznym przez okno na ruchliwej ulicy.

Obersturmbannführer westchnął głośno. Choć od lat był przyzwyczajony do takich dźwięków, za każdym razem wywoływały w nim tę samą irytację.

Coraz trudniej się wykazać — zauważył z żalem. Coraz trudniej zadowolić kierownictwo.

Doskonale pamiętał czasy, w których wygniatał wrogów narodowosocjalistycznej rewolucji jak pluskwy. W swoim ukochanym Bambergu zrobił to raz, a dobrze. Szybko uporał się też z opozycją w Bawarii, kiedy w połowie lat trzydziestych sam Reichsführer Heinrich Himmler posta-

---

3 Do Monachium! Szybko!
4 Dziękujemy naszemu Wodzowi.

wił go na czele tamtejszego Gestapo. Tak, dziesięć lat temu walka o przyszłość III Rzeszy wyglądała inaczej. Dzisiaj musiał ścigać niedobitki polskiej armii i policji, które latem ubiegłego roku odważyły się stawić opór Wehrmachtowi

Zawsze uważał Polaków za niższą rasę. Zawsze czuł, że w gruncie rzeczy to ta sama kategoria podludzi co Żydzi, Cyganie albo Rosjanie. Niepotrzebnie zabierają miejsce wielkim Niemcom, które potrzebują przestrzeni życiowej jak nigdy wcześniej w swojej historii!

To prawda, podczas niedawnej wojny z Sowietami Polacy byli naszymi sojusznikami — pomyślał Hinker, odchodząc od okna. Ale taki był wymóg chwili. Podludzie byli potrzebni, by pokonać *Untermenschen*[5] spod znaku czerwonej gwiazdy. Teraz, gdy potężne państwo Stalina okazało się kolosem na glinianych nogach, Polacy nie są nam już do niczego potrzebni. No, może poza kopalniami na Uralu. Tam jest najlepsze miejsce dla tego prymitywnego narodu…

Wizja zesłania tysięcy, ba!, milionów Polaków do szybów, w których dopełnią nędznego żywota ku chwale Tysiącletniej Rzeszy, zdecydowanie poprawiła mu humor.

Podszedł do biurka i spojrzał na zdjęcie leżące w otwartej szufladzie. Zobaczył na nim twarz mężczyzny w średnim wieku, którego baki były rozwichrzone na wszystkie strony.

Zupełnie jak małpa — ocenił Hinker. Jeśli jest tak mało inteligentny, na jakiego wygląda, prędzej czy później wpadnie w nasze ręce. A wtedy odpowie za śmierć Hansa. Nasz najlepszy agent, który zginął przez tego Polaka, musi zostać pomszczony.

---

5 Podludzi.

Zanim zamknął szufladę, zerknął raz jeszcze na podpis pod zdjęciem. To nazwisko ciągle sprawiało mu trudność.

— Kommissar Kasz... Kaszmarek — mruknął z niechęcią.

Okrzyk, który doleciał z dołu, szybko przywrócił uśmiech na jego ponure oblicze.

Uparty ten Polaczek. Pewnie Willi zabrał się do jego paznokci.

Poznań, Dworzec Główny, 8 maja w samo południe

„Ostdeutscher Beobachter" z doniesieniami o kolejnych sukcesach przemysłu zbrojeniowego III Rzeszy zaszeleścił w rękach brodatego mężczyzny siedzącego w rogu przedziału. Kiedy peron za oknem przestał się wreszcie przesuwać, mężczyzna złożył gazetę, wstał z kanapy, chwycił za stojącą w korytarzu walizkę i ruszył ku wyjściu.

A więc znowu tu jestem — pomyślał. Muszę być ostrożny.

Nim doczłapał do drzwi wagonu, kilkakrotnie, niby od niechcenia, zerknął na zewnątrz.

Dwóch żandarmów kontrolujących dokumenty przy podziemnym przejściu — szybko ocenił sytuację.

O swoje papiery był spokojny. Bez ociągania się wyskoczył na betonowe płyty peronu.

Jego oczom ukazała się wschodnia ściana Dworca Głównego. Zwieszone z okien flagi III Rzeszy skojarzyły mu się z zaciekami krwi.

— *Achtung! Jude!*[6] — usłyszał nagle wołanie za swoimi plecami.

Obejrzał się i zobaczył wycelowany w siebie palec jakiegoś volksdeutscha. Zaraz potem do brodacza dopadli dwaj żandarmi, którzy porzucili swoje miejsce przy schodach. Jeden z nich wycelował w mężczyznę mauzera, drugi zaczął go bezpardonowo targać za brodę.

— *Bist du Jude?* — Jasnowłosy Gefreieter wyglądał na prawdziwie zainteresowanego. — *Papiere! Deine Papiere! Sofort!*[7]

Mężczyzna, przytrzymany boleśnie za brodę, wyszarpnął z wewnętrznej kieszeni swoją kartę pracy.

— *Ich bin Pole* — oświadczył drżącym głosem. — *Ich bin Pole! Ich heisse* Barski, Jan Barski[8].

Młody Gefreiter puścił jego brodę, by lepiej się przyjrzeć dokumentowi.

— *Na ja* — mruknął niezadowolony. — *Wirklich* Jan Barski, *angemeldet in Schroda. Was machst du in Posen*, Barski?[9]

— *Ich besuche meine Familie, Herr* Gefreiter[10] — odpowiedział grzecznie brodacz.

— *Ach so!* — Gefreiter bezczelnie się uśmiechnął. — *Schon letzte mal*, Barski! *Letzte mal! Bald werdet ihr alle in Asien! In Asien, verstehst du?!*[11]

---

6 Uwaga! Żyd!

7 Jesteś Żydem!? Papiery! Twoje papiery! Szybko!

8 Jestem Polakiem. Nazywam się Barski, Jan Barski.

9 No tak. Rzeczywiście, Jan Barski, zameldowany w Środzie. Co robisz w Poznaniu, Barski?

10 Odwiedzam swoją rodzinę.

11 Ach tak! To już ostatni raz, Barski! Ostatni raz! Wkrótce wszyscy będziecie w Azji! W Azji, rozumiesz?!

— *Jawohl, Herr* Gefreiter — przytaknął Barski.

Najchętniej dałby temu szwabskiemu gówniarzowi w pysk. Musiał jednak trzymać nerwy na wodzy. Celowali w niego z karabinów.

— *Na ja! Also herzlich willkommen in Posen, Herr* Barsssski! — Ironiczny ton Niemca miał zapewne zranić godność Polaka. — *Herzlich willkommen! Los, los, du polnische Schweine!*[12]

Przynaglony szturchnięciem, a potem siarczystym kopniakiem, brodacz z walizką zerwał się do biegu w stronę podziemnego przejścia na dworzec.

Nie czuł strachu. Był wściekły. Na pyszałkowatego Niemca, ale przede wszystkim na siebie. Na własną głupotę.

Muszę koniecznie przyciąć tę cholerną brodę — powtarzał.

Poznań, Prezydium Policji, 13.15

Kriminaldirektor Otto Weiss uważnie studiował akta dostarczone mu godzinę wcześniej przez podwładnego.

— Zachowało się trochę dokumentów polskiej policji, *Herr* Kriminaldirektor. Nie wszystkie zdążyli spalić w sierpniu ubiegłego roku, gdy zajmowaliśmy Polskę — zameldował mu Oberassistent Johann Schneider.

To była sporej grubości teczka osobowa. Weiss poprosił o nią już wczoraj — zaraz po przyjeździe do Posen. Odna-

---

12 Zatem serdecznie witamy w Poznaniu, panie Barski. Serdecznie witamy, ty polska świnio.

lazł w niej kilkadziesiąt różnorakich polskich formularzy dotyczących człowieka, którego szukał. A właściwie którego na polecenie Głównego Urzędu Bezpieczeństwa Rzeszy intensywnie poszukiwało całe Sipo, czyli Policja Bezpieczeństwa. Mężczyzna ten był winny śmierci Hansa Jodla, czołowego agenta niemieckiego wywiadu, którego zgładził latem 1944 roku tuż przed inwazją. Zaraz po wkroczeniu Wehrmachtu do Posen wsiąkł jak kamfora. Mimo kilkumiesięcznego śledztwa Gestapo nie udało się wpaść na żaden trop prowadzący do tego groźnego bandyty. Kierownictwo Głównego Urzędu Bezpieczeństwa Rzeszy uznało zatem, że poszukiwania powinny pójść dwutorowo i zainteresowało sprawą również Kriminalpolizei[13] — lekceważoną i spychaną ostatnimi laty na margines przez tajniaków z Gestapo. Otto Weiss, as berlińskiego Kripo, otrzymał służbową delegację do Posen, by popchnąć tutejsze służby do przodu i w końcu odnaleźć Polaka.

W teczce poszukiwanego Weiss znalazł prawie wszystko poza zdjęciem. Przebieg kariery zawodowej Polaka robił wrażenie. Zatrudniony w policji w styczniu 1922 roku, kilkakrotnie awansowany, nagrodzony przez prezydenta Polski w latach trzydziestych za zasługi w zwalczaniu przestępczości w mieście…

Zerknął znad papierów na zegarek. Dokumentów do analizy było zbyt wiele, by porzucić je tak nagle. A czas poganiał.

---

13 Niemiecka Policja Kryminalna. W odróżnieniu od Gestapo (Tajnej Policji Państwowej) zajmowała się głównie przestępstwami kryminalnymi.

— Ko-mmi-ssar Cbi-gniw Kacs-ma-rek — powiedział wolno pod nosem.

Przez chwilę odniósł wrażenie, że skądś zna to nazwisko. Gdzieś już je widział lub słyszał. Tylko gdzie?

Poluzował krawat pod szyją, podniósł się zza biurka i podszedł do okna. W oddali zobaczył tętniący życiem Wilhelmplatz. Był ciekaw, ilu przechodniów mówi po niemiecku. Pewnie jest ich z każdym dniem coraz więcej.

Odwrócił się i spojrzał na ścianę, na której ciągle jeszcze widać było ślad po wielkim obrazie. Schneider wytłumaczył mu wczoraj, że za polskich rządów wisiał tam portret ich prezydenta. Teraz niemal dokładnie w tym samym miejscu ze złoconych ramek spoglądał na Weissa zwycięski wódz III Rzeszy. I tylko ciemniejszy kolor wokół obrazu Adolfa Hitlera wskazywał, że zmiana nastąpiła zaledwie kilka miesięcy temu.

— Schneider! — Weiss zwrócił się do Oberassistenta, który siedział po drugiej stronie biurka. — Zdjęcia tego bandyty nie mamy?

— Niestety, *Herr* Kriminaldirektor.

— *Schade*[14]. Jak znam życie, Gestapo nie podzieli się z nami tą fotografią. O ile ją w ogóle mają... Taaak. I powiadacie, że ten Kaczmarek urzędował właśnie w tym gabinecie?

— *Jawohl, Herr...*

— Przestańcie mnie w kółko tytułować! — zdenerwował się niespodziewanie Weiss. — I nie bądźcie tak sztywni! Jesteśmy policją kryminalną, nie Gestapo!

---

14   Szkoda.

Nie patrząc na zbaraniałego Schneidera, Weiss raz jeszcze podszedł do okna.

Co za ironia losu — pomyślał. Tego jeszcze nie doświadczyłem! Mam znaleźć byłego śledczego polskiej policji, pracując w jego dawnym gabinecie!

Poznań, centrum miasta, o tej samej porze

Nagły huk odwrócił uwagę pasażerów tramwaju od sznura wojskowych ciężarówek na Kaponierze.

Plac przed budynkiem uniwersytetu był otoczony ogrodzeniem z desek. Nie na tyle jednak wysokim, by nie można było zauważyć ruiny ciągle jeszcze wystającej nad przegrodę. Z łacińskiej sentencji zdobiącej niegdyś fronton dało się odczytać już tylko: *...olonia restitu....*

Uwijający się na rusztowaniach niemieccy robotnicy ryli młotami pneumatycznymi w resztkach łuku triumfalnego, pod którym jeszcze jesienią stała figura Jezusa, wotum wdzięczności za polską niepodległość. Przez ogrodzenie trudno było dojrzeć Zbawiciela.

— Już go chyba wywieźli — jęknęła starsza pani przy oknie tramwaju.

Nie było w Poznaniu bardziej dobitnego znaku, że sielskie przedwojenne czasy minęły bezpowrotnie.

Tramwaj zwolnił na wysokości Zamku, ostrożnie wjeżdżając na przystanek. Pod wiatą oczekiwała grupka przechodniów, wśród nich kilka osób w mundurach Wehrmachtu. Wesoła rozmowa żołnierzy kontrastowała z ponurymi spojrzeniami reszty oczekujących. Od razu było widać, kto tu jest miejscowym, a kto okupantem.

Barski stał przy oknie, tuż przed przepierzeniem wagonu z napisem „*Nur für Deutsche*"[15]. Wokół niego było tłoczno, ciasno i duszno. W drugiej połowie wagonu, przeznaczonej dla *Übermenschen*[16], podróżowało zaledwie trzech pasażerów. Żaden Polak nie zaryzykował jednak przekroczenia wewnętrznych drzwi. Barski przez chwilę odczuwał taką pokusę, ale wspomnienie upokorzenia na dworcu skutecznie wybiło mu ten pomysł z głowy. Jego rozwichrzona broda gwarantowała kłopoty. Na pewno nie spodobałaby się przedstawicielom rasy nordyckiej.

Wyjrzał zaciekawiony przez okno.

Mimo że ostatni raz gościł w mieście już jakiś czas temu, wiedział, kto urzęduje teraz w Zamku. Zresztą, nawet gdyby nie wiedział, i tak trudno by się było nie domyślić. Jaskrawe flagi wywieszone z okien neoromańskiej budowli, czarna swastyka na łopoczącym nad wieżą proporcu i wojskowe posterunki wokół ogrodzenia Zamku z daleka przypominały Polakom, kto tu rządzi. W dawnej siedzibie cesarza Wilhelma, a potem rezydencji prezydenta RP zadomowił się teraz Klaus Kralle, Gauleiter i namiestnik Führera we wchłoniętej przez III Rzeszę Wielkopolsce.

W Warthegau, czyli Kraju Warty — poprawił się w myślach Barski.

— *Ja, ja! Posen ist wirklich schön!*[17] — usłyszał ożywioną

---

15 Tylko dla Niemców.
16 Nadludzi.
17 Tak, tak, Poznań jest naprawdę ładny!

rozmowę prowadzoną za drzwiami wyznaczającymi granicę między światem panów a parobków.

Przypomniał sobie słowa Gauleitera Krallego wypowiedziane jesienią ubiegłego roku: „Polacy mogą mieszkać w Posen jedynie w charakterze sług Aryjczyków!".

Zerknął przez szybę drzwi w stronę trzech mężczyzn w mundurach Wehrmachtu. Wyglądali na szczęśliwych i zupełnie beztroskich. Znał doskonale niemiecki, więc bez problemu przysłuchiwał się żołnierzom.

— Od razu widać, że to stare niemieckie miasto — przytaknął niskiemu rudzielcowi chudzielec w okularach. — Zupełnie inne niż te zażydzone Warschau czy Litzmannstadt!

— Masz rację, Rudi — poparł chudzielca ten najwyższy z całej trójki. Wzrok Niemca spoczął nieoczekiwanie na brodzie Polaka. — Trzeba będzie trochę czasu, zanim nasze ss zrobi porządek z tym barachłem! — rzucił z pogardą w stronę Barskiego.

Polak na wszelki wypadek obrócił głowę, by nie sprowokować Niemca. Wolałby już wysiąść z bimby*, ale pojazd dopiero co ruszył sprzed Zamku.

— I zobaczysz, że Himmler na pewno sobie z nimi poradzi — doleciało do uszu   * BIMBA – tramwaj Barskiego poprzez łoskot kół tramwaju. — A jak już oczyścimy miasta z Żydów, to się zabierzemy za Polaczków!

— Jak to, zabierzemy się?! — zdziwił się rudzielec. — Przecież w Posen już to robimy!

Jan Barski przesunął się ku wyjściu.

Przystanek przy kościele Świętego Marcina był na szczęście coraz bliżej.

W restauracji Adler na Poststrasse 30, przedwojennej ulicy Pocztowej, aż się roiło od wysokich funkcjonariuszy NSDAP z czerwonymi opaskami na ramieniu. W większości stanowili obsadę pobliskiej placówki partyjnej, choć całkiem nieźle był też reprezentowany w lokalu aparat urzędniczy Kancelarii Gauleitera. Gardłowy gwar wypełniał niskie, zadymione wnętrze. Kojarzyło się ono siedzącemu w rogu sali łysemu mężczyźnie z zatłoczonymi piwnicami monachijskich piwiarni.

Kelner Dębski, który uwijał się właśnie jak w ukropie pomiędzy stołami *Parteigenossen*[18], znał dobrze tego volksdeutscha. Przychodził tu codziennie w porze obiadu, świdrując wszystkich wzrokiem. Ubrany w czarny skórzany płaszcz, spod którego wystawała szara koszula i czarny, wąski krawat, mógł śmiało uchodzić za szwabskiego tajniaka. Nie był nim jednak, o czym najlepiej świadczyły jego lękliwe reakcje na pojawienie się kolejnych partyjnych bonzów. Mężczyzna kulił się wtedy, jakby w obawie, że za chwilę zostanie aresztowany, a ręce trzęsły mu się nad talerzem.

— Kelner! — Volksdeutsch ryknął po niemiecku na Dębskiego. — Chcę zapłacić!

— Już się robi, proszę szanownego pana. — Dębski najchętniej naplułby temu klientowi w twarz. — Już się robi, panie Bombka!

— Bombke! — Ten poprawił go natychmiast, a na jego

---

18 Towarzysze partyjni.

lekko spoconym czole nabrzmiała sina żyła. — Nazywam się Konrad Adolf Bombke! Mógłbyś to w końcu zapamiętać!

— Oczywiście, panie Bombke. — Dębski wyciągnął z kieszeni spodni notes z zamówieniami i w tym samym momencie postanowił zawyżyć volksdeutschowi rachunek. Zdecydowanym ruchem wpisał ołówkiem cenę, wyrwał kartkę i podał świstek papieru klientowi.

— Dwadzieścia marek. — Kelner uśmiechnął się.

— Ile?! — Bombke wybałuszył oczy. — Dwadzieścia marek za sznycel z kartoflami i *Gemüsesalaat*[19]? Wczoraj za to samo zapłaciłem piętnaście!

— Proszę wybaczyć, panie Bombke, ale dzisiejsza dostawa mięsa do naszej restauracji kosztowała już według nowej taryfy wprowadzonej przez Kancelarię Gauleitera.

Ostatnie dwa słowa podziałały na klienta uspokajająco.

— No cóż — syknął, sięgając po portfel. — Wszystko przez tych Polaczków. Uchylają się od obowiązkowych dostaw! Ukrywają zapasy mięsa.

Tak, tak, znam tę śpiewkę — pomyślał Dębski. Bombke już kiedyś perorował głośno na ten temat po trzech piwach. Nie miał zamiaru słuchać raz jeszcze tych bredni.

— *Danke*[20]. — Kelner wziął banknot i ruszył w stronę kuchni.

Gdyby się odwrócił, zauważyłby, jak Bombke podrywa się z krzesła, by pospieszyć z ukłonem mężczyźnie w mundurze ss wchodzącemu w otoczeniu dwóch innych funkcjonariuszy do lokalu.

---

19 Sałatka warzywna.
20 Dziękuję.

— *Heil* Hitler! — Donośny okrzyk volksdeutscha uciszył na moment salę.

Oczy wszystkich klientów skierowały się na gorliwca. Esesman również spojrzał na Bombkego zaskoczony.

— *Heil!* — odpowiedział z przyzwyczajenia.

— Konrad Adolf Bombke, Leiter śródmiejskiej organizacji partyjnej volksdeutschów! — Głos Bombkego zadrżał, jakby przyszło mu się spowiadać przed samym Führerem. Zdawał sobie sprawę, że jego niemiecki nie jest doskonały, a akcent może zdradzać stosunkowo świeże obywatelstwo Rzeszy. Na wszelki wypadek trzasnął więc obcasami. — *Herr* Sturmbannführer! Pozwoli pan, że zajmę mu chwilę bardzo pilną sprawą?

Sturmbannführer ss Wolfgang Knabe na moment oniemiał, sparaliżowany bezczelnością niejakiego Bombkego. Łypnął na niego niechętnie zza binokli, podał czapkę swojemu ordynansowi, a rękawiczki drugiemu podoficerowi — i dopiero wtedy ryknął, jak to miał w zwyczaju na froncie wschodnim:

— *Scheisseeee!*[21]

Bombke zbladł, zakołysał się i prawie zemdlał. Silny uścisk rąk ordynansa Knabego utrzymał go jednak w pionie.

— Kim pan jesteś, do cholery, że zakłócasz mi spokój w porze obiadu?! — Sturmbannführer się rozzłościł! Nie znosił volksdeutschów, ale nie mógł się z tym zdradzić w otoczeniu dziesiątków Niemców.

— Ja... — Bombke łapał szybko oddech. — Ja... Pragnę tylko...

---

21 Gówno!

24

— Szybciej, człowieku! Obiad stygnie!

— Ja... Mam bardzo ważną wiadomość...

Jak wszyscy volksdeutsche — pomyślał Knabe. I ucieszył się, że nie wypowiedział tego na głos. Ci denuncjatorzy działali mu już na nerwy.

— Przyjmę pana po obiedzie, *Herr* Bombke. — Sturmbannführer uznał, że czas zakończyć tę żałosną scenkę. — I lepiej, żeby to była naprawdę ważna informacja — wycedził przez zęby. — W przeciwnym razie natychmiast odeślę pana na Ritterstrasse!

Poznań, śródmieście, 14.15

Miasto wydawało się Barskiemu obce jak nigdy dotąd. Może dlatego, że na murach i rogach domów nie znalazł już żadnej polskiej nazwy ulicy czy instytucji. Może z powodu hitlerowskich flag, wszechobecnych na latarniach, rogach ulic czy urzędach. A może sprawiał to język niemiecki, rozbrzmiewający w każdym sklepie, na każdym placu czy zakątku.

Choć był w Poznaniu zaledwie od dwóch godzin, nie mógł się pozbyć wrażenia, że znalazł się w jednym z miast III Rzeszy. Wokół siebie widział dziesiątki, setki, tysiące ludzi mówiących po niemiecku. Polacy — stanowiący zdecydowaną mniejszość — przemykali gdzieś chyłkiem, schodząc z drogi roześmianym, głośnym Niemcom, którzy czuli się tu jak u siebie.

Barski słyszał wiele o masowych wywózkach polskich mieszkańców miasta na wschód, rozpoczętych podczas mroźnej zimy. Doszły do niego również wieści o zorganizowanej niemieckiej akcji zasiedlania domostw opuszczonych przez wypędzonych Polaków. I o tysiącach Niemców z terenu Rzeszy, którzy napływali do Poznania, skuszeni darmowymi mieszkaniami z pełnym wyposażeniem. Nie spodziewał się jednak, że wszystko to tak szybko — w niespełna pół roku — odmieni obraz i charakter jego ukochanego miasta. Nie mógł się z tym pogodzić.

Klucząc prawie godzinę po zaułkach Półwiejskiej, która nazywała się teraz Halbdorfstrasse, zdołał ustalić, że nikt go nie śledzi. Owszem, przechodnie zwracali uwagę na jego osobliwą brodę, żaden z nich jednak nie poświęcił mu więcej uwagi. W wytartym płaszczu, ze starą walizką w dłoni wyglądał jak kloszard szukający miejsca na nocleg. Najbardziej cieszyło go to, że nie natknął się na żaden dociekliwy patrol z kolejnym natrętnym Gefreiterem.

Raz jeszcze obejrzał się przez ramię, a gdy poczuł się już pewnie, łagodnym krokiem skręcił w Kwiatową, oznaczoną teraz jako Blumenstrasse. Kilkadziesiąt kroków dalej, przepychając się przez tłum spacerowiczów, skręcił w prawo, w Rybaki. Na tabliczce dostrzegł nazwę Fischerei.

Znał Rybaki jak własną kieszeń. Przed okupacją bywał tu częstym gościem. Ulica słynąca z pijackich melin i tanich burdeli dobrze zapadła mu w pamięć. Raz omal nie stracił tu życia.

Teraz wydała mu się jakaś inna, spokojniejsza. Wręcz senna. A może było to tylko złudzenie? W końcu Rybaki zwykle ożywały dopiero po zmroku. To wtedy z ich ciemnych bram wychodziły na świat różne podejrzane typy.

Przyspieszył kroku, uważnym wzrokiem lustrując ulicę i wejścia na klatki schodowe.

Gwar miasta został daleko za jego plecami.

Rybaki zdały mu się teraz zupełnie wymarłe.

Nawet okna kamienic ozdobione kwiatami były szczelnie zamknięte, a firanki zasłonięte.

Coś tu nie gra — pomyślał.

Doszedł do drzwi z numerem 20, ale nie zdążył przekroczyć progu. Gdzieś z wysokości drugiego piętra spadła mu prosto pod nogi donica z pelargonią.

Rozprysła się na bruku jak granat.

Z góry dobiegł do jego uszu dramatyczny krzyk:

— Kociooooł!

Znów restauracja Adler, 14.30

Bombke ściskał swoją partyjną odznakę, wpatrując się w tęgą sylwetkę Sturmbannführera Knabego. Na spoconej twarzy oficera pojawił się wyraz satysfakcji. Żeberka w gęstym sosie, którym obficie skropiono ziemniaki, wprawiły go w dobry nastrój, a kwaskowa, zasmażana kapusta dodatkowo wzmogła w nim apetyt na życie. W siną dal odpłynęły myśli o polskich bandytach, które zaprzątały ostatnio jego uwagę.

Bombke dostrzegł tę przemianę na obliczu Sturmbannführera. Teraz! — postanowił i podniósł się znad stolika. Chwiejnym krokiem podszedł do długiego stołu w najlepiej wyeksponowanym miejscu sali. To właśnie tam

Sturmbannführer spożywał posiłek w towarzystwie dwóch innych funkcjonariuszy ss.

— A! To pan, *Herr* Bombke. — Knabe przypomniał sobie to osobliwe nazwisko i po raz pierwszy spojrzał na Bombkego życzliwym okiem. — Siadaj pan tutaj. — Wskazał puste krzesło naprzeciwko siebie. — No więc? O co chodzi?

Blady volksdeutsch zajął miejsce. Błądził wzrokiem po obrzeżach stołu.

— No więc? — Esesman powtórzył pytanie.

Nie traktował tego volksdeutscha zupełnie poważnie, ale skoro obiecał, że go wysłucha, postanowił okazać mu nieco cierpliwości.

Na twarzy Bombkego pojawił się nagle chytry uśmiech.

— Mam bardzo ważną wiadomość — oznajmił drżącym głosem.

— To już słyszałem, Bombke — rzucił Knabe. — Przejdź lepiej do rzeczy, zanim stracę dobry nastrój.

— *Jawohl, Herr* Sturmbannführer. Wiem, że Gestapo poszukuje niejakiego Kaczmarka. Zbigniewa Kaczmarka — zaczął Bombke, ściszając głos. — To groźny polski bandyta. Bardzo groźny, *Herr* Sturmbannführer.

— Szukamy setek takich groźnych bandytów — mruknął Knabe, wycierając usta serwetką. — Dlaczego zawraca mi pan głowę akurat tym jednym?

Bombke uśmiechnął się chytrze. Rybka chwyciła haczyk — pomyślał i zatarł ręce pod stołem.

— Bo akurat ten Polak podobno uśmiercił waszego, przepraszam, *Herr* Sturmbannführer, naszego agenta. To było w sierpniu ubiegłego roku w fabryce zapałek na Venezia-strasse. Geheime Staat Polizei szuka go zapewne od dawna, a ja wiem, jak go znaleźć. — Volksdeutsch wyrecytował uprzednio przygotowaną frazę.

Jowialny uśmiech na twarzy esesmana zgasł jak zdmuchnięta świeca.

— Kaczmarek! — krzyknął. — Pan mówi o tym bydlaku Kaczmarku!

— *Jawohl, Herr* Sturmbannführer!

Oczy esesmana rozbłysły radością.

— No cóż, *Herr* Bombke. Jednak miałem rację. Muszę zaproponować panu wizytę na Ritterstrasse.

Poznań, Rybaki, 14.32

Wsypa!

Barski zrozumiał to, zanim echo okrzyku wybrzmiało pośród kamienic.

Zerwał się do ucieczki.

Ściskając w dłoni walizkę, pognał w kierunku Wałów Jagiełły.

Bardziej usłyszał, niż zobaczył, jak spod dwudziestki wypadło na ulicę kilku tajniaków w czarnych skórzanych kurtkach. Świst kuli nad jego uchem uświadomił mu, że musi się szybko ukryć.

Z trudem łapiąc oddech, rzucił się ku browarowi braci Huggerów. Gnał w stronę ceglanej budowli, przewracając zaskoczonych przechodniów.

Za sobą usłyszał przeraźliwe gwizdki, a potem stukot obcasów.

Gestapowskich tajniaków było co najmniej trzech.

Hałas, jaki robili, obudziłby nawet zmarłego.

Mam nadzieję, że w okolicy nie ma żadnego patrolu — przemknęło Barskiemu przez głowę. W przeciwnym razie złapią mnie w oka mgnieniu.

Pełen najgorszych przeczuć wpadł znowu na Półwiejską. Na jego widok ludzie rozstąpili się gwałtownie.

Barski obrzucił spojrzeniem raz jeden, raz drugi koniec ulicy. Nie dojrzał wojska ani policji. Znów zerwał się do ucieczki.

— *Halt!* — usłyszał za plecami okrzyk rozsierdzonego gestapowca.

— *Halt!*

— *Hände hoch!*

Pościg był coraz bliżej, a Barskiemu brakowało sił. Zdawał sobie sprawę, że nie zdoła wbiec na dziedziniec browaru niezauważony.

Jego chaotycznie sklecony plan w jednej chwili diabli wzięli.

Kolejna kula świsnęła tuż obok jego głowy. Tajniacy byli już tylko kilkanaście metrów za nim.

Ich chrapliwe oddechy przypominały sapanie psów gończych, wściekłych na uchodzącą zwierzynę.

Mają mnie! Mają mnie!

W powietrzu znów dało się słyszeć kilka wystrzałów.

— *Polnische Banditen!*[22] — krzyknął ktoś, zmykając w bezpieczny cień bramy.

Barski padł na twarz, kryjąc głowę w dłoniach.

Usłyszał przed sobą jakieś kroki.

---

22 Polscy bandyci!

Obrócił się ukradkiem i zauważył, że ulica za nim jest zupełnie pusta.

Trzech mężczyzn w skórzanych kurtkach leżało na ziemi.

Nie zdążył im się przyjrzeć, bo jakieś młode ręce poderwały go w górę i przynagliły do biegu.

— Szybko, panie Barski! Na Dolnej Wildzie czeka na nas auto!

Uwierzył na słowo.

Zmagając się ze zmęczeniem, za wszelką cenę starał się dotrzymać kroku dwóm mężczyznom, którzy przyszli mu z pomocą.

Za plecami znowu usłyszał ostre dźwięki gwizdków.

Strzały musiały zaalarmować pozostałych członków obławy.

Ciężko dysząc, Barski i nieznajomi w milczeniu przebiegli przez torowisko tramwajowe i wpadli na Wały Królowej Jadwigi.

Samochód był tuż-tuż.

Dopadli do drzwi fiata.

Gdy Barski zatrzasnął je za sobą, siedzący za kierownicą mężczyzna spokojnie odpalił silnik.

Autem zakolebało, a potem mocno szarpnęło w przód, ku Rynkowi Wildeckiemu.

Dopiero wtedy dotarło do Barskiego, że teraz już bez dwóch zdań musi zgolić brodę.

2

PRZESYŁKA

Gdzieś w Austrii, 8 maja 1945 roku, 16.00

Pociąg zwolnił bieg przed mostem przerzuconym nad alpejską doliną. Z dołu, znad brzegu górskiego potoku, przyglądali mu się dwaj gospodarze wypasający krowy.

Najpierw zobaczyli opancerzone lokomotywy ciągnące odkryte wagony, na których znajdowały się działa przeciwlotnicze. Za nimi na most wjechała długa, zbudowana z grubej blachy salonka z oknami ze szkła pancernego. Za nią z łoskotem przetoczyło się pięć kolejnych wagonów przypominających ten reprezentacyjny. Skład zamykała platforma z działkiem przeciwlotniczym. Ostre słońce odbijało się w hełmach żołnierzy siedzących przy przyrządach celowniczych.

— Jadą gdzieś na wschód — odezwał się Kurt Wessel.

— Pewnie do Nowej Rzeszy — przytaknął mu Georg Jaschke. — Wierz mi, Kurt, jest tam co robić.

— Masz rację, Georg. Goebbels codziennie mówi o tym w radio.

— *Ja, ja!* Nowa Rzesza to jego ulubiony temat

Metaliczny łoskot urwał się nagle, bo skład zjechał z mostu i znowu nabrał szybkości. Obłok dymu i pary spowił całą jego oliwkowo-szarą sylwetkę. Za chwilę o pociągu przypominał jedynie gryzący swąd spalonego węgla.

Kurt i Georg spuścili wzrok.

Znowu mogli się zająć wypasem krów.

Poznań, siedziba Gestapo, godz. 16.10

Obersturmbannführer Hartmuth Hinker był wściekły. Godzinę wcześniej pół kilometra od jego gabinetu — niemal pod okiem Gestapo! — polscy bandyci zastrzelili dwóch jego ludzi, a trzeciego ranili! I to w dodatku podczas niezwykle ważnej akcji, nad którą jego Sonderkommando pracowało intensywnie przez ostatni tydzień! To miał być sądny dzień dla polskiego podziemia, a tymczasem tajniacy Hinkera sami stali się celem ataku! W biały dzień, w samym środku niemieckiego Posen! Łącznik bandytów, który miał wpaść w potrzask, zdołał zbiec. Doprawdy, trudno o bardziej spektakularną porażkę!

Hinker nie mógł tego znieść. Zawsze chlubił się tym, że przedziwnym zrządzeniem losu — a może wcale nie takim znowu przedziwnym — od urodzenia nosił te same inicjały jak jego najwyższy szef, Reichsführer ss Heinrich Himmler. To na nim wzorował się w codziennej pracy, doskonale wiedząc, że sumienność i wierność zostaną nagrodzone. „My, Niemcy, stworzeni jesteśmy do wyższych celów — grzmiały mu ciągle w uszach słowa wypowiedziane

34

przez Reichsführera podczas zimowej narady kierownictwa SS w Poczdamie. — Gdy ostatecznie obronimy czystość naszej szlachetnej rasy przed żydowskim wirusem, przyjdzie czas na rozprawę z ostatnimi destrukcyjnymi elementami w zdrowym organizmie wielkiej Rzeszy! Wytępimy niedobitki Słowian jak szczury!"

To ostatnie zdanie Hinker traktował jak motto swoich wysiłków w Polsce. Był gorliwy jak Torquemada, wypalając żelazem wszelkie oznaki wrogich knowań Polaków. Dzięki rzetelnej pracy tajnych agentów i całej rzeszy denuncjatorów wiedział, że w ciągu ledwie pół roku zyskał wśród polskojęzycznej mniejszości w Posen miano „krwawego Hartmutha". Odczuwał dumę na myśl, że jego imię kojarzy się Polakom z nowym, lepszym porządkiem. Z porządkiem, który zapewni Rzeszy pomyślność na następne tysiąc lat! Podobno wieść o jego sukcesach w Posen dotarła nawet do uszu samego Reichsführera. A tu nagle taka kompromitacja! Trzech agentów Gestapo na deskach!

Ostry dźwięk telefonu wyrwał go z ponurych rozważań.

Rozdusił dymiącą resztkę overstolza w aluminiowej popielnicy i chwycił za słuchawkę.

— Czego tam?

— Tu Rottenführer Knapke. — Dzwonił dyżurny urzędujący na parterze. — Melduję posłusznie, że stawił się u nas niejaki Konrad Bombke.

— Bombke? A co to za pajac?

— Melduję, że to volksdeutsch. Powołuje się na Sturmbannführera Knabego. Prosi o pilne widzenie z panem Obersturmbannführerem

— Nie mam czasu, Knapke! Spław go jakoś!

35

— *Jawohl, Herr* Obersturmbannführer... — W słuchaw-
ce dały się słyszeć zduszone echa ożywionej rozmowy. —
Melduję, że ten Bombke się jednak upiera. Twierdzi, że ma
ważne informacje.

— Tak? A jakie?

— Twierdzi, *Herr* Obersturmbannführer, że to nas na
pewno zainteresuje.

— O co chodzi, do diabła?

— O jakiegoś Polaka.

— Polaka?

— Tak, *Herr* Obersturmbannführer... O niejakiego
Kaczmarka...

Oczy Hinkera rozszerzyły się nagle.

— Knapke, dawaj mi go tutaj! Natychmiast!

Poznań, Wilda tego samego dnia, 16.15

Niewielkie pomieszczenie na poddaszu kamienicy przy
Johann-Sebastian-Bach-Strasse tonęło w gęstej mgle dymu
z papierosów. Kilku mężczyzn stało nad chyboczącym się
stołem, naradzając się półgłosem. Sprawa była na tyle tajna,
że nie poproszono do towarzystwa brodatego gościa, który
usadowił się w starym fotelu w rogu izby. Co jakiś czas
któryś z zebranych rzucał ku niemu ukradkiem niezbyt
ufne spojrzenie — jakby chciał się upewnić, że mężczyzna na pewno nie rozumie, czego dotyczy szeptana rozmowa.

Barski nie miał o to żalu. Wiedział, że jako zwykły łącznik z prowincji nie powinien sobie rościć żadnego prawa

do wiedzy o tajemnicach wielkomiejskiej konspiracji. Kiedy dostarczył meldunek majorowi „Neptunowi" — niskiemu mężczyźnie z okularami w grubych oprawkach i słabym uśmiechem na wymizerowanej twarzy, ten dał mu odczuć, że toleruje dalszą obecność łącznika jedynie z przymusu. Gdyby nie wsypa na Rybakach, Barski już dawno byłby w drodze powrotnej. Ponieważ jednak chwilowo stał się najbardziej poszukiwanym przez Niemców człowiekiem w Poznaniu, musiał tkwić w tym tajnym lokalu, spokojnie oczekując na koniec tajemniczego zebrania.

Cierpliwość nie była najmocniejszą stroną jego charakteru. Już po kwadransie bezczynnego siedzenia zaczął się wiercić. Potem zerknął w jedyne okno, ale nie dostrzegł w nim nic poza wzbierającymi burzowymi chmurami. W końcu — chcąc nie chcąc — baczniej przyjrzał się stołowi, na którym opierali łokcie członkowie konspiracyjnej grupy „Neptuna".

Choć nie należał do asów wywiadu, od razu dostrzegł na nim mocno sfatygowaną mapę miasta. Do uszu Barskiego docierały ledwie strzępy zdań.

— Nasz człowiek... w Monachium... przesyłka... wczesnym rankiem... — tłumaczył zduszonym głosem adiutant „Neptuna".

— A to oznacza, że mamy... niewiele... zostało nam... najwyżej... dni... — skomentował cicho sam major.

— Musimy... absolutną pewność... zanim... w stan gotowości... — dorzucił półgłosem trzeci z mężczyzn.

— Masz rację, „Kulomiot" — przytaknął mu „Neptun". — Poprosimy kolegów z odcinka... potwierdzenie wiadomości... musimy... czy jedzie... bez niej nie podejmiemy ....

To zbyt... i dla wszystkich Polaków, którzy jeszcze... To chyba jasne?

Grupa w milczeniu potrząsnęła zgodnie głowami.

— A jak wygląda sprawa... i granatów dla oddziału? — zagadnął znowu sam „Neptun".

Barski nadstawił uszu, ale nadal nie słyszał wszystkiego.

— W trakcie przerzucania... Najdalej jutro... ... poważne problemy... w każdym domu mieszka już Niemiec albo volksdeutsch — raportował przez dłuższą chwilę najgrubszy z towarzyszy majora.

— Bardzo dziękuję, „Kulomiot". Widzimy się w samo południe. — Major najwyraźniej zakończył naradę, bo zdjął okulary z nosa i odłożył je na mapę.

Gdy grupa zaczęła się rozchodzić, „Neptun" skierował się wreszcie ku Barskiemu.

Brodaty łącznik spojrzał z zaciekawieniem na człowieka, który dowodził akcjami konspiracyjnymi w mieście. Dopiero teraz, z bliższej odległości, zauważył szare cienie pod piwnymi oczami majora. Widział go po raz pierwszy w życiu i musiał przyznać, że wyobrażał go sobie zupełnie inaczej. Mówiono, że „Neptun" był herosem o nadludzkich cechach. Gigantem, który uchodzi każdej obławie, kładąc trupem dziesiątki prześladowców. W rzeczywistości bardziej przypominał dozorcę kamienicy, a w najlepszym wypadku wiejskiego listonosza niż antycznego boga.

— I co tam, panie Barski? — zagadnął go „Neptun". — Pobladł pan trochę, ale wcale się panu nie dziwię. W końcu nie co dzień ucieka się ze szwabskiego kotła. Szybko dojdzie pan do siebie, zapewniam. Musimy się tylko zastanowić, gdzie pana przechować.

Barski podrapał się po podbródku.

— Wiem, wiem. — „Neptun" uprzedził jego słowa. — W obecnym wcieleniu jest pan już spalony. Zanim cokolwiek z panem zrobimy, musi się pan koniecznie ogolić. Najpierw potrzebne będą panu ostre nożyczki...

— Dziękuję, panie majorze. — Brodacz podniósł się z fotela, rozprostowując kości. — Mam nadzieję, że mój meldunek...

— Był bardzo ważny. — „Neptun" spojrzał mu głęboko w oczy. — Mogę powiedzieć tylko tyle. Sam pan rozumie...

— A ci na Rybakach?

„Neptun" chrząknął znacząco.

— Nie wiem, jak Szwaby wpadły na nasz trop, ale prędzej czy później się dowiem — powiedział głosem pozbawionym emocji. — „Aleksandra" i „Bodo" zachowali się bardzo przytomnie, ostrzegając pana przed wpadką. Wierzę, że nie pękną na Gestapo.

Poznań, siedziba Gestapo, o tej samej porze

Obersturmbannführer Hinker przesunął wzrok z klamki na człowieka, który wszedł przed chwilą do jego gabinetu.

— Proszę siadać, *Herr* Bombke. — Hinker zdobył się na wyjątkową uprzejmość. — Słyszałem, że postanowił pan podzielić się z Gestapo swoją cenną wiedzą.

Volksdeutsch usiadł dość pewnie na krześle przed biurkiem Obersturmbannführera. Z kieszeni wyjął futerał, a z niego binokle, które nałożył na swój wąski, zadarty nos.

— Tak jest, *Herr* Obersturmbannführer — przytaknął. — Jako volksdeutsch wierny swojej wielkoniemieckiej ojczyźnie, uważam za swój najświętszy obowiązek ostrzegać kierownictwo Rzeszy o grożących jej niebezpieczeństwach. Hartmuth Hinker łypnął na niego z ukosa. Nie miał już żadnych wątpliwości, że ten niespodziewany gość to przypadek neofity, który zrobi wszystko, by tylko udowodnić swoją przydatność dla nowej ojczyzny. Nie oznaczało to jednak, że informacje, które przynosi, rzeczywiście okażą się wartościowe dla Gestapo.

— Od jak dawna ma pan kartę volksdeutscha? — Hinker nie odmówił sobie przyjemności zadania tego pytania.

Bombke lekko się zmieszał.

— Od października ubiegłego roku, *Herr* Obersturmbannführer — odpowiedział, z trudem przełykając ślinę.

— Jest pan Niemcem ze strony ojca czy matki?

Tym razem Bombke spuścił głowę.

— Ze strony babki — wyznał z wstydem, jakby żałował, że jego związek z krwią germańską nie jest aż tak bliski. — Matka mojej matki nazywała się Gertrude, z domu Loitzl, *Herr* Obersturmbannführer. Ale moja matka wychowała mnie w poszanowaniu dla ojczyzny swojej matki i od małego…

— Czy za polskich rządów nie był pan przypadkiem wysokim urzędnikiem magistratu w Posen? — przerwał mu Hinker.

Jeśli poprzedni cios Hinkera nie posłał volksdeutscha na deski, to zrobiło to z pewnością ostatnie pytanie.

— W istocie, *Herr* Obersturmbannführer. — Bombke wił się jak piskorz. — W istocie. Bardzo tego żałuję. Bardzo! Nie potrafię wyrazić słowami, jak wielki błąd popełniłem.

Nie potrafię! I dlatego zrobię wszystko, *Herr* Obersturmbannführer, żeby odkupić winy i zapracować na zaufanie
swojej jedynej, prawdziwej ojczyzny! *Sieg Heil!* — Volksdeutsch poderwał się z krzesła, wyrzucając przed siebie rękę
w nazistowskim pozdrowieniu.

No, no — pomyślał z uznaniem Hinker. Przemawiać to on
potrafi!

Wstał zza biurka i podszedł do roztrzęsionego Bombkego.
Słuchając, jak dyszy z bezsilności, położył dłoń na jego ramieniu.

— Rozumiem. — Hinker skrócił męki volksdeutscha. Naj-
widoczniej uznał, że ten został już upokorzony w wystarcza-
jącym stopniu. — Proszę usiąść, *Herr* Bombke. Mogę rzucić
okiem na pana kartę?

Volksdeutsch szybko podał mu swój dokument.

— Konrad Adolf Bombke, urodzony 15 listopada 1903
roku w Lissa. — Hinker przeczytał na głos dane gościa.

Był pewny, że drugie imię Bombke dopisał sobie jesienią
ubiegłego roku, zaraz po niemieckiej inwazji na Polskę. Nie
zdradził się jednak ze swoimi domysłami.

— *Na ja, Herr* Bombke. — Obersturmbannführer przy-
stąpił do rzeczy. — Więc jak zamierza się pan przysłużyć
naszej wspólnej ojczyźnie? I oczywiście naszemu wielkiemu
Führerowi?

Poznań, Prezydium Policji, 16.30

Otto Weiss wynotował ołówkiem adres „Szkolna 10" odna-
leziony w dokumentach byłego komisarza dawno już nieist-
niejącej polskiej policji.

Muszę sprawdzić, jak nazywa się dzisiaj ta ulica — pomyślał. W jednej chwili poczuł się nie tyle policjantem tropiącym zbrodniarza, ile raczej badaczem dziejów, a nawet archeologiem, który stara się odnaleźć i złożyć w jeden obraz wszystkie fragmenty mozaiki rozbitej dawno temu. Państwo polskie i jego policja wydały mu się bowiem teraz czymś bardzo odległym. Polska przeszła do historii tak samo nieodwracalnie jak starożytne Kartagina czy Sparta. W przeciwieństwie do antycznych bohaterów, pogmatwana historia tego wymazanego z mapy kraju nie natchnie jednak żadnego blond żołnierza Tysiącletniej Rzeszy...

Wrócił myślami do Kaczmarka. Ciągle nie mógł się oprzeć wrażeniu, że skądś zna to nazwisko. Na Szkolnej może mieszkać ktoś z jego bliskich. O ile nie został jeszcze wysiedlony za Ural — zauważył trzeźwo. Z doświadczenia wiedział, że realizowany program wysiedleń Słowian poważnie utrudniał wiele policyjnych dochodzeń prowadzonych przez Kripo.

Ciekawe, czy na Szkolną zajrzało już Gestapo. Weiss podrapał się w swoją siwiejącą głowę. Ech! Niemożliwe, żeby dotychczas tam nie dotarli! W końcu nie są aż tak głupi!

Ktoś zapukał do drzwi i wszedł do środka. Był to młody pomocnik Kriminaldirektora.

— Co jest, Schneider? — Weiss uśmiechnął się zmęczony znad akt.

— Pilna sprawa, szefie. Jakieś półtorej godziny temu mieliśmy strzelaninę w okolicy browaru Huggerów.

— Strzelanina?! — zdziwił się Weiss. — Tutaj, w Posen?!

— *Jawohl, Herr* Kriminaldirektor.

— Kto strzelał?

— Jakaś polska bojówka.

— Ruch oporu?

— Wszystko na to wskazuje, *Herr* Kriminaldirektor. Polscy bandyci zastrzelili dwóch agentów Gestapo i zranili trzeciego.

— *Verdammt!*[1] — zaklął Weiss, zrywając się z fotela. A w Berlinie mówili mu, że Posen to takie spokojne miasto. — O co im poszło, Schneider?! Wiemy chociaż tyle?!

— Jeszcze nie, szefie. Ci z Gestapo przekazali nam jedynie suchą informację o zdarzeniu. I jednocześnie zasugerowali, żebyśmy trzymali się od tej sprawy z daleka

Weiss skrzywił się z niezadowolenia.

— Znowu „czarni" i ich nędzne gierki — mruknął pod nosem.

„Czarnymi" nazywał na własny użytek sadystów z Gestapo. Podczas oficjalnych uroczystości zawsze paradowali w czarnych uniformach. Do pupili Himmlera czuł jedynie pogardę. To przez Gestapo służba, w której pracował Weiss, z roku na rok traciła na znaczeniu. To przez tych sfanatyzowanych idiotów dziesiątki kryminalnych spraw, odebranych Kripo pod pretekstem „aspektów politycznych", nigdy nie zostały rozwiązane. Weiss nie miał najlepszego zdania o kompetencjach tajnej policji i — co gorsza — wiedział, że się nie myli. Sprawa, dla której skierowano go do Posen, była tego najlepszym dowodem.

— Posłuchaj mnie, Schneider. Jeśli ci buce z Gestapo nie chcą nam nic powiedzieć, to pies ich drapał. *Alles klar?*[2]

---

1   Do diabła!
2   Wszystko jasne?

Chcą mieć więcej problemów, to niech się męczą sami. Nie zamierzam na siłę uszczęśliwiać Hinkera swoją pomocą. Ale to nie znaczy, że nie chcemy wiedzieć, co się naprawdę wydarzyło pod tym browarem. Dlatego spróbuj się dowiedzieć czegoś prywatnie. Na pewno masz jakiegoś znajomego na Ritterstrasse?

— *Jawohl, Herr* Kriminaldirektor. — Schneider uśmiechnął się. — Melduję, że znam się bliżej z Rottenführerem Knapkem. Czasami zachodzimy wieczorem do knajpy. Na piwo i kiełbaski, oczywiście.

— Bardzo się cieszę, Schneider! Po kilku piwach nasz Rottenführer na pewno nie omieszka opowiedzieć ci kilku ciekawych historii z ostatnich dni. Tylko sam nie naciskaj go zbyt mocno! Rozumiemy się?

— Oczywiście, *Herr* Kriminaldirektor. Zrobię, jak pan każe.

Gdy Schneider wyszedł, Otto Weiss podszedł do okna i spojrzał przez szybę na ruchliwą ulicę. Lekki wiatr łagodnie napinał czerwoną flagę wieńczącą budynek Arkadii. Czarna swastyka powiewała w samym centrum Posen, zapowiadając słowiańskim podludziom gorsze czasy.

— Dlaczego Hinker nie chce, byśmy zainteresowali się dzisiejszym incydentem? — zapytał sam siebie Weiss.

Najwyraźniej ma coś do ukrycia.

Poznań, znowu w siedzibie Gestapo, około 17

— A skąd ta pewność w pana głosie, *Herr* Bombke? — Hartmuth Hinker spojrzał zaskoczony zza biurka na volksdeutscha.

— Wiem, co mówię, *Herr* Obersturmbannführer. Kaczmarek był moim podwładnym.

Hinker po raz pierwszy tego dnia się uśmiechnął. Nie był to jednak ciepły uśmiech.

— I twierdzi pan, że ten polski bandyta wyjechał z Posen zaraz po oswobodzeniu miasta przez Wehrmacht?

— Właśnie tak, *Herr* Obersturmbannführer.

— Przecież to żadna informacja! — zirytował się gestapowiec. — To byłaby cenna informacja dopiero wtedy, gdyby wiedział pan, gdzie się ukrywa ten polski szczur!

Bombke nie wystraszył się napadu złości Hinkera. — Wiem, dokąd wyjechał — pochwalił się z radością, która nie uszła uwagi Obersturmbannführera.

— Taaak?!

Bombke wziął długi wdech, jakby szykował się do wygłoszenia kolejnego przemówienia na forum śródmiejskiej organizacji partyjnej.

— Melduję, *Herr* Obersturmbannführer, że poszukiwany Kaczmarek ukrył się w Środzie. *Verzeihen Sie*[3], w Schroda, oczywiście! Jak udało mi się ustalić, mieszka tam rodzina jego żony.

— O! To nasz gagatek ma żonę!

— Miał, *Herr* Obersturmbannführer! W ostatnich latach żyli w separacji. Jednak mimo to Kaczmarek pomógł żonie wyjechać z Posen. Nie zgłębiałem tego tematu, ale jeśli *Herr* Obersturmbannführer sobie tego życzy, mogę.

— Nie trzeba, Bombke. Zna pan adres rodziny tego gagatka w Schroda? — zapytał Hinker, pełen dobrych przeczuć.

---

3 Proszę wybaczyć.

— *Noch nicht, Herr* Obersturmbannführer! Ale mogę to szybko ustalić. *Kein Problem!*[4]

— To proszę to potraktować jako pierwsze pańskie zadanie, *Herr* Bombke! — Hinker potarł ręce. — Oczekuję szybko pańskiego meldunku! Tylko proszę nie podejmować żadnych niepotrzebnych działań. Ma pan się tylko dowiedzieć, gdzie mieszka żona Kaczmarka, a my już zajmiemy się resztą. *Alles klar?!*

— *Jawohl, Herr* Obersturmbannführer! — Bombke poderwał się zadowolony z krzesła. — Przyjdę w najbliższych dniach, obiecuję!

— *Na ja!* Od razu widać, że mam do czynienia z Niemcem! — Hinker postanowił na koniec dodatkowo zmotywować swojego gościa. — Wie pan, co nas, Niemców, odróżnia od tego słowiańskiego bydła? To, że zawsze dotrzymujemy obietnicy. Niezależnie od okoliczności. I nie ma mowy o żadnych chwilach słabości czy zawahania. A pan, *Herr* Bombke, właśnie złożył mi obietnicę. I lepiej, żeby ją pan spełnił. Oczekuję zatem na pański meldunek, Bombke! *Heil* Hitler!

— *Heil* Hitler!

Zanim volksdeutsch ruszył ku drzwiom, Hinker zadał mu jeszcze jedno pytanie.

— Za pozwoleniem, *Herr* Bombke, dlaczego?

Bombke nie spojrzał Hinkerowi prosto w oczy.

— Mam swoje powody — odpowiedział wymijająco.

A więc zemsta — pomyślał Hinker, gdy volksdeutsch opuścił jego gabinet. Wstał od biurka i odwrócił się ku

---

4   Jeszcze nie… Żaden problem.

popiersiu Führera na drewnianym cokole za jego plecami.

— Melduję, że wreszcie chwyciliśmy właściwy trop — mruknął.

Poznań, na Wildzie, 17.15

Barski stał z brzytwą nad żeliwnym zlewem, usiłując zlikwidować resztki zarostu na swojej twarzy. Nagie policzki, które widział teraz w lustrze, nie dodawały mu pewności. Bez brody czuł się równie zagrożony jak przed jej zapuszczeniem. Wiedział, że oba oblicza — dawne i obecne — były spalone.

Jeszcze dwie godziny temu urzędowała tu grupa „Neptuna". A teraz był na poddaszu sam.

— Pan tu na razie zostanie — poradził mu major, zanim jako ostatni opuścił lokal. — Moi chłopcy sprawdzą, jak wygląda sytuacja w śródmieściu. Szwaby są na pewno wściekłe. Kiedy się trochę uspokoi, łącznik ode mnie przeprowadzi pana na nową kwaterę.

— Kiedy? — zapytał wtedy Barski.

„Neptun" zmarszczył brwi i spojrzał na niego poważnie.

— Nie wiem. Na pana miejscu nie spieszyłbym się jednak z powrotem do życia — powiedział, podał mu dłoń i wyszedł.

Potem zapadła głucha cisza, zakłócana jedynie co jakiś czas pokrzykiwaniem niemieckiej rodziny mieszkającej piętro niżej.

— Heidiii! Heidiii! *Komm hieeeer!*[5]

Pewnie to Niemcy ze wschodu — domyślił się Barski. Podwładni Himmlera od zimy sprowadzili z terenów Łotwy co najmniej kilkadziesiąt tysięcy obywateli niemieckich. Zasiedlili mieszkania, z których uprzednio wyrzucono na śnieg i mróz tysiące Polaków.

— Heidiii! Heidiii! *Wo bisssst du, mein Kind?!*[6]

— *Ich bin hieeeer, Mutti! Ich bin hieeeeer!*[7]

Farciarze — pomyślał łącznik ze Środy. Wygrali wojnę. Cała Europa od Uralu po Pireneje należy do III Rzeszy i pracuje na niemiecką potęgę, a oni mogą przebierać w ofertach mieszkań po podludziach, którzy godni są co najwyżej jazdy w bydlęcych wagonach na Syberię.

A jednak nie zazdrościł nowym lokatorom. On sam nie mógłby się cieszyć ze szczęścia zbudowanego na cudzej tragedii.

— Jeszcze wam się powinie noga — mruknął, nie bardzo wierząc w swoją przepowiednię.

Nie potrafił sobie wyobrazić, że zmuszona do upokarzającego rozejmu Wielka Brytania będzie kiedykolwiek w stanie odmienić oblicze wojny. Tym bardziej, że przerażona upadkiem Rosji Ameryka trzyma się wyraźnie na uboczu, szantażowana przez rosnących w potęgę Japończyków. Znikąd nadziei dla Europy...

Westchnął, wytarł wilgotną twarz w szary ręcznik i zwalił się jak kłoda na siennik rozłożony w rogu strychu. Był wykończony. Nie przespał poprzedniej nocy. Choć coraz

5 Chodź tutaj!
6 Gdzie jesteś, moje dziecko?
7 Jestem tutaj!

mocniej odczuwał głód, starał się nie nasłuchiwać burczenia w brzuchu.

Chcę spać — pomyślał.

Sięgnął za pasek, wyciągnął pistolet i położył go w zasięgu dłoni.

Przez chwilę wpatrywał się w wąski wylot lufy, a potem przewrócił się wolno na bok.

Kwadrans później poddasze wypełniło gromkie chrapanie zmęczonego człowieka.

Poznań, siedziba Gestapo, około 18

Agent Brenner czujnie wodził oczami za Obersturmbannführerem Hinkerem, spacerującym z założonymi rękoma po przekątnej gabinetu. Szeroka twarz Hinkera nie wyglądała na zadowoloną. Brenner odniósł wrażenie, że oficer jedynie siłą woli powstrzymuje się od wybuchu gniewu.

— Jak zginęli agenci Strobbe i Wiese? — Hinker wysyczał pytanie, pocierając dłonią wpiętą w mundur odznakę NSDAP.

— Melduję, *Herr* Obersturmbannführer, że śmiercią bohaterów!

Hinker zatrzymał się na środku pokoju i się skrzywił. Siedzący na krześle przed biurkiem agent oczekiwał ciosu. Jego przestrzelona, owinięta bandażem lewa ręka odruchowo powędrowała w górę, by ochronić twarz.

— Nie wciskajcie mi tu prymitywnej propagandy, Brenner! — skarcił go Hinker. — To dobre dla tych półgłówków

Goebbelsa, ale nie dla mnie! Jak było?! Tylko bez żadnych upiększeń!

Agent skłonił się lekko, chcąc w ten sposób zatrzymać wzbierającą furię oficera. Z opowiadań Rottenführera Knapkego wiedział, że napady wściekłości Obersturmbannführera kończyły się nie raz i nie dwa dotkliwym pobiciem konfidentów metalicznym pejczem. Za wszelką cenę próbował uniknąć losu poprzedników.

— Już mówię, *Herr* Obersturmbannführer! — Przełknął ślinę, starając się zachować spokój. — Kiedy nasza zasadzka na Fischerei okazała się… to znaczy, kiedy nasza prowokacja została spalona, podjęliśmy pościg za łącznikiem, który miał przekazać informację dla grupy „Neptuna"

— Kto to był?! — Hinker się ożywił. — Ile miał lat?! Jak wyglądał?!

Brenner stropił się na moment.

— Z przeproszeniem, *Herr* Obersturmbannführer — wymamrotał — ten bandyta wyglądał jak Żyd.

— Jak Żyd?! Skąd by się tu wziął Żyd?! Przecież wszyscy pojechali już do obozu nad Nerem! A to podróż w jedną stronę!

— Też tego nie rozumiem, *Herr* Obersturmbannführer. Ale swoim wyglądem przypominał mi Żydów, których widziałem zimą w getcie w Litzmannstadt.

— To znaczy, jak wyglądał? Był pejsaty? Brodaty? Z mycką na głowie? Brenner, do cholery! Musisz to przecież pamiętać!

Agent przymknął oczy. Bardzo chciał przypomnieć sobie dokładnie postać człowieka, którego kilka godzin temu gonił pod browarem Huggerów. Był pewien, że gdyby nie ci bandyci, którzy wyrośli znienacka jak spod ziemi, Obersturmbannführer Hinker przesłuchiwałby teraz tę brodatą, zawszoną małpę, a nie jego!

— Był zarośnięty jak jakiś rabin — powiedział. — Właściwie poza tą jego brodą niewiele zobaczyłem, a potem postrzeliły mnie te polskie świnie.

Brenner pogładził zdrową dłonią bandaż. Nie liczył jednak na współczucie. Bardziej na to, że usprawiedliwi w ten sposób własną nieudolność.

— A jak on był ubrany, Brenner?! Jak był ubrany ten Żyd? Coś przecież musiałeś zapamiętać?!

Agent powiódł wzrokiem po ścianach gabinetu, jakby szukał tam haka z pejczem szefa.

— Jak był ubrany? Hm… W stary płaszcz, *Herr* Obersturmbannführer. Tak, na pewno w płaszcz. Szary, o ile dobrze pamiętam.

— A w jakim był wieku?

— Brodę miał raczej siwą. Dałbym mu pięćdziesiąt lat. No, może trochę więcej.

W gabinecie Hertmutha Hinkera zapadła cisza.

— Posłuchajcie mnie, Brenner. — Ton głosu Obersturmbannführera zmroził agenta. — Pokażę wam teraz kilka zdjęć. — Hinker sięgnął do szuflady swojego biurka. — To twarze szczególnie niebezpiecznych polskich bandytów z naszego okręgu. Zostawię was tu na chwilę z tymi fotografiami. Nie spieszcie się, przyjrzyjcie się im uważnie. Mam nadzieję, że gdy wrócę, zameldujecie mi, że rozpoznajecie któregoś z nich. Lepiej, żebyście rozpoznali!

Inaczej Berlin nie wybaczy wam szybko tej fuszery na Fischerei!

— *Jawohl, Herr* Obersturmbannführer! Na pewno rozpoznam!

Gdzieś pod Warszawą, 18.11

Buda zatrzęsła się na wszystkie strony, jakby ugrzęzła w trzęsawisku.

Przez plandekę do środka dostał się zapach wilgoci i mchu.

Mężczyzna wiedział, że konwój zjechał z bitej drogi i zagłębiał się teraz w las. Wyobraził sobie, jak ciężarówka pruje przez piaszczyste, wielokrotnie rozjechane leśne dukty.

— Dokąd nas wiozą te przeklęte Fryce? — usłyszał za plecami zduszone pytanie.

Odwrócił się i w głębokim cieniu zobaczył staruszka z szeroko otwartymi, przestraszonymi oczami.

— Cholera ich wie — odpowiedział.

Przyszło mu to wyjątkowo trudno.

Poznań, siedziba Gestapo, 18.30

— I co, Brenner?! Który to?!

Podenerwowany, szorstki głos od drzwi poderwał tajniaka na równe nogi.

Agent miętosił w zdrowej dłoni plik pięciu fotografii, nie mogąc się zdecydować na jakąś odpowiedź.

— A więc?! — powtórzył Hinker, zajmując miejsce za biurkiem. — Który z nich, *Donnerwetter!*[8]

Brenner sprawiał wrażenie przybitego. A może raczej nad czymś intensywnie myślał.

— Pewności nie mam, *Herr* Obersturmbannführer, ale wydaje mi się…

— Tak?!

— Wydaje mi się, że to mógł być ten!

Hinker spojrzał na podsunięte mu pod nos zdjęcie i poczuł mocne uderzenie w piersi.

— Dlaczego tak sądzicie, Brenner?! — Nie dowierzał wskazaniu podwładnego. — Przecież facet na tym zdjęciu wygląda zupełnie inaczej. Nie ma brody, a już na pewno nie przypomina Żyda!

— To prawda, *Herr* Obersturmbannführer — zgodził się tajniak. — Ale ten jest najbardziej podobny do tamtego bandyty.

— W czym?! W czym, *mein Freund*?![9]

Ośmielony miłą zachętą szefa, Brenner raz jeszcze pochylił się nad fotografią.

— Nie potrafię odpowiedzieć, *Herr* Obersturmbannführer. Ale…

— Tak?!

— Gdyby dokleić mu brodę, najlepiej taką rozwichrzoną. Wtedy mógłby być naprawdę podobny.

Hinker wyciągnął z szuflady gruby ołówek.

---

8 Do stu piorunów!
9 Mój przyjacielu.

— Rysuj, Brenner! Nie żałuj sobie! — rozkazał, ubawiony własnym pomysłem.

Tajniak naniósł na twarz podejrzanego bujny zarost. Było to o tyle łatwe, że osobnik na fotografii miał i tak pokaźne baki. Twarz Brennera rozjaśnił po chwili uśmiech.

— To on, *Herr* Obersturmbannführer! W rzeczywistości był trochę chudszy, ale to on!

— Jesteście absolutnie pewni, Brenner?!

— Jak Tysiącletniej Rzeszy, *Herr* Obersturmbannführer! — odparł tajniak.

Miał przeczucie, że Berlin nie ześle go jednak do pracy gdzieś pod Moskwę. Przynajmniej nie tym razem.

Hartmuth Hinker trzepnął się dłonią po kolanie.

— A to ciekawe, Brenner — wymruczał. — To naprawdę bardzo ciekawe.

Puszcza Kampinoska, 18.35

Zapach sosnowej żywicy uderzył w nozdrza mężczyzny, gdy zeskoczył spod plandeki i rozejrzał się niespokojnie.

Bolesne pchnięcie kolbą karabinu odebrało mu myśli o ucieczce.

Już wiedział, gdzie są.

Widział szpaler żołnierzy w mundurach feldgrau stojących z bronią gotową do strzału.

Matka z chłopcem zaczęła szlochać, zakrywając dziecku oczy.

— Pani się nie boi — szepnął do niej, choć bez przekonania.

— *Achtung!* — Do ludzi, którzy wychodzili z ciężarówek, przemówił oficer w szarym mundurze Gestapo. Trzymany przez niego megafon trzeszczał jak uliczne szczekaczki. — *Achtung, Polacken!* W odpowiedzi na bestialski napad polskich bandytów na kasyno Wehrmachtu w centrum Warschau, z rozkazu gubernatora Stadt Warschau zostaniecie straceni! Każdy zabity Niemiec to stu zabitych Polaków! *Heil* Hitler!

Echo poniosło złowieszczy okrzyk daleko w głąb lasu.

Do lotu poderwało się stado kruków.

Mężczyzna usłyszał głos chłopca.

— Mamusiu, boję się.

A zaraz potem metaliczny trzask karabinów i głos jego matki.

— Nie bój się, synku. To tylko ptaki.

3

WTYCZKA

Uciekał przez gęsty las.

Przez upiorny las pełen bladych zjaw bliskich mu osób, które już od dawna nie żyły.

Przez zarośla, które raniły jego dłonie.

Przez ostre krzewy, które szarpały jego długą brodę, spowalniając ucieczkę.

Za sobą słyszał okrzyki.

Obława znajdowała się blisko.

Jezus Maria!

Jeszcze sekunda, może dwie — i poczuje śmiertelny ból w piersi.

Jeszcze moment i…

W zamku strychowych drzwi zachrobotał klucz. Barski poderwał się z posłania i chwycił za pistolet. W magazynku miał trzynaście naboi.

Łatwo mnie nie wezmą!

Z zimną krwią wycelował browninga w kierunku wejścia. Nikt jednak nie wpadł z furią na poddasze. Przeciwnie, drzwi otworzyły się bardzo wolno.

Barski zobaczył w nich bruneta w żołnierskim obuwiu i skórzanej kurtce z barankiem na kołnierzu.

Przybysz w jednej chwili rzucił okiem na wszystkie zakamarki strychu. Gdy zobaczył wymierzony w siebie pistolet, nie zrobiło to na nim najmniejszego wrażenia.

— Janek! — wyrwało się z piersi Barskiego z obezwładniającą ulgą.

Ręka, w której spoczywał jego browning, opadła w dół niczym łodyga zwiędłego kwiatu.

Zaskoczony brunet spojrzał spode łba na wymizerowanego Barskiego i nagle roześmiał się od ucha do ucha jak wildecki szczun *.

— Biniu! — wrzasnął, dopadł do Barskiego i ścisnął go serdecznie. — Biniu, kuzynie

* SZCZUN – chłopak, łobuz   kochany! Ty żyjesz! Ty naprawdę żyjesz!

Przez dłuższą chwilę trwali w objęciach, jakby upewniając się, że to zaskakujące spotkanie nie jest fatamorganą.

Przez dziewięć miesięcy, od kiedy to widzieli się po raz ostatni, świat wokół nich zawalił się całkowicie, grzebiąc pod swoimi ruinami wspomnienie wolności. Gdy spotkali się na początku sierpnia 1944 roku w szpitalu Przemienienia Pańskiego, Jan leżał blady jak śmierć, obandażowany poniżej żeber po pchnięciu bagnetem przez szwabskiego agenta. Nie było wcale pewne, czy się z tego wywinie.

Bardziej przeczuwali wtedy, niż wiedzieli, że kataklizm się zbliża. Że już jest u bram. W najgorszych przypuszczeniach nie spodziewali się, że nadejdzie tak szybko. Że w ciągu tygodnia zlikwiduje wszystko to, co nazywali Polską, i tak dramatycznie odmieni ich życie.

— To ci dopiero historia! — Jan Krzepki, kapitan Wojska Polskiego, nie mógł się wprost nadziwić, ściskając ciągle mocno starszego kuzyna. — A powiedzieli mi, że mam zajrzeć do jakiegoś starego pierduśnika! *Pardon*, starego łącznika z prowincji, pojmujesz?! W życiu bym się ciebie, Biniu, tutaj nie spodziewał! W życiu! Zwłaszcza teraz, gdy szuka cię całe poznańskie Gestapo. To jak ty się teraz nazywasz?! No jak?!

Barski wyswobodził się z uścisku i łagodnym ruchem dłoni zaproponował, by Krzepki zamknął za sobą drzwi.

— Niżej mieszkają *Baltendeutsche*[1] — mruknął przytomnie.

— Słusznie, panie komisarzu. Już się robi. — Krzepki mrugnął i posłusznie wykonał polecenie.

Chwilę później siedzieli przy stole, nad którym dzień wcześniej grupa „Neptuna" snuła swoje tajne plany. Wpatrywali się w siebie jak w prehistoryczne zjawy, które wypełzły z zakamarków przeszłości, by straszyć na poddaszu kamienicy.

— No więc, Biniu? Jak mam cię teraz nazywać? — Krzepki był szczerze ubawiony tą sytuacją. — Ludzie od „Neptuna" rzucili mi jakimś nazwiskiem, ale, nie gniewaj się, zupełnie wyleciało mi z głowy.

— Akurat! — żachnął się Zbigniew Kaczmarek, przed wojną komisarz Wydziału Śledczego policji państwowej

---

1 Niemcy bałtyccy.

w Poznaniu. — Droczysz się ze mną, lepiej się przyznaj! Ale co tam! To spotkanie warte jest znacznie gorszych rzeczy! Jan Barski, do usług.

Krzepki pokręcił głową z niedowierzaniem. Ciągle nie potrafił oswoić się z myślą, że właśnie ziściło się jedno z kilku jego najskrytszych marzeń.

— A ty, Janeczku? Pewnie też musiałeś zmienić tożsamość? — Kaczmarek łypnął czujnym okiem na Krzepkiego.

— Taaa — westchnął kapitan. — Według papierów jestem Karolem Szpulą.

— Całkiem ładnie — pochwalił go Kaczmarek.

— A jak tam zdrowie, Janeczku? Jak twoja rana? Zgoiła się czy ciągle ją czujesz?

Krzepki *vel* Szpula pomacał się dłonią po lewym boku.

— Ujdzie — rzucił niechętnie. — Doktor Lacki dobrze mnie pozszywał... Przy gorszej pogodzie bok się jednak odzywa. Ciągle czuję wtedy to żelastwo...

— Wcale się nie dziwię — odparł Kaczmarek. — Uciekłeś wtedy śmierci spod kosy. Przez ciebie prawie się nawróciłem, kuzynie! Szkoda gadać...

— Za to ty, z tego, co słyszałem od ludzi z oddziału, dałeś popalić temu Szwabowi!

Na szarą twarz Kaczmarka wypłynął znienacka ulotny uśmiech.

— Właśnie tak — przytaknął Kaczmarek. — Wyrychtowaliśmy* go ze Ślepym Antkiem do samego Belzebuba.

Zamilkli na chwilę, przypominając sobie w ciszy gorące dni sierpnia 1944 roku. Były to ostatnie chwile wolnej Polski. Rzeczpospolitej, która pomogła

*WYRYCHTOWALIŚMY — wyprawiliśmy

Niemcom pokonać Związek Sowiecki, by chwilę później paść ofiarą zdradzieckiej napaści ze strony wiarołomnego sojusznika.

Przed oczami Krzepkiego przesunął się dobrze zapamiętany obraz defilady zwycięstwa w Warszawie. Był jej świadkiem, gdy wracał spod Moskwy do Poznania. Jacy byliśmy wtedy naiwni — pomyślał gorzko. Jacy byliśmy ślepi...

Dziewięć miesięcy wcześniej
Poznań, szpital Przemienienia Pańskiego, niedziela 6 sierpnia 1944 roku,
około 5.00

Pierwsze bomby wybuchły w okolicy dworca kolejowego. Zaraz potem od strony koszar przy Bukowskiej dała się słyszeć wymiana ognia z karabinów maszynowych. Chwilę później niemieccy dywersanci, uzbrojeni w mauzery i granaty, zaatakowali koszary sáperów na Wildzie. W ciągu niespełna kwadransa w różnych punktach miasta rozgorzały zacięte walki.

Krzepki wybudził się z letargu. Z twarzą wykrzywioną bólem zwlekł się z łóżka i wspierając się na kuli, podszedł do okna.

Łudził się przez chwilę, że gdzieś w śródmieściu doszło do serii przypadkowych eksplozji. Wojskowy zmysł szybko podpowiedział mu jednak, że na zewnątrz dzieje się coś gorszego. Kiedy nad dachami domów zawyły syreny alarmowe, kapitan już wiedział, że to nie ćwiczenia ani nieszczęśliwy wypadek.

Zapomniał o bólu i bandażu obwiązanym wokół żeber. Podszedł do szafki, by rozejrzeć się za ubraniem.

W tym momencie do sali wpadł ordynator Lacki w asyście dwóch sióstr szarytek.

— Wojna! — krzyknął w stronę Krzepkiego. — Szkiebry* atakują! Musimy natychmiast wywieźć pana ze szpitala!

— Gdzie moje spodnie?! Gdzie koszula?! — spytał rozgorączkowany kapitan.

*SZKIEBRY — Niemcy

— Nie czas teraz na pierdoły! — zgromił go lekarz. — Liczy się każda minuta!

Lacki i jedna z sióstr chwycili Krzepkiego pod ramiona i wszyscy razem skierowali się ku drzwiom wiodącym na korytarz. Jan zauważył, że nie było już przy nich dwóch policjantów, którzy jeszcze poprzedniego dnia pilnowali jego bezpieczeństwa. Nie zdążył zapytać, co się z nimi stało.

— Do windy! — rozkazał ordynator.

Gdy w milczeniu zjeżdżali na parter, odgłosy bitwy nasiliły się, a budynkiem wstrząsnęło.

— Chyba nas trafili — zauważył Krzepki.

— Jeszcze za to odpokutują — syknął Lacki.

Drzwi windy w końcu rozsunęły się na boki, a Krzepki dostrzegł wózek inwalidzki stojący tuż przy wyjściu.

— Ale ja… — próbował zaprotestować.

— Nie ma mowy! — warknął Lacki, popychając rannego w stronę pojazdu.

Krzepki z jękiem spoczął na wózku. Że też w takiej chwili brakowało mu sił!

— Jedziemy! — rzucił ordynator i pchnął wózek w stronę klatki schodowej.

W tym samym momencie budynkiem znowu wstrząsnęła eksplozja. Na głowy uciekających posypały się płaty tynku.

— W ogrodzie spadła bomba! Atakują miasto z powietrza! — Od południowej strony do sieni wpadł zdyszany woźny.

Jakby na potwierdzenie jego słów do szpitalnego wnętrza wdarł się ryk nurkujących stukasów.

— Barbarzyńcy! — wyrwało się Lackiemu. — Niech ich piekło pochłonie!

Zdecydowanym ruchem skierował wózek z Krzepkim w stronę drzwi wejściowych, a potem wyjechał z nim na dziedziniec.

W powietrzu czuć było swąd spalenizny. Dźwięk syren niemieckich junkersów narastał z każdą sekundą. Od strony dworca kolejowego unosił się w górę słup dymu.

— Do karetki! — nakazał przytomnie ordynator.

Dopiero teraz Krzepki dostrzegł, że lekarz nie zapomniał o żadnym szczególe ewakuacji.

— Dziękuję, panie doktorze — powiedział, gdy wspierając się na mocnym ramieniu Lackiego, usadowił się w przestronnym wnętrzu fiata.

— Niech Bóg ma pana w opiece. No, jechać! — Ordynator zapukał w metalowy dach karetki, przynaglając szofera do startu. — Jechaaać!

— Ale dokąd, panie doktorze? — zasępił się kierowca.

— Na Cytadelę! Do naszych! — rozkazał Krzepki.

Gdy wyjeżdżali z dziedzińca, nad placem Bernardyńskim zaświszczały kule. Kilka z nich trafiło w szpitalny mur.

— Pan się położy! — wrzasnął szofer do Krzepkiego, skręcając gwałtownie w Zieloną.

Kiedy mijali róg Zielonej i Za Bramką, przed oczami mignęła im liczna grupa cywilów biegnących z bronią w dłoniach ku placowi Kolegiackiemu.

— Idą na Urząd Wojewódzki! Pieprzone Szwaby! — zaklął szofer znad kierownicy. — Cholera jasna, nigdy nie wierzyłem w tę ich przyjaźń!

Znowu 9 maja 1945 roku, Poznań, Wilda, 7.15

— Tak więc widzisz, Biniu, złego licho nie weźmie — stwierdził z przekąsem Jan Krzepki, klepiąc się znacząco po boku.

Kaczmarek uśmiechnął się słabo. Przypomniał sobie piorunującą wiadomość podaną podczas ostatniej audycji Polskiego Radia tuż przed kapitulacją. Wiadomość o samobójczym strzale w skroń wykonanym przez Naczelnego Wodza w otoczonym przez Niemców Pałacu Saskim. I straszne pogłoski o egzekucji na członkach rządu, dokonanej gdzieś w Puszczy Kampinoskiej. Pogłoski, które rychło zamieniły się w pewność…

— Kiedy Szwaby nas zdradziecko napadły, pobiegłem po ciebie do szpitala — powiedział. — Ale zastałem tylko puste łóżko. Teraz już wiem dlaczego… A co z twoimi rodzicami?

Roześmiana twarz Jana momentalnie spoważniała.

— Wywieźli ich jesienią gdzieś za Warszawę. Zdaje się, że do obozu przejściowego. Ale nie wiem nic pewnego. Gdy Niemcy zabrali matkę i ojca, ukrywałem się. Najgorsze… Najgorsze było to, że nie mogłem im w żaden sposób pomóc. — Głos Krzepkiego zadrżał. — A potem już było za późno. Dzisiaj w naszej willi na Szelągu mieszka jakiś niemiecki urzędnik z magistratu. Wyobrażasz to sobie, Biniu? Powiedz mi, jak to w ogóle możliwe?

Kaczmarek skinął smutno głową. Doskonale rozumiał gorycz Jana. Sam był w podobnej sytuacji. Również ukrywał się w chwili, gdy okupanci wyrzucili na bruk jego żonę. Nie był w stanie jej pomóc i myśl o tej niemocy piekła go do żywego. Całe szczęście, że potem odnalazł Lonię i pomógł jej wyjechać z miasta…

Były komisarz policji przypomniał sobie o czymś jeszcze. Zaraz potem zadał Krzepkiemu pytanie, którego Jan miał nadzieję nigdy nie usłyszeć:

— A co z twoją Wilhelminą?

Na północ od Wiednia, w tym samym czasie

Żelazny skład nabierał prędkości, sunąc pomiędzy pagórkami oddzielającymi Wiedeń od Protektoratu Czech i Moraw. Blask wschodzącego słońca raził w oczy rolników zaskoczonych niecodziennym widokiem nadjeżdżającego z południa pociągu.

Rześkiego poranka nie mogli podziwiać radiowcy z wagonu łączności. Nie mogli nawet pomachać austriackim chłopkom stojącym z rozdziawionymi ustami wzdłuż kolejowego nasypu. Mieli pełne ręce roboty.

Komunikat o najwyższym stopniu tajności musiał jak najszybciej trafić do centrum władzy we wschodniej Rzeszy.

— Nie mam o niej żadnych wieści. — Z głosu Krzepkiego przebijały żal i jednocześnie rozgoryczenie.

— Ale szukałeś jej, nieprawdaż? — Komisarz dopiero poniewczasie pojął, że sprawił kuzynowi przykrość.

— Prawdaż... — przytaknął cicho Krzepki *vel* Szpula. — Od mieszkańców na Piekarach dowiedziałem się, że ojciec wywiózł Wilhelminę i jej matkę w przeddzień niemieckiego ataku. Był przy tym niejaki Schultze z NSDAP i kilku jego ludzi. Podobno Wika nie chciała wyjeżdżać, ponoć ojciec ją zmusił... Załadowali Krantzów na ciężarówkę i tyle ich ludzie widzieli.

— Trzeba było pójść tropem firmy przewozowej. — W Kaczmarku odezwał się instynkt śledczego. — Na pewno ktoś zapamiętał...

— Ano, zapamiętał — westchnął bez entuzjazmu Krzepki. — Znalazłem takiego brudnego bymbasa* w podwórku przy Ogrodowej. Powiedział mi, że na boku dryndy** widniała mała taczka... Znaczy się znaczek firmy przewozowej Kruger & Weiss. Ale w centrali firmy na Towarowej usłyszałem, że księgi kursów z sierpnia nie mają. Szwaby skonfiskowały wszystkie papiery zaraz po wejściu do miasta. I teraz szukaj wiatru w polu...

* BYMBAS — dziecko

* * DRYNDY — taksówki

— Właśnie! W polu — podchwycił niespodziewanie Kaczmarek ten trop, bynajmniej nie żartobliwie. — Przecież to całkiem ajnfach***, Janeczku. Ten cholerny stary Krantz...

* * * AJNFACH — proste

66

— No, no! Biniu! Pamiętaj, że to był jednak mój niedoszły teść — mruknął z przyganą w głosie Krzepki.

— ...no przecież mówię, że teść! To jasne, że wywiózł Wilhelminę na wieś. Też bym tak zrobił, gdybym wiedział, że zbliża się wojna...

— A on wiedział! Naprawdę wiedział! — wszedł mu w słowo Krzepki. — Wiem to od Wilhelminy! W szpitalu, gdy widzieliśmy się po raz ostatni, wszystko mi powiedziała! Jej ojciec ukrywał w swoim warsztacie broń. Chyba nie trzeba zgadywać dla kogo!

Kaczmarek zmarszczył brwi.

— Skoro kręcił się przy tym Schultze, wszystko jest teraz jasne jak słońce — warknął. — Byliśmy ślepi, Janeczku... Bardzo ślepi. I Bóg nas za to pokarał.

Krzepki pokiwał smętnie głową. Zgadzał się z kuzynem i jakoś nie wiedział, co mu odpowiedzieć. Gdyby tylko mógł cofnąć czas...

— Na twoim miejscu, kuzynie, popytałbym o rodzinę Wilhelminy mieszkającą pod Poznaniem. — Były komisarz policji znowu wszedł w dawną rolę. Sprawiało mu tu przyjemność i tylko fakt, że Janeczek cierpi, studził jego dedukcyjne zapędy. — Sąsiedzi na pewno coś wiedzą. Sam wiesz, jak to jest... Niby na co dzień interesujemy się głównie sobą, ale gdy ktoś przyjeżdża w odwiedziny do sąsiadów...

— Masz rację, Biniu. Pomyślę o tym. — Głos Jana zabrzmiał głucho, jakby starał się zdusić w sobie wzbierające emocje. — Ale jeszcze nie teraz. Na razie muszę przeprowadzić cię do innej kryjówki.

— Mnie? Do kryjówki? Kiedy mi tu dobrze. Po co?

— To rozkaz, Biniu. Pamiętasz jeszcze to słowo? Dostałem rozkaz. Powiedzieli mi, że chwilowo miałeś tu blajbę*, ale muszę cię przenieść do innego schowka.

— Schowka? A co to ja, mebel jakiś stary jestem, czy jak?! — zaperzył się Kaczmarek. — Teraz do schowka, a za chwilę odstawisz mnie do kąta!

*BLAJBA — nocleg

— Daj spokój, kuzynie. Rozkaz jest rozkaz.

— A kto go wydał? — zapytał Kaczmarek.

— Nie powiem. I wiesz dobrze dlaczego.

— Naprawdę muszę się z stąd ruszać? — Po wczorajszej ucieczce Kaczmarek nie miał najmniejszej ochoty znowu wychodzić na miasto.

— Nie ma dyskusji, Biniu. — Krzepki uciął rozmowę. — Ten lokal nie jest wcale taki bezpieczny, jak ci się wydaje. Sam zauważyłeś zresztą, że niżej mieszkają Niemcy.

— Kiedy czasem pod latarnią najciemniej...

— Daj spokój, Janie Barski. A jak Niemiaszki przyjdą tu powiesić pranie? Zrobią rejwach** na całą dzielnicę i Gestapo będzie tu w kwadrans. Pamiętaj, jesteś ich celem numer jeden...

**REJWACH — hałas

Kaczmarek nie wierzył w to, co słyszy, ale przez grzeczność nie protestował. Ostatnie miesiące spędzone w konspiracji poza Poznaniem zmieniły go nie tylko zewnętrznie. Wyciszył się. Wygasły emocje, które przed wojną, w trakcie służby, targały nim codziennie. Schudł, policzki miał zapadnięte i przypominał raczej kamedułę niż dawnego zażywnego policjanta.

— Masz coś ze sobą? Poza tym gnatem, oczywiście — zapytał Krzepki, po czym uśmiechnął się, wskazując palcem na policyjnego browninga.

— Niewiele — mruknął jego kuzyn.

Zbigniew Kaczmarek nie był szczęśliwy, że znowu musi się zbierać do drogi.

Poznań, Dworzec Główny, 8.07

„Hauptbahnhof Posen" — gotycki napis witający podróżnych zgromadzonych przed ceglanym gmachem dworca, informował aż nadto dobitnie, do kogo należy to miasto.

Siwy mężczyzna spacerujący mostem dworcowym przerzuconym nad torami mógł się naocznie przekonać o potędze Rzeszy. Niemal pod jego stopami stały dwa wojenne transporty. Były to długie składy sczepionych ze sobą platform. Na każdej z nich znajdowały się malowane w rdzawo-zielone barwy tygrysy lub pantery — czołgi, które zapewniły Niemcom ostateczny sukces w wojnie z Sowietami. Ich zaczopowane lufy sterczały teraz równo, wycelowane w niebo niczym na paradzie pod berlińską Kancelarią Rzeszy.

Mężczyzna poprawił grube oprawki okularów, dając na moment odpocząć zmęczony oczom. Naliczył w sumie trzydzieści tygrysów wersji Pz VI i dziesięć panter Pz V. Jeśli wzrok go nie mylił, na najdalszych platformach znajdujących się na wysokości Kaponiery dostrzegł kilka sylwetek tygrysów królewskich. Wieże kolosów Tiger II kontrastowały z bardziej klasycznym kształtem wież tygrysów starszego typu.

Aż trudno uwierzyć, że Sowieci mieli więcej czołgów niż Niemcy — pomyślał „Neptun". A mimo przewagi militarnej przegrali. Cóż, zawiodło ich dowództwo. I system dowodzenia oparty na pogardzie dla żołnierza.

„Neptun" miał okazję przekonać się na froncie, jak żelazny niemiecki walec zgniatał wszystko, co stanęło mu na przeszkodzie. Major nie popierał decyzji polityków, którzy kilka lat wcześniej rzucili Wojsko Polskie na wschód, by u boku Wehrmachtu powaliło Związek Sowiecki. Jednak żołnierz nie dyskutuje, żołnierz wykonuje rozkazy. Tłumaczono im przecież, że tam, na wschodzie, wykuwają szczęśliwą przyszłość Rzeczpospolitej. Nie wierzył, ale słuchał. Instynkt go jednak nie zwiódł. Sowieci padli, a alians z nazistami okazał się katastrofą. W sierpniu 1944 roku Niemcy zajęli kraj w ciągu tygodnia.

Pożyteczni idioci — rozmyślał „Neptun", wolno przechadzając się mostem dworcowym. Byliśmy pożytecznymi idiotami. A teraz płacimy wysoką cenę.

Z dołu dobiegły go rozpaczliwe nawoływania przerywane rzucanymi z wściekłością komendami po niemiecku.

Na skrajnym peronie, położonym najbliżej Dworca Zachodniego, kłębił się tłum nieszczęśliwych ludzi. Siedzące na betonowych płytach kobiety zanosiły się płaczem, przyciskając do piersi dzieci. Mężczyzn wokół nich znajdowało się niewielu, na ogół byli w starszym wieku. Cywilów pilnował kordon żołnierzy uzbrojonych w karabiny maszynowe. Po torze toczył się ku nim skład złożony z wagonów towarowych.

Kolejna wywózka — zauważył „Neptun". Od zimy Niemcy systematycznie wywożą z miasta polską ludność. Wywożą ich, a my nie możemy nic zrobić.

Przyspieszył kroku, by nie słyszeć przekleństw miotanych ponad głowami okupantów.

Gdzieś w dole zaterkotał nagle karabin i wszystko na moment ucichło.

Major „Neptun" zdusił w sobie złość.

Nie mógł zerknąć przez balustradę. Nie mógł się zdradzić. Miał przecież ważniejsze zadanie.

Poznań, centrum miasta, 8.30

Restauracja Zum Ritter położona przy Ritterstrasse 12 świeciła jeszcze pustkami. Wzrok barmana Gregora Jahna wędrował jednak ku schowanemu za załomem muru stolikowi. Gdyby nie oficerki, w których przyszedł chwilę wcześniej wysoki mężczyzna o nordyckim profilu, barman za nic by nie powiedział, że za stołem siedzi funkcjonariusz ss albo Gestapo. Te buty zupełnie nie pasowały do jego cywilnego płaszcza. Dlaczego się maskuje, w dodatku tak nieudolnie? Barman zdziwił się jeszcze bardziej, gdy do tajemniczego gościa dosiadł się niebawem drugi, nie mniej podejrzany. Wszedł do lokalu tak gwałtownie, że Jahn nie zdążył oderwać wzroku od butów klienta za stołem. Gdy już się zorientował, że w knajpie pojawił się kolejny gość, zobaczył jedynie jego szerokie plecy. Ich właściciel również usiadł za rogiem, zupełnie niewidoczny dla barmana.

Coś tu nie gra, ale to nie moja sprawa — pomyślał Jahn i skupił się na wycieraniu ścierką kufli do piwa.

Dwóch mężczyzn przy stole nie miało mu za złe, że się do nich nie spieszy. Hartmuth Hinker był zadowolony, że jego rozmówca jest punktualny. To cecha, na której zbudowana jest wielkość Niemiec — uznał i pochylił się ku towarzyszowi.

— Dobra robota — pochwalił go protekcjonalnym tonem. — Twoje informacje były jak zwykle precyzyjne. Zgarnęliśmy dwóch ludzi „Neptuna", niezła z nich parka! Jeszcze dzisiaj wyśpiewają nam wszystko i śledztwo posunie się do przodu

Gestapowiec zawiesił głos, jakby rozkoszując się już wizją przesłuchania aresztowanych Polaczków. Dawno nie używał pejcza i ręce wprost świerzbiły go do roboty.

Rozmówca Hinkera chrząknął znacząco.

— A pułapka na Fischerei? — zapytał tonem, który zdradzał, że zna już odpowiedź.

Oficer tajnej policji skrzywił się.

— Moi ludzie skrewili sprawę — przyznał niechętnie. — Ale to nie twoja wina, „Bruno". Nie musisz się tym przejmować. Masz coś nowego? Prosiłeś przecież o to spotkanie…

„Bruno" poruszył się niespokojnie, rozglądając na boki. Knajpa była pusta, ale ciągle nie mógł się pozbyć wrażenia, że ktoś na niego patrzy.

— Oni coś knują — wyszeptał. — Wczoraj „Neptun" zwołał nagle naradę. Niestety nie udało mi się ustalić, gdzie się zebrali. Nie dopuszczają mnie jeszcze do jego najbliższej grupy.

Hinker machnął lekceważąco ręką w czarnej rękawiczce.

— *Langsam, langsam, aber sicher*[2] — zarechotał. — Spokojnie, „Bruno". Na wszystko przyjdzie czas. A czego dotyczyła ta narada?

„Bruno" westchnął.

— Jeszcze nie wiem. — Ale czuję, że to jakaś grubsza sprawa. Coś się święci, *Herr* Obersturmbannführer... Oni zachowują się bardzo dziwnie...

— To znaczy?

— Nigdy wcześniej nie postawili grupy w stan alarmu. Jestem pewien, że coś wisi w powietrzu.

— No, to masz co robić. Melduj, jak tylko coś ustalisz. Najwyższy czas zaaresztować całą tę bandycką grupę! A wtedy... Wtedy nie zapomnimy o twoich zasługach dla Rzeszy.

Gestapowiec pochylił się w przód, jakby chciał się już podnieść, ale w ostatniej chwili coś sobie przypomniał.

— *Na ja*, „Bruno" — zagaił i sięgnął do wewnętrznej kieszeni płaszcza. — *Ich habe vergessen...*[3] Masz tu fotografię niebezpiecznego człowieka. Poszukujemy go, odkąd weszliśmy do Posen. Nazywa się Kaczmarek. Spróbuj go namierzyć. Tylko ostrożnie, to były policjant. Podejrzewam, że znowu zawitał w mieście.

Poznań, Stare Miasto, 10.00

Północny kwartał Starego Miasta wyglądał na wyludniony i w istocie taki był. Powybijane szyby, opustoszałe kamie-

---

2 Powoli, powoli, ale pewnie.
3 No tak, „Bruno", zapomniałem...

nice wokół synagogi i pozrywane, walające się na bruku szyldy dawnych sklepów smętnie poświadczały kataklizm, który przeszedł przez żydowską dzielnicę wczesną jesienią ubiegłego roku. Na nielicznych ocalałych drzwiach czy witrynach Kaczmarek widział co jakiś czas te same rysunki i napisy, wymalowane zapewne rękoma esesmanów: szubienicę z wiszącym na niej ludzkim pajacykiem i podpisem „Jude raus!".

Nietrudno było się domyśleć, że okupanci zrobili to, co zapowiadali.

Krzepki prowadził kuzyna w milczeniu, od czasu do czasu rzucając spojrzenie w ciemne, gdzieniegdzie wypalone okiennice. Zdawało mu się, że widzi w nich cienie dawnych mieszkańców. Zatrzymał się nawet pod ruderą dawnej restauracji przy niegdysiejszej ulicy Żydowskiej, której nazwa w październiku 1944 roku przeszła nieodwołalnie do przeszłości. Wskazał tam ręką na mocno już wytarty napis kredą na ścianie. Napis po polsku.

„Żydzi na Madagaskar!" — przeczytał zażenowany Kaczmarek.

Hasło to słyszał przed wojną, wykrzykiwane podczas pochodów młodzieży narodowej. Dość często powtarzał je również endecki „Kurier Poznański"... Patrząc na ruinę knajpy przy Żydowskiej, pomyślał, jakie to wszystko było głupie i nieludzkie.

W milczeniu poszli dalej, zostawiając za sobą budynek synagogi. Świątynię otaczały teraz rusztowania. Choć chwilowo nikt na nich nie pracował, było jasne, że okupanci lada dzień sprofanują to miejsce. Krzepkiemu obiło się niedawno o uszy, że Niemcy chcą przebudować synagogę na pływalnię dla ss. Ile w tym było prawdy — nie potrafił powiedzieć.

Kaczmarek nie zapytał kuzyna, co się stało z tysiącami mieszkańców tej i sąsiednich ulic. Nie musiał. O wywózce poznańskich Żydów głośno było nawet daleko poza Poznaniem. Niemcy podstawili na dworcu kilka długich składów z bydlęcymi wagonami. Załadowali do nich ludzi jak trzodę chlewną. Żydzi odjechali na wschód i wszelki ślad po nich zaginął. Kaczmarek przypomniał sobie, jak na wsi pod Środą ktoś mówił o jakimś gigantycznym obozie pracy stawianym przez Niemców gdzieś nad Nerem. Nikt nie wiedział jednak nic pewnego, a już na pewno nie był w stanie tego sprawdzić

Jeśli Niemcy potraktowali poznańskich Żydów tak samo jak wcześniej własnych, to zapewne mieszkańcy Stawnej już nie żyją — pomyślał Kaczmarek. I aż się wzdrygnął. To były pierwsze ofiary wywózek. A teraz biorą się za nas…

— A dokąd my właściwie idziemy, Janeczku? — zagadnął kuzyna, by odpędzić coraz bardziej ponure myśli.

— Zobaczysz, Biniu. Już niebawem — usłyszał enigmatyczną odpowiedź.

— Strasznie jesteś tajemniczy — odmruknął. Nie lubił takich niespodzianek.

Zdążył już zauważyć, że Jan zmienił się w ostatnich miesiącach. Nie mówił zbyt wiele, zrobił się skryty i bardziej skupiony. Musi być blisko „Neptuna". Nic dziwnego, w końcu jest kapitanem Wojska Polskiego. W dodatku z doświadczeniem wojennym zdobytym na froncie sowieckim.

Nie to co on, były komisarz policji, ścigany i kryjący się teraz jak jakiś szczur.

Przez chwilę walczył z uczuciem zazdrości. Głupi jesteś, Kaczmarek — uznał w końcu. Głupiś jak but!

— Co tam mruczysz, Biniu? — zainteresował się niespodziewanie kuzyn.

— Nic takiego — burknął Kaczmarek. — Daleko jeszcze?

— Niedaleko. — Krzepki mrugnął do niego okiem. — Ale nic więcej nie powiem.

— W porządku, panie Szpula. Nie mam więcej pytań.

Nadal na Starym Mieście, 10.15

Otto Weiss uchylił kapelusza przed elegancką damą wychodzącą z bramy trzypiętrowej kamienicy przy Schulstrasse 10. Zanim znalazł się na schodach klatki schodowej, przystanął na moment w półcieniu rzucanym przez najniższy balkon i spojrzał w górę.

Gdzieś tutaj na dawnej Szkolnej mieszkał ten policjant, zanim świat zawalił się Polakom na głowy.

Nowa, niemieckojęzyczna tabliczka z nazwą ulicy na murze kamienicy nie wróżyła Weissowi sukcesu. Był niemal pewny, że polscy lokatorzy dawno już zostali wywiezieni z tego fragmentu staromiejskiej zabudowy. Czuł się jednak w obowiązku sprawdzić to osobiście. Podświadomie liczył na cud: może Longina Kaczmarek nadal mieszka pod dawnym adresem? Może jakimś trafem uniknęła przyjemności bliższego zaznajomienia się z ponurakami z Ritterstrasse?

Wiedział, że się łudzi. Podmalowane białą farbą okna szpitala, który znajdował się naprzeciwko, skłoniły go do ponurego żartu.

— Po odwiedzinach Gestapo miała chociaż blisko — westchnął.

Wszedł na klatkę schodową. Swojsko brzmiące nazwiska Kurt Vogelein i Helga Brauschwein odczytane z drzwi lokali na parterze tylko utwierdziły go w przekonaniu, że Tysiącletnia Rzesza właściwie wykorzystała czas od jesieni ubiegłego roku. Mieszkający tu niegdyś Polacy żyją teraz zapewne w jakimś obozie pracy za Wisłą. Może nawet pod samym Uralem — pomyślał bez cienia współczucia. Ciekawe, czy trafiła tam także żona Kaczmarka?

Spokojnym krokiem urzędnika, który bez wahania i zarazem bez zbędnych emocji wykonuje swoje służbowe czynności, wspiął się schodami na pierwsze piętro. Rzucił okiem na tabliczkę z nazwiskiem lokatora.

— Erich Lorenz — powiedział sam do siebie i przysunął dłoń do drzwi. — Może wie coś na temat poprzednich lokatorów?

Zastukał palcem nad klamką. Po kilku sekundach usłyszał ciężkie kroki po drugiej stronie. Za chwilę w drzwiach pokazał się tęgi mężczyzna w szlafroku ze złotymi wyłogami. Wyglądał na czterdzieści parę lat. Spoglądał tak hardo na Weissa, że ten odniósł wrażenie, iż ma do czynienia z wojskowym lub urzędnikiem wysokiego szczebla.

— Kriminalidrektor Otto Weiss, policja w Posen — przedstawił się z przyjaznym uśmiechem. — Pan Erich Lorenz?

— Major Erich Lorenz — przytaknął gospodarz z naciskiem na pierwsze słowo. — O co chodzi, *Herr* Direktor?

— Przepraszam za to najście. — Weiss uśmiechnął się raz jeszcze. — Prowadzę śledztwo w sprawie… No właśnie, powinienem powiedzieć: w sprawie byłego mieszkańca tego lokalu.

Major Lorenz obrzucił Weissa nieufnym wzrokiem.

— Pan wybaczy, ale niezupełnie rozumiem. Nikt tu przede mną nie mieszkał. To znaczy… — poprawił się szybko — …chciałem powiedzieć, żaden Niemiec.

— To prawda, panie majorze — potwierdził Weiss.

Lorenz najwyraźniej nie zamierzał go zaprosić do środka. Kriminaldirektor czuł się idiotycznie, przesłuchując gospodarza w progu. — Pozwoli pan, że wejdziemy na chwilę do…

— Wykluczone, *Herr* Kriminaldirektor. Pan wybaczy, ale nie jestem sam.

— *Selbstverständlich, Herr* Major![4] — Weiss poczuł się nieswojo, gdy nagle gdzieś zza pleców Lorenza doleciał do nich słodki szczebiot.

— *Eeeerich! Wo bist du, mein Spassvogel?!*[5]

Sytuacja zrobiła się niezręczna.

— Pan wybaczy, przyjdę innym razem. — Weiss wycofał się natychmiast.

Nie zamierzał zakłócać miłego poranka oficerowi Wehrmachtu.

— Nic się nie stało, panie Weiss. — Na twarzy majora zagościł filuterny uśmiech. — A poza tym, nie mam chyba

---

4 Ma się rozumieć, panie majorze!
5 Erich! Gdzie jesteś, mój żartownisiu?

nic do dodania. Kiedy wprowadzałem się tutaj w grudniu ubiegłego roku, mieszkanie zastałem zupełnie puste. Ale urządzone było z dużą klasą, nie powiem. Aż dziw bierze, że ci *Untermenschen* potrafili żyć na takim poziomie!

Poznań, Stare Miasto, była dzielnica żydowska, 11.15

Kaczmarek został sam w niewielkim mieszkaniu na rogu Marstallstrasse, zwanej przed wojną Masztalarską. Jednopokojowe lokum miało tę zaletę, że jego okna wychodziły na dwie strony zagiętej ulicy: w kierunku dawnej Kramarskiej i Wronieckiej. Dzięki temu można było bez dużego wysiłku kontrolować wydarzenia na zewnątrz. Stojąc za firaną, Kaczmarek poczuł się nareszcie panem sytuacji.

Kuzyn Jan obiecał, że zajrzy do niego następnego dnia.

— Na razie odpoczywaj. A najlepiej udawaj, że cię tu nie ma. Na wszelki wypadek nie zapalaj wieczorem światła — poradził mu przed wyjściem. — W schowku masz suchą kiełbasę i pół bochenka chleba. Powinno ci to na razie wystarczyć.

Kaczmarek nie był głodny. Był zły, że musi siedzieć w tej klatce. Wprawdzie w porównaniu ze strychem na Wildzie obecne mieszkanie wydało mu się całkiem przytulne, jednak nie czuł się tu dobrze. W swojej długiej karierze zawodowej, podczas której przebył wyboistą drogę od posterunkowego na Chwaliszewie do wysokiego oficera Wydziału Śledczego poznańskiej policji, nie narzekał na brak pracy i emocji. Miał ich nawet w nadmiarze, za co zapłacił pogmatwanym życiem osobistym, zakończonym separacją z żoną. Teraz jedynym pocieszeniem był dla niego fakt, że mieszka niedaleko od Szkolnej.

Jak tylko sytuacja się uspokoi, zajrzę tam — postanowił.

Aby zabić nieprzyjemnie dłużący się czas, sięgnął po leżący na parapecie „Ostdeutscher Beobachter", organ NSDAP. Gazeta pochodziła z kwietnia. Klapnął na zydlu i zagłębił się w lekturę.

„Ćwierć miliona nowych obywateli Rzeszy" — donoszono triumfalnie na pierwszej stronie.

„Posen, Ansiedlungsamt[6]. Jak poinformował wczoraj kierownik tutejszego Urzędu Osiedleńczego SS-Gruppenführer Heinrich Wittke w ciągu niespełna czterech miesięcy tego roku ze wschodnich terenów Nowej Rzeszy przesiedlono do Warthegau — ze szczególnym uwzględnieniem miasta Posen — prawie 300 tysięcy obywateli niemieckich. Ufni w obietnice naszego Führera Adolfa Hitlera, na jego wezwanie porzucili prymitywne warunki dotychczasowego bytowania i przyjechali do Warthegau, gdzie czekały już na nich nowe, dobrze wyposażone lokale mieszkaniowe".

Kaczmarek nie mógł się powstrzymać i splunął pod nogi.

— Oby was pogięło, złodziejskie Szkiebry — skomentował i zmiął gazetę w kulkę, która za chwilę wylądowała w kącie za niedużym piecem kaflowym. — Nowe, dobrze wyposażone lokale — żachnął się jeszcze raz. — Nie napisali tylko, gady, po kim te mieszkania są i kto je wyposażył!

---

6 Urząd Osiedleńczy.

Ze złości zaczęły mu się trząść ręce. Wstał z taboretu i podszedł do okna. Na staromiejskiej uliczce toczyło się spokojne życie. Dwóch blondwłosych chłopców kopało po bruku skórzaną piłkę, mówiąc coś po niemiecku. Nagle malcy stanęli jak wryci, a zaraz potem wyprężyli się jak struny, wyrzucając nieco niezdarnie chude rączki w górę.

Obok nich przeszedł nastoletni młodzieniec w mundurze Hitlerjugend.

Już się szkolą, gówniarze. Rośnie nowa rasa panów — pomyślał Kaczmarek. Znowu poczuł się obco w swoim mieście.

Nagle ktoś cicho zapukał do drzwi.

Ktoś do mnie?

Co robić?

A jeśli to…

Sięgnął do kieszeń spodni, w której tkwił pistolet. Z bronią w dłoni zbliżył się na palcach do drzwi. Dopiero teraz odkrył, że nie miały wizjera. Błąd! Cholerny błąd!

— Pan otworzy, panie Barski… — usłyszał cichy głos zza drzwi.

Poznań, Stare Miasto, chwilę później

To był znajomy głos.

Gdy Kaczmarek przekręcił zamek i wolnym ruchem uchylił drzwi, zobaczył… „Neptuna"!

— Proszę, panie majorze. — Komisarz był szczęśliwy z niespodziewanego, acz zacnego towarzystwa.

Gość skłonił się i szybko przekroczył próg. W milczeniu pokazał Kaczmarkowi, by ten starannie zamknął drzwi.

— Bardzo się cieszę, panie majorze. — Kaczmarek starał się wypowiadać możliwie cicho. — Czym sobie zasłużyłem na ten zaszczyt?

— Zaraz panu powiem — wyszeptał „Neptun".

Brak brody u Kaczmarka nie zrobił na majorze żadnego wrażenia. Najpierw wyjrzał przez oba okna, a potem przez chwilę nasłuchiwał w napięciu odgłosów za ścianą. W końcu, gdy się upewnił, że jest bezpiecznie, spojrzał Kaczmarkowi głęboko w oczy.

— Niezły z pana wygibas, panie Barski. — W oczach „Neptuna" Kaczmarek wyczytał ni to przyganę, ni pochwałę. — Chwała Bogu, że mi Szpula powiedział, z kim mam do czynienia, bo nadal bym myślał, że jesteś pan tylko zwykłym łącznikiem z jakiejś Koziej Wólki. No jak tak można, nic mi nie powiedzieć?

Kaczmarek się speszył.

— Miałem inne zadanie — odparł skromnie. — Nie wiedziałem, że to pana majora może…

— Może, może! — przytaknął „Neptun", a jego szept przeszedł w półgłos. — Niebiosa mi pana zsyłają, panie Barski, *pardon*, panie Kaczmarek! Komisarzu Kaczmarek, oczywiście! Niech pan sobie wyobrazi… że mam dla pana zadanie.

Kaczmarek zrobił duże oczy. Nie spodziewał się, że jego niedawne westchnienia do bardziej odpowiedzialnych konspiracyjnych wyzwań tak szybko przyoblekną się w konkretne zadanie. Wprost płonął z ciekawości, z czym przyszedł do niego dowódca poznańskiej kompanii Armii Podziemnej.

— Tak? Nie wiem tylko, czy podołam, panie majorze.

— Podoła pan, komisarzu — usłyszał w odpowiedzi Kaczmarek. — Podoła pan, bo to dla pana nie pierwszyzna.

Poznań, kamienica przy Schulstrasse, 12.30

Sąsiadką majora Lorenza okazała się pulchna kobieta w obcisłym żakiecie z wpiętą w niego odznaką partyjną. Erna Schiller już w pierwszych słowach uświadomiła Weissowi, że jest żoną Leitera dzielnicowej organizacji NSDAP i nie życzy sobie, by nachodziła ją policja, a już zwłaszcza kryminalna.

— Droga pani, denerwuje się pani zupełnie niepotrzebnie. — Kriminaldirektor wciągnął ją delikatnie z korytarza do przestronnego, wymalowanego w pogodne barwy mieszkania. — Osobiście nie mam żadnych uwag ani do pani, ani do jej szanownego małżonka. Szukam Polaka nazwiskiem Kaczmarek.

— Polaka? U mnie? Nie zatrudniam polskiej służby. Ściśle stosujemy się z mężem do zaleceń partii w tym względzie. To robactwo powinno jak najszybciej zniknąć z naszego otoczenia.

— Nie chodzi o służbę. Szukam poprzedniego lokatora mieszkania, w którym mieszka obecnie Erich Lorenz. Nazywał się Zbigniew Kaczmarek. Może zetknęła się z nim pani? Albo wie, gdzie go można odnaleźć? To sprawa wagi państwowej.

Czerwona twarz Erny Schiller pobladła nieznacznie.

— Nie zetknęłam się w tym domu z żadnymi Polakami — wyjaśniła urażonym tonem. — Wprowadziliśmy się na Schulstrasse zaraz po Nowym Roku. Major Lorenz mieszkał już wtedy obok nas. Był, zdaje się, zachwycony swoim mieszkaniem. Przesadził! Moje mogłoby być większe. No ale cóż, innych chwilowo nie było.

Zza szerokich bioder pani Schiller wyjrzał mały chłopiec w spodenkach na szelkach.

— *Mutti, wer ist das?*[7] — zapytał, spoglądając z lękiem na Kriminaldirektora Weissa.

— Pan policjant, synku.

— Pan policjant bez munduru? — zdziwił się malec. — A tata mówił, że mundur jest najważniejszy.

— Tak, tak, Michael. Wracaj do żołnierzyków! — Erna Schiller przegoniła syna, kręcąc głową. — Ach, te dzieciaki! Każdy z nich chce być od razu w Wehrmachcie!

Otto Weiss uśmiechnął się smutno.

— Czyli nie miała pani okazji poznać niejakiego Kaczmarka, *Frau* Schiller? — ponowił pytanie.

— Nie, *Herr* Direktor — potwierdziła żona partyjnego Leitera. Przyglądając się bacznie Weissowi, dodała: — A mogę zobaczyć pana służbową legitymację?

Poznań, Marstallstrasse, kwadrans później

— Nie rozumiem. — Kaczmarek z wrażenia aż przysiadł na krześle. — O jakie zadanie chodzi?

---

7   Mamusiu, kto to jest?

„Neptun" usiadł na skrzypiącym brzegu łóżka i uśmiechnął się wyrozumiale.

— Wczoraj o mały włos nie wpadł pan w ręce Gestapo — powiedział spokojnie. — Zanim dotarł pan na Rybaki, Niemcy zlikwidowali lokal, w którym czekali na pana nasi ludzie: „Aleksandra" i „Bodo". To miała być popisowa wsypa. Kocioł, który miał zaprowadzić Gestapo do mnie. Gestapowcy znali skądś adres naszego tajnego lokalu na Rybakach. I wiedzieli, kiedy dotrze do niego łącznik z terenu, czyli pan... Nie wiedzieli jedynie, skąd pan przyjedzie...

Kaczmarek zbladł z wrażenia.

— A więc... — jęknął.

— Logiczny wniosek jest jeden, panie komisarzu. Gestapo ma kreta w naszych szeregach.

— Kreta? — zdziwił się Kaczmarek.

— Kreta, czyli wtyczkę. I tu zaczyna się pańskie zadanie, komisarzu. Był pan przed wojną śledczym, prawda?

— Stare dzieje — wymamrotał Kaczmarek.

— Więc mi go pan znajdziesz.

— Ja? Kogo?

— Przecież mówię. Wtyczkę w naszych szeregach.

Zbigniew Kaczmarek, były komisarz Wydziału Śledczego, poczuł na karku mrowienie, które towarzyszyło mu przy każdej nowej sprawie o zabójstwo.

— Mam prowadzić śledztwo w waszej tajnej organizacji? — zapytał bez entuzjazmu. — Ta propozycja to dla mnie zaszczyt, ale proszę zauważyć, że śledztwa, w których dotychczas uczestniczyłem, toczyły się w zupełnie innych warunkach.

— Wiem, panie komisarzu. Rozumiem. Czasy się jednak zmieniły. Nie mamy wyboru. I pan też go nie ma. Musimy szybko ustalić źródło przecieku. Tylko w ten sposób zmniejszymy straty i ocalimy naszą grupę. Bo musi pan wiedzieć, że aresztowanie „Aleksandry" i „Boda" nie było pierwszym takim przypadkiem. Tydzień temu tajniacy Gestapo zatrzymali w jednej z naszych skrzynek kontaktowych łącznika „Kiepurę". Od kilku dni torturują go na Ritterstrasse. Zmieniliśmy skrzynki i adresy, a teraz pozostaje nam już tylko wierzyć, że „Kiepura" wytrzyma i nie sypnie innych. Podobnie zresztą jak nasza dwójka z Rybaków...

Kaczmarek zrozumiał, że nie może odmówić.

— Ale jak? Kiedy? Przecież szukają mnie! — wyrzucił z siebie. — Sam mi pan to wczoraj powiedział!

— Ciiii! — „Neptun" przyłożył palec do ust. — Wróg słucha.

Kaczmarek uniósł ręce w przepraszającym geście.

— Jest pan spalony jako brodacz o nazwisku Barski — wyszeptał major. — Tę koszmarną brodę na szczęście już pan zgolił i teraz wygląda pan całkiem przyzwoicie. A już na pewno nie rzuca się pan w oczy tak jak wcześniej. Odczeka pan jeszcze dzień, może dwa w tej dziupli, aż nie wyrobimy panu nowych papierów. À propos, nasz fotograf wpadnie do pana jutro z rana. A potem, z nową tożsamością, będzie pan mógł przystąpić do dzieła.

— Ale...

— Wiem, że poza mną i Szpulą nie zna pan nikogo z naszej organizacji.

— No właśnie.

— Dlatego poprosiłem Szpulę, by opowiedział panu nieco więcej o sprawie. Wiem, że przysięgę już pan złożył w swoim oddziale. Cóż... — „Neptun" zamyślił się na kilka sekund — ...ufam panu, komisarzu. Mam nadzieję, że mnie pan nie zawiedzie. W końcu mam do czynienia z oficerem, który wie, co to honor.

— Tak jest, panie majorze. Ku chwale ojczyzny.

4

„TOPÓR" NIE ŻYJE

Brno, dworzec kolejowy, 9 maja 1945 roku, godz. 12.57

Ciepły majowy wiatr hulał po peronach, podwiewając spódnice młodym Niemkom.

Jirzi Hlava, ostatni czeski kolejarz zatrudniony na dworcu głównym w Brnie, spoglądał ze strachem, ale i z zaciekawieniem na skład ustawiony na najdalszej bocznicy.

Wzrok Hlavy przykuły zrazu lufy dział przeciwlotniczych, przytwierdzonych do dwóch platform na początku i na końcu pociągu. Hełmy siedzących przy nich celowniczych błyszczały w ostrym słońcu. Czego oni się boją? — zastanawiał się Czech. Całe niebo nad Europą należy przecież do Luftwaffe. Piloci RAF-u od czasu podpisania upokarzającego rozejmu w Dieppe nie wyściubiają nosa poza kanał La Manche. A niedobitki Sowietów trudniące się partyzantką za linią Uralu nie mają już lotnictwa. W pociągu musi jechać ktoś ważny. Tylko kto?

Nieraz był świadkiem przejazdów przez Brno praskiego Gauleitera i przywykł do nadzwyczajnych środków ostrożności, jakie stosowali wtedy Niemcy. Nie dziwiły go też — utrzymywane w ścisłej tajemnicy — nocne przejazdy długich składów złożonych z wagonów bydlęcych. Choć transporty te miały najwyższą klauzulę tajności, wiedział, kto nimi jechał. Mimo absolutnego zakazu zbliżania się do wagonów zdołał kilkakrotnie usłyszeć dobiegające z nich wołania o kromkę chleba czy odrobinę wody. Raz nawet udało mu się podrzucić nieszczęśnikom pół bochenka.

Tym razem przejazd otoczono nieporównywalną z niczym wcześniej tajemnicą.

— Kto się zbliży do pociągu specjalnego, zostanie zastrzelony bez uprzedzenia — zapowiedział dziś na porannej odprawie niemiecki przełożony Hlavy.

Odprawa była krótka jak nigdy. Nie padło ani jedno pytanie.

Hlava przyglądał się pociągowi z bezpiecznej odległości, spacerując wzdłuż pospiesznego do Bratysławy i opukując jego koła wielkim młotem.

Ciekawe, kto nim jedzie. Kto i dokąd.

Poznań, Stare Miasto, 14.07

Kriminaldirektor Otto Weiss opuścił kamienicę przy Schullstrasse 10 z uczuciem zawodu. Nie spodziewał się wprawdzie, że zastanie tu jeszcze członków rodziny komisarza polskiej policji, miał jednak cichą nadzieję, że dowie się czegokolwiek od nowych mieszkańców domu.

Niestety, przeliczył się. Ani major Lorenz, ani *Frau* Schiller, ani ich sąsiedzi z wyższych pięter nie potrafili powiedzieć nic ciekawego na temat „zasranych Polaczków" — jak ich obrazowo określił volksdeutsch Julius Pechstein, siwy lokator mieszkania na trzecim piętrze. — Te słowiańskie świnie to już melodia przeszłości, *Herr* Direktor! — perorował mu przez dłuższą chwilę Pechstein. — Nasz Führer pokaże im miejsce w szeregu! Do Azji z tymi podludźmi! I to jak najszybciej!

Kiedy Weiss zauważył trzeźwo, że Pechstein też był do niedawna obywatelem polskim, jego rozmówca zrobił się purpurowy ze złości. — W organizacji partyjnej byłem od dawna! — krzyknął, wskazując na znaczek NSDAP wpięty w klapę marynarki. — Być może nawet dłużej niż pan!

Weiss nie miał ochoty się sprzeczać. Doskonale wiedział, że neofici to najgorsza, najbardziej pieniacka i jednocześnie najbardziej niebezpieczna grupa obywateli Rzeszy. Donosy volksdeutschów, choć rzadko informujące o prawdziwych wydarzeniach, potrafiły zburzyć spokój niejednego prawowitego obywatela Rzeszy. Zatruwały przy tym życie wszystkim placówkom Kripo w większych miastach Nowej Rzeszy: od Posen po Moskau.

Ślepy tor — stwierdził Weiss po dwóch godzinach zmarnowanych na przepytywaniu lokatorów kamienicy. Kaczmarek to postać kompletnie im nieznana. Można to było przewidzieć!

— Ale należało sprawdzić — powiedział sam do siebie.

Z zasępionym obliczem ruszył w kierunku Starego Rynku. Myśli Weissa krążyły teraz wokół ponurego modernistycznego budynku przy Ritterstrasse, w którym od jesieni urzędowało Gestapo. Ciekawe, ile wie Hinker…

Dręczyło go nieprzyjemne przeczucie, że mimo dotychczasowych niepowodzeń Obersturmbannführer Hinker jest ciągle o krok przed nim.

Poznań, siedziba Gestapo, pół godziny później

Torturowany ostatkiem sił stłumił w sobie okrzyk bólu po uderzeniu pejczem. Był bliski omdlenia, ale walczył: ze swoją słabością i z oprawcami. Jeszcze walczył. Nie potrafił ocenić, jak długo wytrzyma.

— Poczekaj, Willi! — Dyspozycja rzucona z głębi celi powstrzymała uniesione w górę ramię siepacza.

Harmuth Hinker wstał z krzesła i podszedł do przesłuchiwanego tak blisko, że torturowany dostrzegł romb ze skrótem „SD" na rękawie jego munduru.

Na twarzy oficera zarysowało się znudzenie.

— I po co to wszystko? — zapytał. — Nam nie zaimponujesz, „Bodo". Widzisz, że znamy nawet twój pseudonim? Wiemy o tobie wszystko. Jesteś zakonspirowanym podoficerem Wojska Polskiego, czy też Armii Podziemnej, bo tak się chyba nazywacie? Przed wojną zagrałeś epizody w kilku filmach, prawda? To stąd wzięło się twoje pseudo, *nicht wahr?*[1] Wiemy też, dla kogo pracujesz. Major „Neptun" to również znana nam postać. Twój upór jest bezcelowy.

---

1 Czyż nie?

„Bodo" zmusił się, by wykręcić szyję w stronę gestapowca.

Obersturmbannführer Hartmuth Hinker schylił się nad
Polakiem.

— Gówno się dowiesz, pierdolony Szwabie — wyszeptał
„Bodo".

— Na two-im miej-scu zas-ta-no-wił-bym się — wycedził Hinker, poprawiając rękawiczkę na prawej dłoni.

— Na moim miejscu już byś nie żył.

Mocne uderzenie pięścią wykrzywiło twarz „Boda" ku
ścianie. Hinker wyciągnął chustkę z kieszeni spodni i starannie wytarł w nią ubrudzony krwią wierzch rękawiczki.

— Sprawiasz mi zawód, „Bodo" — powiedział. — Kiep-
ski z ciebie aktor. Ale na szczęście mamy sprawdzone me-
tody, by wydobyć z ciebie to, czego oczekujemy. Geheime
Staatspolizei ma całkiem spore doświadczenie z takimi ban-
dytami jak ty. Daję ci ostatnią szansę, Polaczku. Powtórzę
pytanie: gdzie się ukrywa „Neptun"? I co knujecie?

Zimną celę w podziemiach Domu Żołnierza wypełnił
nagle donośny śmiech.

— Prędzej wasz Führer się przekręci, niż wam powiem! —
wycharczał Polak, wypluwając krew. — Pieprzone Szwaby,
pies was trącał!

Hinker wyprostował się gwałtownie, jakby właśnie podjął jakąś decyzję.

— Willi! Bierz się do jego paznokci! — rzucił do siepacza.

Podwładny oficera z radością chwycił za leżące na półce
obcęgi.

Konrad Adolf Bombke sięgnął po świeżo wydaną, pierwszą niemiecką książkę teleadresową dla miasta Posen. Pod literą „G" szybko odnalazł poszukiwany numer.

— 82 61 — wymruczał zadowolony i podszedł do biurka, na którym stał jego partyjny telefon.

Zakręcił cztery razy tarczą aparatu i przyłożył słuchawkę do ucha.

Po trzecim sygnale usłyszał znany mu już głos Rottenführera Knapkego:

— Geheime Staatspolizei, Abteilung Posen[2]. Słucham!

Volksdeutsch nabrał powietrza w płuca i wyrecytował:

— Mówi Konrad Adolf Bombke, Leiter śródmiejskiej organizacji partyjnej volksdeutschów! Proszę o pilne połączenie z Obersturmbannführerem Hinkerem! Mam dla niego wiadomość ważną dla bezpieczeństwa Rzeszy!

Dyżurny w gmachu Gestapo chrząknął znacząco.

— *Herr* Obersturmbannführer jest zajęty. Proszę przekazać mi tę wiadomość, dostarczę ją niezwłocznie — zaproponował.

A to cwaniak! — pomyślał Bombke o Knapkem. Chciałby sam zgarnąć wyrazy uznania od szefa!

— Przykro mi, ale to niemożliwe — oświadczył volksdeutsch tonem, jakim niegdyś zwracał się do swoich podwładnych w magistracie. — Proszę mnie zatem umówić na spotkanie z Obersturmbannführerem! Jeszcze dzisiaj, jeśli to możliwe!

---

2 Tajna Policja Państwowa, oddział Poznań.

— To niemożliwe, *Herr* Bombke. Jak mówiłem, *Herr* Obersturmbannführer jest dzisiaj bardzo zajęty.

Bombke poczuł, jak wzbiera w nim złość. Pohamował się jednak. Sprawa była zbyt cenna, by zniechęcić do niej nawet szeregowych pracowników organów bezpieczeństwa Rzeszy.

— Nie szkodzi — powiedział przez zaciśnięte zęby. — Proszę mnie zatem zaanonsować na jutro rano. Możliwie jak najwcześniej!

W tym samym czasie w budynku Gestapo przy Rittestrasse

Ani żelazne obcęgi, którymi wyrywano paznokcie jak płatki róży, ani ćwierć kilo soli wysypanej na skrwawione plecy nie zmusiły „Boda" do wydania tajemnic. Dwukrotnie zemdlał, oszalały z bólu, i dwukrotnie wracał do rzeczywistości, oblany lodowatą wodą z wiadra. Nawet kilka kopniaków w genitalia nie skłoniło go do rozmowy z oprawcami. Wył i zwijał się w kącie celi, ale nie wypowiedział niczego poza siarczystymi przekleństwami, których nie szczędził gestapowcom.

Twarda sztuka — pomyślał Hinker, zapalając overstolza. Willi daremnie się trudzi. Polaka trzeba podejść psychologicznie.

Zaciągnął się głęboko dymem i zbliżył znowu do więźnia. Czuł, jak cuchnie to polskie ścierwo, i dałby wiele, by znalazło już zasłużony spoczynek w leśnym dole pod Moschin. Na razie jednak musiał z niego wydobyć kluczową informację.

Hinker wydmuchnął Polakowi prosto w oczy dym z papierosa.

— Nikt nie doceni tego, ile wytrzymałeś — powiedział wolno, by dobrze go zrozumiał. — Co gorsza, za te mury wypuścimy niebawem informację, że ktoś sypie „Neptuna" i jego spółkę. Twoi koledzy z Armii Podziemnej szybko się zorientują, że ktoś ich zdemaskował. Po kilku pokazowych aresztowaniach już nic nie zostanie z legendy „Boda".

Obersturmbannführer obserwował skrwawioną twarz Polaka, szukając na niej oznak słabości.

— I nikt nie będzie wiedział, że to nie „Bodo" sypnął grupę, tylko niejaki „Kiepura".

Hinker odnotował, że „Bodo" uniósł nieznacznie jedną z powiek.

— „Kiepura" ma naprawdę odpowiedni pseudonim, *mein Kamerad*[3]. Wyśpiewał nam wszystko, dosłownie wszystko! Aresztowanie waszej dwójki to ledwie początek naszej akcji. Myślisz, że skąd wiedzieliśmy o waszym łączniku na Fischerei?! Jesteśmy już blisko „Neptuna" i możesz być pewien, że gdy go chwycimy, osobiście dowie się ode mnie, że wydał go „Bodo"! Wy staniecie pod ścianą, a „Kiepura"... Cóż, właśnie kupił sobie kilka lat życia w obozie koncentracyjnym. Zabawne, prawda?

Powieka Polaka opadła, a usta rozchyliły się w grymasie, ukazując sine dziąsła pozbawione zębów.

— Zawisszzz...

— Co mówisz, Polaczku? — Hinker pochylił się nad „Bodem", by lepiej go zrozumieć.

---

3   ...mój towarzyszu.

— Zawiszniesz za to, Szkopie. Jusz niedługo.

Obersturmbannführer miał już dość tego przedstawienia.

— Willi! — ryknął. — Dawaj tu tę dziewczynę! Teraz dopiero zabawimy się na całego!

Poznań, niedaleko dworca, 16.25

Pod bramę firmy przewozowej Hartwig na Märkischestrasse 5 (zwaną za polskich czasów Składową) podjechał stary wóz ciągnięty przez zmęczoną chabetę. Pojazd prowadził potężny osobnik. Przyciągał wzrok strażnika nie tylko wielką sylwetką, lecz także czarną przepaską nad prawym policzkiem, która przesłaniała pusty oczodół.

— *Halt!* — usłyszał woźnica i posłusznie ściągnął ku sobie lejce.

Strażnik — silący się na groźną minę starzec w uniformie przypominającym nieco dawny mundur polskiej piechoty — zaszedł drogę zaprzęgowi i wycelował w woźnicę stary mauzer z demobilu.

— Co tam wieziesz, Gąsiorowski? I dlaczego tak późno? — zapytał podejrzliwym tonem. — Wszyscy już wyszli do domów. — Nie mógł zrozumieć, co ten Polak, jego stara Siwka i rachityczny wóz robią jeszcze w firmie od dawna rozwożącej towary niezawodnymi oplami blitz, które zawiozły Wehrmacht aż pod samą Moskwę.

Jednooki drab uchylił kapelusza.

— Uszanowanie, panie Bergmann — powitał strażnika grzecznym tonem. — Wóz muszę odstawić. Na osobiste życzenie pana Grosskreutza.

— Dyrektora Grosskreutza?! — Stary Erwin Bergmann wybałuszył oczy. Nazwisko nowego szefa zrobiło na strażniku wrażenie. — Skoro tak, to proszę!

Strażnik opuścił lufę wysłużonego karabinu i odsłonił przejazd, pomagając nawet odchylić skrzydło bramy. Drugie było już odsłonięte, więc Antoni Gąsiorowski smagnął Siwkę lejcami i ruszył ku ocienionemu dziedzińcowi. Kiedy przejechał przez bramę, obrócił się w stronę Bergmanna.

Strażnik był zajęty domykaniem bramy. Właśnie mocował się z kłódką.

Już go nie interesuję — zauważył z radością Gąsiorowski. Mogę robić swoje.

Poznań, Gestapo na Ritterstrasse, 16.30

Z rozbitej głowy drobnej blondynki płynęła na betonową posadzkę gęsta krew. Obersturmbannführer Hinker stał nad wątłym, nieprzytomnym ciałem, klnąc jak szewc. Wydobytą z kieszeni spodni chustką próbował oczyścić nogawki z plam, które przybrudziły jego mundur po ostatnim uderzeniu przesłuchiwanej pejczem.

— *Donnerwetter*, Willi! — Jego głos zdradzał prawdziwą wściekłość. — Nie widziałeś, że właśnie do niej podszedłem?! Jak mogłeś mnie tak urządzić?! No jak?!

Siepacz Hinkera stał obok z ogłupiałą miną. W prawej dłoni ciągle trzymał skrwawione narzędzie, które miało przekonać tę głupią Polkę do posłuszeństwa. Wszystko wydarzyło się tak nagle, że nie zdążył jeszcze zrozumieć swojego błędu.

— Proszę o wybaczenie, *Herr* Obersturmbannführer! Nie zauważyłem!

— Musisz być uważniejszy, Willi! Jeszcze trochę, a oberwałbym od ciebie! — Hinker z trudem powstrzymał wzbierającą w nim żądzę wyrwania pejcza z rąk podwładnego i wybatożenia go obok tej przeklętej „Aleksandry". — Fuszerkę odstawiasz! Das war *ein Fehler!*

— *Jawohl! Das war ein Fehler! Verzeihen Sie bitte, Herr* Obersturmbannführer![4]

Hinker podszedł do zlewu wystającego ze ściany w rogu celi. Odkręcił kurek kranu i zmoczył chustkę, wycisnął ją i ponownie schylił się nad ubrudzoną nogawką.

— *Scheisse!* — warknął, bo wiedział doskonale, że krew wywabia się z muduru najtrudniej.

Raz jeszcze rzucił okiem na bezwładną „Aleksandrę".

— Zabierz ją z powrotem do celi! W tym stanie i tak nie będzie z niej żadnego pożytku! — Zazgrzytał ze złości zębami.

Po raz pierwszy miał szczerze dosyć tępego współpracownika.

Poznań, Prezydium Policji, 17.45

Kriminalidirektor Weiss zamknął tekturową okładkę teczki osobowej komisarza Kaczmarka, wzniecając ledwo widoczną chmurkę kurzu, i westchnął zrezygnowany. Wyprawa

---

4 Tak jest! To był błąd ! Proszę o wybaczenie, panie Obersturmbannführer!

na Stare Miasto zakończyła się fiaskiem, co zepsuło mu humor, ale nastrój zdecydowanie bardziej pogorszył fakt, że z akt Kaczmarka nie dało się wycisnąć żadnego sensownego wniosku śledczego na przyszłość. Teczka zawierała w przeważającej mierze bezwartościowe, nieaktualne informacje. Wyglądało na to, że ktoś w ostatniej chwili wyciągnął z niej najważniejsze dokumenty. Ciągle nie miał też fotografii poszukiwanego. Ani żadnego innego punktu zaczepienia.

— Schneider! — zawołał w stronę drzwi.

Gdy jego jasnowłosy asystent pojawił się w progu, Weiss wymownie zerknął na zegarek i mrugnął do podwładnego.

— Kończymy na dzisiaj — zdecydował. — Ale jutro z rana spróbuj dowiedzieć się w dowództwie korpusu, czy nie mają przypadkiem czegoś na temat tego cholernego Kaczmarka. Wiem, że Wehrmacht po wejściu do Posen położył łapę na aktach polskiego Urzędu Wojewódzkiego. Polski wojewoda nadzorował służby mundurowe, a skoro tak, to w Urzędzie Wojewódzkim musiało się zachować trochę interesujących nas materiałów

— *Jawohl, Herr* Kriminaldirektor!

Weiss uśmiechnął się kwaśno.

— Już ci mówiłem, Schneider, że nie przepadam za tym służbowym drylem. Tu nie Gestapo, tylko Kripo. Porządna policja kryminalna!

— *Jawohl, Herr...*

— Nie ścierpię dłużej tego *Jawohl* i *Jawohl!* Nie musisz mnie za każdym razem tytułować ani trzaskać przy mnie obcasami. *Verstehst du, Schneider?*[5]

---

5   Rozumiesz, Schneider?

— *Jawo... To znaczy ja!*
— No to *bis morgen!*[6]
— Johann Schneider odmeldowuje się!

Otto Weiss machnął zrezygnowany ręką.

Ta dzisiejsza młodzież! Ten bezkrytyczny zapał i entuzjazm! Mój Wolfgang też taki był...

Każda myśl o synu, który poległ gdzieś pod Moskau, zdzierała z niego maskę chłodnego, pozbawionego emocji profesjonalisty. Był szczęśliwy, że Schneider szybko zamknął za sobą drzwi. Zerknął na portret Führera. Adolf Hitler stał w pozie przypominającej cesarza Wilhelma na starych pocztówkach, jakie Weiss przesyłał do swoich bliskich z okopów pod Verdun. Führer mierzył nieugiętym wzrokiem świetlaną przyszłość Rzeszy. Wolfgang Weiss oddał życie za jej wielkość. I za jego wielkość. Za wielkość Führera. Ale teraz Otto Weiss nie był do końca przekonany, czy ta ofiara jego syna była konieczna.

Podniósł się zza biurka, żeby odgonić niewygodne myśli.

Pora wracać do hotelu Ostland. Dzisiaj już nic więcej nie zwojuję.

Poznań, gdzieś w centrum, około 18.00

W niskim i ciasnym piwnicznym pomieszczeniu ciągnęło chłodem od betonowej posadzki. Mimo ciepłego wieczoru kilka osób zgromadzonych w tajnym lokalu grupy „Neptuna" kuliło się z zimna, żałując pozostawionych w domach

---

6 ...do jutra!

kurtek. Lider grupy pochylał się nad chwiejnym stołkiem, przez który ktoś przerzucił płachtę z mapą miasta. Ponieważ powierzchnia siedziska była mała, brzegi mapy oklapły na boki. Wyglądało to tak, jak gdyby wszystkie poznańskie peryferie zapadły się nagle w stosunku do wybrzuszonego centrum.

Wypiętrzenie śródmieścia podkreślały czerwone i czarne linie zakończone strzałkami naniesione na sam środek mapy. „Neptun" studiował je z linijką w dłoni. Krzepki, stojący najbliżej majora, miał wrażenie, że widzi przed sobą raczej wykładowcę tajnego uniwersytetu niż dowódcę konspiracyjnego oddziału.

Major wyprostował się i podniósł okulary na czoło. Palcami rozmasował zmęczone oczy.

— Wszystko jasne? — zapytał.

— Tak jest, panie majorze! — odpowiedział mu za wszystkich tęgi mężczyzna. — Obawiam się tylko, że zostało zbyt mało czasu na przećwiczenie naszego planu w terenie.

— Spokojnie, „Kulomiot". — „Neptun" uśmiechnął się z wyrozumiałością. — Mamy jeszcze co najmniej dwa dni. Niby niewiele, ale jednak! Wystarczy, by odpowiedzialnie podejść do zadania.

— Tak jest! A jednak mimo wszystko…

— Będzie dobrze, „Kulomiot" — wszedł mu w słowo Krzepki. — Musi być dobrze. Nie dopuszczam innej możliwości.

— A ten twój przybłęda z Chwaliszewa? Jesteś go absolutnie pewny, Szpula? — „Kulomiot" mnożył wątpliwości.

Krzepki skrzywił się z niezadowolenia.

— Licz się ze słowami! To nie żaden przybłęda, tylko prawdziwy patriota! — zaprotestował. — Nawet nie wiesz, ile ważnych informacji już nam przekazał! Na przykład na temat niemieckich magazynów w porcie rzecznym! To naprawdę cenny współpracownik! Zresztą, sam się przekonasz!

Grubas obrzucił go nieufnym spojrzeniem.

— Obawiam się, że skrewi w najmniej oczekiwanym momencie — zwrócił się do „Neptuna". — Czy koniecznie musimy korzystać z pomocy jakiegoś rzezimieszka bez doświadczenia w konspiracji?

— Musimy. — „Neptun" uciął dyskusję. — Wiesz dobrze dlaczego. Tylko on ma dostęp do...

— Tak, tak — przytaknął niechętnie „Kulomiot".

Widać było, że zdecydowana reakcja majora zbiła go z tropu.

Pozostali wymienili szybkie spojrzenia. Wrodzone czarnowidztwo „Kulomiota" było od dawna przedmiotem kąśliwych komentarzy, a nawet kpin. Kolejne zgłoszone przez niego uwagi nie zaskoczyły więc nikogo. Krzepki był jednak zdumiony, że „Kulomiot" zakwestionował udział jednego z kluczowych uczestników akcji. Człowieka poleconego jako pewniaka.

— To co? Widzimy się tu jutro o tej samej porze — podsumował „Neptun", zacierając ręce. — Wychodzimy w pięciominutowych odstępach. „Kulomiot" pierwszy. A ty, Szpula, zostań jeszcze na chwilę. Mam ci jeszcze coś do...

Major nie zdążył dokończyć, bo nagle ktoś załomotał gwałtownie w bielone drzwi.

„Neptun" i Krzepki sięgnęli za pasek, ale nie zdążyli nawet wyciągnąć broni, bo drzwi otworzyły się z hukiem i do środka wpadł czerwony z emocji młodzieniec.

— „Pestka", do jasnej cholery! — zrugał go major. — Miałeś stać na czatach, a nie straszyć nas w ten sposób!

— Najmocniej przepraszam, panie majorze! — Głos na moment uwiązł chłopakowi w gardle. — Przepraszam, ale dostałem straszną... Dostałem straszną wiadomość od łącznika z „Piątki"!

— Taaaaaaak?!

— Panie majorze... Generał „Topór"...

— Tak?!

— Generał „Topór" nie żyje!

— Jak?! Gdzie?! Mów, chłopie! Natychmiast!

— Zginął... Zginął w rozwałce pod Warszawą.

5

JANEK!

Dwóch nastolatków w mundurach Hitlerjugend odprowadziło rozmarzonym wzrokiem atrakcyjną brunetkę w kremowej garsonce. Tak się na nią zapatrzyli, że omal nie wpadli na uliczną latarnię przy Reiffeiseallee, znaną kiedyś jako Szelągowska. Przejeżdżający rowerem listonosz parsknął na ten widok śmiechem. Nieznajoma piękność rozglądała się podejrzliwie na boki, jakby zdawała sobie sprawę, że przyciąga uwagę wszystkich mężczyzn w promieniu stu metrów. Poruszała się nieco nerwowym krokiem. Z jej zachowania można było wywnioskować, że przyjechała do Poznania z dalekiej prowincji — ale równie dobrze osąd ten mógł okazać się mylny, bo była ubrana elegancko niczym mieszkanka stolicy Warthegau.

I tak w istocie było. Wilhelmina Krantz przyjechała tu z zapadłej wsi pod Środą, a jednocześnie od urodzenia była poznanianką. Córka Johanna, właściciela warsztatu szewskiego z Piekar, znała to miasto jak własną kieszeń, ale dopiero teraz po raz pierwszy widziała je po niemieckim „wyzwoleniu".

To, co zobaczyła, potwierdziło jej najgorsze obawy. Nowi mieszkańcy miasta w niespełna rok zmienili nie tylko tabliczki z nazwami ulic i szyldy na urzędach — zniszczyli także duszę Poznania. Choć była Niemką, czuła wstyd i zażenowanie. W mieście już nie było tej dawnej energii. Teraz każda ulica wyglądał taka samo, mieszkańcy miasta mówili niemal wyłącznie po niemiecku, a polskie dzieci chowały się w bramach i na podwórkach kamienic, byle tylko ich szeleszczącej mowy nie usłyszał żaden policjant albo — nie daj Boże — volksdeutsch. Choć na rogach ulic powiewały flagi ze swastykami, Wilhelmina Krantz nie czuła żadnego związku z III Rzeszą. Odkąd tuż przed inwazją odkryła, że jej ojciec wraz z Leiterem poznańskiej NSDAP spiskował przeciw Polakom, przechowując w piwnicy broń, poważała jedynie matkę. To dzięki niej, Marii z domu Składkowskiej, opowiedziała się po stronie kraju, który Niemcy właśnie wymazywali z mapy Europy. Po stronie ojczyzny swojego ukochanego Jana Krzepkiego — kapitana Wojska Polskiego.

Tuż przed wojenną zawieruchą ojciec zmusił ją wraz z matką do wyjazdu na wieś, do rodziny. Zostawiła w Poznaniu ciężko rannego Jana. Leżał w szpitalu Przemienia Pańskiego, nawet nie zdążyła się z nim pożegnać. Nigdy nie wybaczyła tego ojcu. Już wtedy poprzysięgła mu w duszy nieposłuszeństwo i czekała na okazję, by wrócić do Poznania. Cierpliwie znosiła opowieści ciotki Hildy o wspaniałym świecie stworzonym dla Niemców przez Adolfa Hitlera albo wspominki wuja Hermana o bitwie pod Verdun. Myślami była wtedy gdzie indziej — z Jankiem w restauracji hotelu Bazar. Albo w ogrodzie jego rodziców na Szelągu.

Teraz zmierzała właśnie tam — w niepewności i strachu przed tym, kogo zastanie w willi położonej na słonecznym stoku opadającym ku Warcie. Przyjechała do Poznania, bo poprzedniego dnia zdarzył się tak długo wyczekiwany, wymodlony cud: w domu ciotki Hildy zjawił się *Herr* Schultze z NSDAP, by zabrać ojca Wilhelminy do Gniezna w jakichś pilnych, urzędowych sprawach. Mieli wrócić dopiero nazajutrz. Wilhelmina ubłagała matkę, by pozwoliła jej pojechać porannym pociągiem do Poznania.

— Nie wiem, czy znajdę Jana, ale nie podarowałabym sobie, gdybym choć nie spróbowała — powiedziała do matki.

— Jedź, dziecko. Tylko błagam, uważaj na siebie — usłyszała.

Na drogę dostała zwinięte w rulonik reichsmarki i ojcowską odznakę NSDAP — gwarancję bezpiecznej podróży. Miała ją teraz wpiętą w klapę koszuli. Nie czuła się szczęśliwa z tego powodu, ale musiała przyznać matce, że był to świetny pomysł. Metalowy znaczek pozwolił uniknąć kontroli osobistej na peronie dworca, a w trakcie podróży pociągiem dał jej także prawo do zajęcia miejsca w przedziale *Nur für Deutsche*. Wstydziła się, ale wiedziała, do kogo jedzie. Pocieszyła się myślą, że cel uświęca środki.

W końcu stanęła przed dobrze jej znaną furtką z numerem 4.

Wejść czy nie?

Zawahała się na moment. Raptem do ogrodzenia dopadł rozedrgany, głośno sapiący stwór i radośnie skoczył na siatkę.

— Bryś! — wyrwało się z ust Wilhelminy. — Bryyysiuuu kochany! No podaj łapę! Podaj!

Przepchnęła się przez furtkę i pozwoliła szczęśliwemu zwierzakowi wskoczyć na kolana. Wielki bernardyn, ukochany pies Jana, rozpoznał gościa od razu. Wprost tulił się do dziewczyny, wprawiając ją w zakłopotanie.

Jest dobrze utrzymany — oceniła szybko Wilhelmina, targając dobrotliwie psa za włochatą mordę. Czyżby rodzice Jana nadal tu mieszkali?

Rwetes przy furcie nie uszedł uwagi domowników.

— *Was für ein dummer Hund! Was machst du?! Wer ist da?!*[7] — usłyszała Wilhelmina.

Na ganku zauważyła starszą kobietę. Zdecydowanie nie przypominała Barbary Krzepkiej, matki Jana.

— *Guten morgen*[8] — powiedziała Wilhelmina łagodnym tonem, za wszelką cenę starając się uśmiechnąć do Niemki. — Najmocniej przepraszam. Nazywam się Wilhelmine Krantz, szukam rodziny Krzepkich. Mieszkali tu do sierpnia. Może pani wie gdzie…

— *Leider nicht!*[9] — Nowa właścicielka willi nie wyglądała na zachwyconą tematem rozmowy. — Kontakty z Polakami są surowo zabronione, *mein Mädchen!*[10] Czy tego nie wiesz?

---

7 Co za głupi pies! Co robisz?! Kto tam jest?!
8 Dzień dobry.
9 Niestety nie… moje dziewczę.
10 Moja dziewczyno.

Stara Niemka stanęła na chwilę przy furtce. Poprzedni właściciele domu nie należeli z pewnością do jej ulubionych tematów rozmów. Demonstracyjnie obróciła się od razu ku drzwiom, by dać Wilhelminie do zrozumienia, że jej cierpliwość właśnie się skończyła.

— *Berti, mein Hund! Komm hier, aber schnell!*[11] — zawołała na bernardyna.

Bryś nie miał jednak najmniejszego zamiaru jej słuchać. To rozsierdziło kobietę. Wróciła do siebie i ze złością trzasnęła drzwiami tak mocno, że pies aż drgnął. Nie zrobił jednak nawet małego kroku w stronę domu.

— Jak ty tu ocalałeś, Brysiu? No jak? — szeptała Wilhelmina, głaszcząc psa. — Gdzie jest twoja prawdziwa pani? No gdzie?

Pochyliła się nad potężną głową ukochanego psa Krzepkich.

— Brysiu kochany — szepnęła mu do ucha. — Musisz tu zostać. Pilnuj domu! Rozumiesz? Pilnuj domu.

Brno, dworzec kolejowy, 8.15

Hlava zdziwił się, gdy znowu zobaczył tajemniczy skład stojący na bocznicy. Liczne warty rozstawione wokół pociągu potwierdziły tylko jego podejrzenia. Sonderzugiem musi jechać ktoś znaczny, skoro tak go pilnują — pomyślał kolejarz. I na wszelki wypadek oderwał wzrok od stalowego cielska pociągu.

---

11   Berti, mój piesku! Chodź tu szybko!

Peronem nadchodził ku niemu Otto Baumgarten, szef Hlavy. Opięty kolejarskim mundurem brzuch Niemca kołysał się w rytm jego kroków.

— *Was machst du hier,* Hlava?![12] — Głos Baumgartena był nieprzyjemny i nerwowy. — Chcesz, żeby cię skrócili o głowę?!

— Broń Boże, *Herr* Baumgarten...

— To spieprzaj stąd, pókim dobry! *Raus!*

Czechowi nie trzeba było tego dwa razy powtarzać. Niemal truchtem ruszył ku budynkowi dworca. Co go tam w końcu obchodzi jakiś nazistowski pociąg...

Gdy był już przy końcu peronu, usłyszał łoskot.

Pociąg specjalny znowu ruszył w drogę.

Poznań, na Wildzie, o tej samej porze

— To znaczy, że musimy radzić sobie sami — powiedział „Neptun", drapiąc się za uchem.

Jego powolne ruchy śledziło trzech najbliższych współpracowników. Pierwszy z nich, znany pozostałym jako Karol Szpula, był najbardziej opanowany. Jego twarz nie zdradzała żadnych emocji.

Drugim był krępy mężczyzna o sylwetce masarza. Na jego grubo ciosanej twarzy drgał nerwowo mięsień prawego policzka. Kapitan „Kulomiot" założył szerokie jak bochny chleba dłonie za głowę i trwał w niemym skupieniu.

---

12   Co tu robisz, Hlava?!

Trzeci uczestnik narady zdecydowanie nie pasował do towarzystwa. Miał na sobie skromny robotniczy ubiór przywodzący na myśl pracownika z okolic dworca, kopacza rowów albo woźnicę. Wyróżniała go także prosta twarz przecięta nierównomiernie w poprzek czarną opaską — pamiątką po ulicznej rozróbie na Chwaliszewie. Od pozostałych towarzyszy odróżniały go także dość gwałtowne reakcje.

— Znaczy się co, szefie?! — Poruszył się żywo na krześle, jakby nagle pchła ugryzła go w pośladek. — Znaczy się: działamy czy nie?!

Mimo powagi sytuacji „Neptun" uśmiechnął się półgębkiem. Juchta z Chwaliszewa, znany przed wojną jako Ślepy Antek, wzbudzał w nim od początku sympatię.

— Działamy, Antek. Oczywiście, że działamy — uspokoił jednookiego towarzysza major. — Po tylu przygotowaniach nie możemy się już wycofać.

— Ale nie możemy też liczyć na wsparcie z Warszawy — dodał Szpula. — To jakiś straszny pech. Żeby tuż przed akcją zginął szef całej Armii Podziemnej!

— To zły znak — mruknął „Kulomiot", poprawiając wierzchem dłoni swoje wybrylantynowane włosy. — Całą noc o tym myślałem. To musi być jakiś znak od Boga. Może chce nam…

— Daj spokój Bogu! — przerwał mu bezpardonowo Szpula. — Skończ z tym swoim biadoleniem, bo jeszcze rzeczywiście coś się nam nie uda! Co za fatalista, do jasnej cholery!

— Ty, Szpula, a w mordę chcesz? Bo jak ci…

— Panowie! Przywołuję was do porządku! — „Neptun"
nie mógł ścierpieć kłótni w szeregach. Zwłaszcza teraz, gdy
akcja była już tak blisko. — Jesteście wojsko czy jakaś bab-
ska gromada?! Zamknąć pyski! To rozkaz! Jeszcze jedna
wzmianka o bożym znaku, „Kulomiot", a opuścisz nasze
grono — powiedział mocnym głosem major. — Milcz i słuchaj, bo stracę dobre zdanie na twój temat!

„Kulomiot" zaciął usta i dyszał ciężko, mierząc Szpulę
mało przyjaznym wzrokiem.

— To co, Antek? — „Neptun" chciał jak najszybciej skie-
rować dyskusję na właściwy tor. — Jakie są nasze szanse na
Składowej?

Poznań, siedziba Gestapo, 8.45

Cholerna Polka! Puści farbę, to tylko kwestia czasu! Jeszcze
Willi się wykaże! — rozmyślał wściekły Hinker po porannej
wizycie w celi przesłuchań.

Odwiedziny w „gabinecie" Williego zamiast poprawić,
zdecydowanie pogorszyły mu nastrój. Jadąc na Ritterstrasse,
był święcie przekonany, że Polka wreszcie pęknie i zacznie
sypać resztę towarzystwa. Przeżył jednak rozczarowanie.
„Aleksandra" znowu okazała się twardsza, niż się spodziewał.
Mimo rozbitej głowy i rozoranych pleców, mimo wyłama-
nych palców dłoni i przetrąconego pałką kolana nie zeznała
nic istotnego. Właściwie nie podała nic poza swoim — zapewne fałszywym — nazwiskiem. Wiśniewska! Co to do
cholery za świszczące nazwisko?!

— Jeszcze będzie sypać! — powiedział sam do siebie, choć miał świadomość, że opór Polki nie daje podstaw do takich stwierdzeń.

— Słucham, *Herr* Obersturmbannführer? — Siedzący naprzeciwko łysy volksdeutsch nie zrozumiał gestapowca.

— Nieważne! — warknął Hinker. — Co pana do mnie sprowadza? Zdaje się, że miał pan coś ustalić?

Konrad Adolf Bombke uśmiechnął się sztucznie spod binokli.

— W rzeczy samej, *Herr* Obesturmbannführer — potwierdził z niekłamaną radością. — Zgodnie z pana prośbą...

— Rozkazem, Bombke! To był rozkaz!

— *Jawohl, Herr* Obersturmbannführer! — poprawił się natychmiast volksdeutsch. — Otóż zgodnie z pana rozkazem sprawdziłem to i owo w Schroda.

— Tak szybko? Telefonicznie?

— *Genau!*[13] Mój człowiek w Schroda uwinął się jak należy. Odnalezienie ludzi, którzy pamiętają ubiegłoroczne lato i nowe twarze, które pojawiły się wtedy w mieście, nie było wcale trudne. W ciągu kilku godzin mój stary znajomy ustalił, że Longina Kaczmarek zamieszkała w najbliższej okolicy Heiligen-Geist-Strasse.

— O! Nie spodziewałem się, że tak szybko zdobędzie pan tę informację. Brawo, *Herr* Bombke. Brawo! Jestem pod wrażeniem. „Okolica Heiligen-Geist-Strasse" to wprawdzie mało precyzyjne określenie, ale może to i lepiej. Nasi wywiadowcy mają teraz okazję się wykazać!

---

13 Właśnie tak!

— Zobaczy pan, *Herr* Obersturmbannführer, że nie kłamię! To pewna informacja, na moim człowieku można polegać!

— *Gut, gut, Herr* Bombke! Wszystko sprawdzimy, i to bardzo szybko. Jeśli żona Kaczmarka wpadnie w nasze ręce, sprawa nabierze tempa.

— Też tak sądzę, *Herr*...

— *Also gut!*[14] — Hinker sprytnie uniknął słowa *danke*. Zacierając ręce, wstał zza biurka i podszedł do mapy Warthegau. — Gdzie jest ta Schroda? Aaaa *hier!*[15] *Na ja!* Oby pański informator miał rację, Bombke! Wtedy nie omieszkam wypić z panem sznapsa.

Gdzieś z podziemi dobiegł ich okrzyk bólu.

Konrad Adolf Bombke wybałuszył oczy. Miał wrażenie, że usłyszał przerażony kobiecy głos.

— Co to było?! — wyrwało mu się naiwne pytanie.

— Nic wielkiego — powiedział Obersturmbannführer Hinker znudzonym tonem — mój asystent kontynuuje przesłuchanie.

Poznań, gdzieś na Wildzie, około 9.00

— Czyli miejsce jest zupełnie niestrzeżone? — zapytał „Neptun".

Ślepy Antek przełknął z wrażenia ślinę. Zdawał sobie bowiem sprawę, że właśnie doszli do sedna sprawy.

---

14 A więc dobrze!
15 Tutaj.

— Tego nie jestem pewny, panie majorze — odpowiedział. — Ale nigdy żadnego patrolu tam nie widziałem.

— To wcale nie znaczy, że nie będą pilnować tego terenu za dwa dni — mruknął nieco zawiedziony odpowiedzią „Neptun".

— Ale ja dam radę! — powiedział podekscytowany Ślepy Antek. — Słowo daję, to dla mnie bułka z masłem! Sprawa jest ganc ajnfach!*

— Chcieć, a móc to dwie różne sprawy — skitował ożywienie jednookiego draba „Neptun". — Nie obraź się, Antek, ale nie masz żadnego doświadczenia w pracy konspiracyjnej. Nie wiem, czy mogę polegać wyłącznie na twoim szczęściu...

*GANC AJNFACH — całkiem prosta

— To prawda, on nie ma doświadczenia — przytaknął Krzepki *vel* Szpula. — Mimo to nie mamy innego wyjścia, panie majorze. Sam pan wie, że pomysł z Antkiem w roli głównej gwarantuje najlepszy efekt.

— No, właśnie nie jestem tego pewien. — Zamyślony „Neptun" wstał od stołu i podszedł do okna.

Wyjrzał na gwarną o tej porze ulicę Dolna Wilda. Od grudnia nazywała się Schwabenstrasse. Niemiecki żywioł wciskał się do miasta coraz mocniej.

Czy będą w stanie temu zapobiec? Majorem targały wątpliwości, ale nie zamierzał się tym zdradzać.

— Chyba jednak masz rację, Szpula. To rozwiązanie gwarantuje najlepszy efekt. Teoretycznie najlepszy. — „Neptun" położył szczególny nacisk na ostatnie słowa. — Musimy jednak wziąć pod uwagę, że Szkopy podejmą szczególne środki ostrożności. Nie wierzę, że nie obstawią torów. Byliby idiotami, gdyby nie sprawdzili zaplecza. A nie posądzam ich o taką głupotę.

— Ja również, panie majorze — przytaknął Krzepki. — Ale właśnie dlatego nalegam, byśmy zaufali Antkowi. Wydaje mi się... To znaczy, chciałem powiedzieć: jestem pewny, że akurat zabudowań przy Składowej sprawdzać nie będą.

— A to czemu, kapitanie? — Major zmarszczył siwe brwi. — Czyżby miał pan jakieś informacje z Kancelarii Gauleitera? Albo z Gestapo?

Krzepki wyczuł ironię w głosie „Neptuna". Udał jednak, że jej nie dosłyszał.

— Moje przypuszczenia biorą się z prostego faktu, że firma przy Składowej została przejęta przez Niemców. Że została w pewnym sensie zmilitaryzowana i oczyszczona z Polaków. Poza Antkiem, oczywiście. — Tu Krzepki uśmiechnął się w stronę juchty Chwaliszewa. — Tym samym Szwaby uważają ten teren za swój, a więc za rejon bezpieczny. Myślę, że w pierwszej kolejności skupią się na zabezpieczeniu ulicy Dworcowej i Święty Marcin. W końcu to tam mogą się spodziewać...

— Hmm — mruknął „Neptun", czochrając dłonią włosy. Wahał się i starannie rozważał coś w milczeniu.

— Nie wiem — powiedział w końcu. — Najgorsze jest to, że nie możemy się skonsultować z „Toporem". Musimy sami podjąć decyzję. Jeśli wybierzemy źle, nie zdołamy już naprawić błędu.

Niespodziewanie za stołem poruszył się „Kulomiot".

— Za pozwoleniem... Argumenty kapitana Szpuli brzmią sensownie — powiedział, patrząc w blat stołu. —

Wprawdzie zgadzam się z panem majorem, że nasz człowiek w firmie… — tu „Kulomiot" zerknął w stronę Ślepego Antka. — …nie posiada dostatecznego doświadczenia, jednak obawiam się, że jest już zbyt mało czasu, by decydować się na coś nowego. Trzeba się w końcu na czymś skupić! Ta niepewność zżera mnie najbardziej.

Major przetarł dłonią oczy. Nie wierzył w to, co słyszy, ale ucieszył się, że „Kulomiot" nareszcie zabrał konstruktywny głos w dyskusji.

— Masz rację — uśmiechnął się ciepło. — Trzeba się wreszcie na coś zdecydować. Cóż… Zgoda. Stawiam na rozwiązanie z Antkiem. Co wy na to, panowie?

— Popieram — odpowiedział natychmiast Krzepki.

— Ja również — mruknął „Kulomiot".

— Jestem za — dorzucił jako trzeci Ślepy Antek i wyszczerzył niepełne uzębienie.

— Was akurat nikt o zdanie nie pytał, szeregowy Gąsiorowski! — ofuknął go „Neptun".

Krzepki i „Kulomiot" po raz pierwszy razem parsknęli śmiechem.

Poznań, restauracja Triumph, 9.50

Wilhelmina Krantz przystanęła przed oszklonym wejściem do restauracji przy Wilhelmplatz. Spojrzała tęsknym wzrokiem za dawnym szyldem, który wisiał nad drzwiami jeszcze poprzedniego lata, gdy zajrzała tu z Jankiem. Wtedy restauracja i ekskluzywny hotel nosiły dumną nazwę Bazar, kojarzącą się poznaniakom z Ignacym Paderewskim i zwycięskim powstaniem z grudnia 1918 roku. Tamte dzieje wydały się jednak dziewczynie prehistorią. Niemcy wrócili do Poznania, znowu rządzili nie tylko dawną prowincją poznańską, lecz także całą Polską — ba! — całą Europą. Nie czuła się z tym ani dobrze, ani bezpiecznie.

Zawahała się, ale ostatecznie przekroczyła próg Triumphu. Okupanci nie mogli przemianować Bazaru bardziej cynicznie — pomyślała. Nowa nazwa miała drażnić Polaków. Przypominać im, do kogo należało ostateczne zwycięstwo.

W półmroku panującym w holu zauważyła drzwi do kawiarni. Poszła za zapachem świeżo parzonej kawy. Po chłodnym i głodnym poranku miała wielką ochotę na ciastko i małą czarną.

Podeszła do lady, za którą stała kobieta w wieku jej matki. Wilhelmina nie widziała jej tu nigdy wcześniej. To pewnie Niemka — stwierdziła dziewczyna. Kawiarka uśmiechnęła się sztucznie.

— *Heil* Hitler! *Was wünschen Sie?*[16] — zapytała urzędowym tonem obsługująca.

— *Guten Morgen.* — Wilhelmina spuściła wzrok. — *Eine Kaffe mit Sahne bitte. Und ein Stück Kuchen dazu*[17].

— *Zwei Reichsmark bitte*[18].

— *Danke schön*[19].

Kawiarka odprowadziła Wilhelminę podejrzliwym wzrokiem do stolika, po czym zabrała się do parzenia kawy.

---

16 Co pani sobie życzy?
17 Dzień dobry. Poproszę kawę ze śmietaną. I kawałek ciasta.
18 Dwie reichsmarki proszę.
19 Dziękuję pięknie.

Dziewczyna celowo usiadła plecami do kontuaru. Nie chciała się co chwila mierzyć z nieprzyjemnym spojrzeniem obsługującej. Przed sobą miała teraz widok na ruchliwą ulicę. A o to chodziło jej przede wszystkim.

Poznań, Prezydium Policji, 10.05

— Można się załamać — mruknął Kriminaldirektor Weiss nad aktami, które dostarczył mu godzinę wcześniej Schneider.

Dokumenty polskiego Urzędu Wojewódzkiego, wydobyte z rana przez obrotnego asystenta, okazały się zbiorem różnorakich opinii i zaświadczeń na temat byłej polskiej policji. Nie wynikało z nich nic konkretnego. Dotyczyły oficerów najwyższego szczebla, od inspektora w górę. Komisarz Zbigniew Kaczmarek — choć zapewne ceniony przez przełożonych — nie dostąpił zaszczytu znalezienia się w gronie najwyższych szefów byłej Policji Państwowej.

Weiss pojął to, gdy tylko zaczął wertować akta. Jego irytacja narastała wraz z kolejno przeglądanymi materiałami. Znał polski na tyle, by zorientować się, z jakim dokumentem ma do czynienia. Raz, gdy już mu się zdawało, że jednak dobrze trafił, bo nazwisko Kaczmarka pojawiło się w jakimś sprawozdaniu, przeżył rozczarowanie. Dokument sygnował podpisem niejaki inspektor Zygfryd Kayser, dawny szef Wydziału Śledczego — bezpośredni przełożony Kaczmarka. Komisarz figurował w nim tylko w jednym miejscu — został wymieniony jako prowadzący jakieś tajemnicze dochodzenie w marcu 1938 roku.

Nie mogąc pohamować złości, Weiss grzmotnął pięścią w blat biurka.

Zaczynał przeczuwać, dlaczego Gestapo mimo wielomiesięcznego śledztwa nie mogło się pochwalić żadnymi sukcesami. Ten człowiek po prostu wsiąkł w momencie niemieckiej inwazji. Zapadł się pod ziemię. Zniknął. Zapewne ukrył się gdzieś na głębokiej prowincji, słusznie przypuszczając, że stanie się zwierzyną łowną. Głównym celem tajnej niemieckiej policji, której sprzątnął najcenniejszego agenta...

— Schneider!

— Na rozkaz, *Herr* Kriminaldirektor! — Młody asystent zajrzał z korytarza do gabinetu szefa.

W zadbanym mundurze przypominał Weissowi syna.

— Czy te kilka teczek to na pewno wszystko, co mieli w dowództwie korpusu?

— Tak jest!

— Czy przed nami dowództwo korpusu odwiedzili też ludzie Hinkera?

— Zapytałem o to delikatnie, tak jak mnie pan prosił.

— I co?

— Według moich ustaleń Gestapo nigdy na to nie wpadło.

Prawdę mówiąc, niewiele stracili — pomyślał krytycznie Weiss. Na pewno i tak od dawna wiedzą, że niejaki Kayser był szefem Kaczmarka. I zapewne spróbowali go już odszukać. O ile naturalnie ten cały Kayser nie stanął w sierpniu przed plutonem egzekucyjnym. Jeśli nie uciekł z Posen w momencie wejścia Wehrmachtu, prawie na pewno skończył pod którymś murem. Weiss nie miał co do tego żadnych wątpliwości.

— A co ci powiedział przy piwie ten cały Rottenführer Knapke? — Kriminaldirektor przypomniał sobie o kompanie Schneidera z Gestapo.

— Melduję, że nic. Szybko zalał się w trupa i musiałem go odprowadzić do koszar.

— No proszę, oto rycerskie Gestapo! Słuchajcie, Schneider. Odnieście te akta jeszcze dzisiaj do dowództwa korpusu. Nie zaszkodzi, jeśli zapytacie przy okazji o pokazowe egzekucje.

— Pokazowe? — wyrwało się Schneiderowi.

— Tak, Schneider. Pokazowe. Obaj dobrze wiemy, że zaraz po wejściu do Posen Wehrmacht rozstrzelał kilkuset najbardziej wpływowych Polaków. Jeśli w dowództwie posiadają wykazy straconych, trzeba by sprawdzić, czy nie figuruje w nich inspektor Zygfryd Kayser. I oczywiście komisarz Zbigniew Kaczmarek. Zaraz przygotuję ci pełnomocnictwo, jasne?

Kriminaldirektor Otto Weiss sięgnął po pióro ze złotą stalówką. Jakoś nie wierzył, że Wehrmacht posiada listy straconych. A już tym bardziej nie spodziewał się znaleźć na nich komisarza Kaczmarka.

Poznań, Stare Miasto, 10.30

— Uwaga, Biniu! Teraz nazywasz się Krzysztof Szmyt. — Jan Krzepki aż wydął usta, z trudem powstrzymując śmiech. — Imię masz niezłe, a nazwisko miło brzmiące Szwabom. To ważne.

— A jak pisane? Po polsku czy niemiecku? — Kaczmarek wyciągnął rękę, by dokładnie obejrzeć swoją nową kenkartę[20].

Jan Krzepki podał mu dokument, do którego godzinę wcześniej doklejono świeże zdjęcie Kaczmarka — a tym samym jego kuzyn rozpoczął kolejne konspiracyjne życie. Komisarz zobaczył na zdjęciu swoją twarz z zapadniętymi policzkami i smutnymi oczami obok nowego imienia i nazwiska. To moja trzecia tożsamość — pomyślał nieco melancholijnie. Zżył się już z Janem Barskim. Trudno mu się było rozstać z tym krótkim, acz miłym nazwiskiem. Na szczęście nowe było łatwe do zapamiętania.

— Jak widzisz, masz pięćdziesiąt lat i jesteś zameldowany w Poznaniu. — Krzepki zacierał ręce, jakby się palił do jakiejś roboty. — Za dwa dni dostaniesz ausweis[21]. Najpierw jednak musimy ci znaleźć fikcyjne miejsce zatrudnienia.

— Musieliście mnie postarzeć? — mruknął Kaczmarek.

Do pięćdziesiątki brakowało mu jeszcze trzech lat.

— Nie marudź, Biniu, ty byś pewnie chciał mieć trzydziestkę, nieprawdaż? Rozumiem cię, stary, ale w tych sprawach nie mamy wyboru. Te sprawy reguluje za nas sam Najwyższy.

— Że co, proszę?

---

20 Dowód tożsamości wydawany przez władze okupacyjne nieniemieckim mieszkańcom okupowanych ziem.
21 Zaświadczenie o zatrudnieniu wydawanem Polakom przez Niemców podczas okupacji.

— Sam Bóg. Co się tak dziwisz, Biniu? Myślisz, że Krzysztof Szmyt to tylko wytwór fantazji ludzi z naszej komórki legalizacyjnej? Nic bardziej mylnego. Do wyrabiania lewych papierów używamy, że tak powiem, świeżych dawców...

— Dawców?

— Znaczy się, świeżych nieboszczyków. Dobrze słyszysz, Biniu. Nic tak nie ożywia trefnych papierów jak świeży nieboszczyk z zakładu pogrzebowego braci Donackich. Nazwisko niedawnego denata to najlepszy z możliwych wpisów. Z jednej strony uwiarygodni dokument prawdziwymi danymi, z drugiej nie będzie łatwe do szybkiego namierzenia w razie wpadki. Szwaby muszą się zdrowo natrudzić, zanim dojdą, że gość z kenkarty albo ausweisu już dawno zasilił niebiańskie zastępy świętego Piotra.

Kaczmarek poczuł się nieswojo. Miał wrażenie, że właśnie przywłaszczył sobie czyjeś życie. W dodatku życie właśnie zakończone. Ktoś gdzieś pochował prawdziwego Szmyta, a on teraz będzie udawał, że Szmyt nadal żyje?

— A gdzie spoczywa ten mój nieszczęśnik? — zapytał.

— Daj spokój, Biniu, jak matkę kocham! Czy to ważne, do licha? Co, zamierzasz zanieść kwiatki na jego mogiłę?

— Może — mruknął Kaczmarek.

— Starzejesz się, kuzynie — zganił go Jan. — Najlepiej przestań już o tym myśleć. Ja też noszę nazwisko umarlaka, i co z tego? Takie już mamy czasy. Nieżywi są bezpieczniejsi niż my!

Kaczmarek przyznał mu w duchu rację.

— „Neptun" powierzył mi pewną misję — powiedział cicho. — A ty masz mi w niej pomóc.

— Wiem, Biniu. Po to tu przyszedłem.

— A ja myślałem, że po prostu się za mną stęskniłeś.

— To też, stary byku! To też. Ale obowiązek na pierwszym miejscu. Major nalega, żebym jak najszybciej wprowadził cię w zagadnienia naszej grupy. Jako śledczy powinieneś wiedzieć jak najwięcej. Nie możemy zwlekać. W naszym otoczeniu pracuje niemiecki konfident. Wsypa na Rybakach to poważne ostrzeżenie.

— No właśnie. — Kaczmarek podniósł się z krzesła i przespacerował przez pokój, dochodząc do firanki.

Ostrożnie wyjrzał zza niej na Masztalarskiej. Na ulicy nie działo się nic godnego uwagi.

— No właśnie, Janie — powtórzył. — Musimy zacząć od sporządzenia listy podejrzanych. Zastanów się, proszę, kto i dlaczego wiedział o tym, że przyjeżdżam do Poznania. Nie wahaj się podać jak najwięcej osób. Im szerzej zakroimy śledztwo, tym lepiej dla nas. I dla sprawy...

— To ty wiesz?! — wyrwało się nagle Krzepkiemu.

— Co niby? — zdziwił się Kaczmarek. — Co niby mam wiedzieć?

— Nic, nic! — Jan momentalnie zmieni temat. — To tylko... Hm... To tylko nieporozumienie.

Przed oczami Kaczmarka pojawił się obrazek z poddasza na Wildzie: grupka konspiratorów pochylonych nad tajemnicza mapą.

— Nie wnikam w wasze tajemnice — powiedział lekko urażony. — Mówię o sprawie, którą mi powierzono. To chyba jasne, Janeczku?

— Tak, tak. Oczywiście — przytaknął Krzepki.

Był zły, że nie potrafił zapanować nad sobą.

I że kuzyn go na tym złapał.

Obersturmbannführer Hinker omal się nie zachłysnął gorącą kawą.

— Jesteś absolutnie pewny, „Bruno"?! — upewnił się.

— Tak. „Topór" nie żyje — powtórzył agent. — Według ludzi z otoczenia „Neptuna" został rozstrzelany w egzekucji pod Warszawą. Podobno wpadł w ręce ss podczas łapanki. Aż trudno w to uwierzyć!

— To wspaniała wiadomość! — Hinker poderwał się zza stolika i krzyknął radośnie w stronę przechodzącego obok kelnera. — *Herr* Ober[22]! Dwa koniaki! Natychmiast!

Gestapowiec promieniał z radości. To na pewno złamie opór Polaków. To na pewno podetnie skrzydła tym bandytom, którzy wbrew wszelkiej logice, wbrew sukcesom Tysiącletniej Rzeszy usiłują poderwać jeszcze do walki ten topniejący słowiański naród. A to z kolei oznacza, że zarówno Hinker, jak i inni jemu podobni kierownicy Gestapo w nowych, wschodnich dystryktach Rzeszy wreszcie bez przeszkód dokończą projekt Himmlera skrywający się pod nazwą Generalplan Ost[23].

---

22 Kelner.
23 Plan generalny Wschód.

Rozmarzonym wzrokiem Hinker zobaczył nowe, wielkie osiedla zamieszkałe przez jasnowłosych, czystych rasowo Niemców, otoczonych aryjskimi kobietami i stadkiem małych, świergoczących pociech. Tak, za dwa pokolenia tereny między Wartą a Dnieprem będą bardziej niemieckie niż Bawaria czy Prusy!

Odprawił zniecierpliwionym ruchem dłoni kelnera, który postawił na stoliku dwa kieliszki pełne miodowego trunku.

— *Prosit!*[24] Za Führera i Rzeszę! — Hinker wzniósł toast.

— Za zwycięstwo — odpowiedział „Bruno" i poczuł ulgę. Nie miał dla Hinkera dobrych wieści, więc informacja o śmierci szefa polskiego podziemia posłużyła mu jako łagodne wprowadzenie w zasadniczy temat.

— A co tam z naszymi ptaszkami w Posen? — Obersturmbannführer najwyraźniej czytał w jego myślach. — Wiesz już, co knują?

— Dziś rano „Neptun" znowu zwołał naradę

— To już słyszałem. Ale po co? I co z tego wynikło?

„Bruno" westchnął głęboko.

— Na razie nie wiem — przyznał. — Wszystko działo się tak szybko…

— Niedobrze! — przerwał mu gestapowiec. — Sam mówiłeś, że Polaczki coś szykują. Coś mi podpowiada, że to gruba sprawa. I może mieć związek z Wschodnioniemieckimi Dniami Kultury, które jutro zainauguruje Gauleiter Kralle.

---

24 Na zdrowie!

— Sam Gauleiter? — „Bruno" poprawił się w fotelu. — To znaczy, że to poważne przedsięwzięcie.

— A co myślałeś. W końcu otwieramy z hukiem Uniwersytet Rzeszy w Posen! Przyjadą wysocy funkcjonariusze Urzędu do Spraw Rasy, różni ważni *Parteigenossen* z Berlina Mówię ci to w zaufaniu, żebyś wiedział, co się świeci. Taka uroczystość wymaga szczególnego bezpieczeństwa. W Posen ciągle jeszcze jest zbyt wielu Polaków. I to mnie martwi, „Bruno". No, co wiesz jeszcze o grupie „Neptuna"?

— Moje źródło twierdzi, że chodzi o duże przedsięwzięcie.

— To już wiem! — Hinker się wściekł. — Powtarzasz to samo od dwóch dni! O co chodzi konkretnie?! Kon-kret-nie!

„Bruno" zbladł, a na jego czoło wystąpiły krople potu.

— Robię, co mogę, *Herr* Obersturmbannführer. — Głos mu się załamał. — Oni są jednak szczelni. I nieufni. Wszystko ustalam dzięki gadatliwości jednego ze wspólników „Neptuna". A ściśle rzecz biorąc, dzięki pomocnikowi tego wspólnika.

— A może by go zamknąć i przycisnąć? — wszedł mu w słowo gestapowiec. — Na pewno wsypałby całą resztę.

— To nie jest dobry pomysł. — Agent ośmielił się sprzeciwić. — To tylko pionek, jestem tego pewien. Nam nic nie powie, bo pewnie wie niewiele. A spali nasze jedyne dojście do grupy. Za dużo można stracić, a za mało zyskać.

— Hm — mruknął Hinker. — Zgoda. Mam nadzieję, że wiesz, co mówisz. Ale nie zawadzi objąć tego człowieka dyskretnym nadzorem. Dajmy mu ogon, to prędzej czy później zaprowadzi nas do skrytki „Neptuna".

„Bruno" chrząknął, jakby powątpiewając w sens tego pomysłu.

— Odradzam, *Herr* Obersturmbannführer — odpowiedział spokojnie. — Połapią się i spalą mosty. Proszę o zaufanie. Trzymam tego człowieka na celowniku od dawna i to na razie powinno wystarczyć.

Hinker uniósł brew, a zaraz potem uśmiechnął się złowieszczo.

— *Gut!* — zdecydował. — Jeśli masz go na celowniku, to zakładam, że już ci nie ucieknie spod muszki! Żeby nie było jak w przysłowiu: *wieder ein Fuchs und keine Flinte!*[25]

— Nie będzie tak źle — zapewnił „Bruno". — Już moja w tym głowa, *Herr* Obersturmbannführer!

— Twoja i tej twojej Żydóweczki! Nie zapominaj o niej, „Bruno"!

Poznań, znowu w restauracji Triumph, 11.30

Porcelanowa filiżanka od pół godziny była już pusta, a mimo to Wilhelmina Krantz nadal siedziała za stolikiem. Wpatrzona smutnym wzrokiem w okno wystawowe kawiarni, z wolna godziła się z porażką.

Za szybą toczyło się zwykłe życie, odmierzane co kilkanaście minut przejazdem tramwaju z tabliczką *Nur für Deutsche*. Widziała, jak pojazd odbijał się w przeszklonym wejściu do hotelu Ostland. Spojrzała na Wilhelmplatz i jego kolorowe rabatki. Na ławeczkach wygrzewali się niemieccy

---

25 Dosłownie: znowu lis, a tu żadnej strzelby.

mieszkańcy Poznania. Wśród nich Wilhelmina zauważyła kilku mundurowych. Jeden z nich oparł swoją kulę o ławkę i wyprostował zadowolony obandażowaną nogę.

Ten obrazek przypomniał jej o niedawno zakończonej wojnie. Nie wiedziała nawet, czy Jan przeżył niemiecką inwazję. A może od sierpnia spoczywa w jakiejś zbiorowej mogile? Może zginął w zbombardowanym szpitalu? A może pochowano go pospiesznie w leśnym grobie bez krzyża i tabliczki? Może...

— Nie! — powiedziała głośno sama do siebie. — Janek żyje! Na pewno żyje!

Ta głośna deklaracja wzbudziła natychmiast zainteresowanie niemieckojęzycznych gości lokali.

— *Entschuldigung!* — Tęgi mężczyzna, towarzysz zbyt mocno wyperfumowanej damy, nie omieszkał ofuknąć Wilhelminy. — *In diesem Restaurant spricht man Deutsch!*[26]

— Tak się tylko panu wydaje — odparowała prowokacyjnie po polsku dziewczyna.

Grubas poczerwieniał z oburzenia i zmieszał się. Aby uratować honor przed swoją towarzyszką, wykonał ręką gest sugerujący, że Wilhelmina jest zapewne niespełna rozumu.

— *Sie sollen sich schimpfen*[27] — usłyszał w odpowiedzi.

Zupełnie zbity z tropu, skupił uwagę na kieliszku z likierem.

Wilhelmina wyjrzała raz jeszcze na ulicę. Nagle coś przyciągnęło jej uwagę. Odniosła wrażenie, że zna jadącego na rowerze mężczyznę.

---

26 Przepraszam! W tej restauracji mówi się po niemiecku!
27 Powinien się pan wstydzić.

Jak szalona zerwała się do biegu. Wybiegła do holu, a z niego wprost na ulicę. Ostre słońce na krótką chwilę poraziło jej oczy. Serce zabiło jej mocniej.

— Janek! — zawołała z całych sił w stronę oddalającego się rowerzysty. — Jaaaaneeeek!

6

TU BĘDZIE NIEBEZPIECZNIE

Środa, nadal 10 maja 1945 roku, w samo południe

Wokół szarej kamienicy przy Heiligen-Geist-Strasse, zwanej przed wojną ulicą Świętego Ducha, biegali radośnie chłopcy w mocno przybrudzonych koszulach. Gonili na bosaka za szmacianką, kopiąc ją wzdłuż krawężnika. Ich piski zakłóciły raptem dźwięki gwizdków. Chłopcy stanęli jak wryci, zupełnie nie spodziewając się wizyty piłkarskich sędziów. Nie spodziewał się ich zresztą również nikt z dorosłych mieszkańców kamienicy. Nim ktokolwiek zrozumiał, co to za wizyta, na klatkę schodową wpadło pięciu mężczyzn w skórzanych płaszczach. Wyrośli jak spod ziemi. Ich krzyki wywołały grymas strachu na dziecięcych buziach.

Chwilę później na ulicy pozostała już tylko szmacianka zanurzona w mętnej kałuży.

— Otwierać! *Schneller!* — Odgłosy kopania w drzwi ostatecznie zmąciły dotychczasową sielankę. — *Aufmachen! Sofort!*[1]

Z uchylonych okien wyjrzało na ulicę kilka przerażonych twarzy. Zaraz potem dały się słyszeć skrzypnięcie zawiasów, tupot stóp, krzyk kobiety, a na koniec brzęk tłuczonego szkła.

— Wszyscy pod ścianę! *Alle Hände hoch!*[2] — Dowodzący grupą gestapowiec w kapeluszu czuł się panem sytuacji. — Kto tu jest *Wirt?!* Kto jest gospodarzem?!

Jedna z osób stojących z uniesionymi nad głową rękoma poruszyła się niepewnie.

— Ja — powiedział mężczyzna. — To moje mieszkanie.

— *Name!*[3]

— Piotrowski. Henryk Piotrowski.

— *Kennst du Longina Kaczmarek?!*[4]

— Przepraszam, kogo?

— Kaczmarek! Longina Kaczmarek! *Kennst du sie?!*

Piotrowski znowu poruszył się niespokojnie. Milczał.

— *Ist sie da?!* — Chrapliwy głos tajniaka stał się jeszcze bardziej natarczywy. — *Ich frage noch einmal! Ist sie da?!*[5]

Właściciel mieszkania, odwrócony plecami do przesłuchującego, nadal nie odpowiadał.

Dla gestapowca cisza trwała zbyt długo. Uniósł w górę rękę, w której trzymał pejcz. Chwilę później gospodarz leżał na podłodze z rozoraną głową.

---

1 Szybko! Otwierać! Natychmiast!
2 Wszyscy ręce do góry!
3 Nazwisko!
4 Znasz Longinę Kaczmarek?
5 Czy ona tu jest?! Pytam się raz jeszcze! Czy ona tu jest?!

— *Ich frage letzte mal, Piotrowsky!* — Oprawca schylił się nad ofiarą i czubkiem buta kopnął ją w okolice skroni. — *Wo ist Longina Kaczmarek?!*[6]

Spod ściany wystąpiła naprzód blada kobieta w wiejskiej chuście.

— Jezus Maria! — Rzuciła się ku gestapowcowi z ramionami rozpostartymi w błagalnym geście. — Niech go już pan nie bije! On na serce słabuje! Ja wszystko powiem! Co tylko panowie chcecie! Ja wszystko… Tylko go nie bijcie! Nie bijcie! Jezuuus Mariaaaa!

Poznań, Wilhelmstrasse (dawne Aleje Marcinkoweskiego),
w tym samym czasie

Mężczyzna na rowerze zahamował gwałtownie tuż przed dwoma żołnierzami pilnującymi wejścia do Banku Rzeszy.

Przez chwilę walczył, by utrzymać równowagę, aż w końcu stanął bezpiecznie przy wysokim krawężniku.

Wilhelmina biegła w jego stronę, a po policzkach ciekły jej łzy.

— Janek! — wołała. — Janeeek!

Rowerzysta oparł nogę o krawężnik.

Powolnym ruchem odwrócił się zdziwiony w stronę Triumphu.

Zaraz potem puścił rower i ruszył w stronę dziewczyny.

---

6 Pytam po raz ostatni, Piotrowski! Gdzie jest Longina Kaczmarek?!

Wartownicy spod Banku Rzeszy spojrzeli na siebie z głupawymi uśmieszkami na twarzach.

— *Liebe...*[7] — prychnął pogardliwie jeden z nich.

Poznań, Stare Miasto, 12.10

Kaczmarek poczuł się znowu na służbie. Znowu był potrzebny, a zadanie, które mu powierzono, obudziło w nim instynkt śledczego.

Nie spodziewał się, że wejdzie jeszcze kiedyś do tej rzeki. Był święcie przekonany, że będzie się zajmował już tylko podrzędnymi zadaniami prowincjonalnej konspiracji. Ukrywaniem się po miasteczkach i wsiach, wychodzeniem po ciemku i wracaniem przed świtem. Przenoszeniem drobnych meldunków, z których nic nie będzie wynikać.

Zadanie, z którym jechał do Poznania, było wprawdzie czymś nowym, ale gdyby nie wsypa na Rybakach wróciłby jeszcze tego samego dnia do Środy i znowu zaszyłby się na zapadłej wsi. A jednak opatrzność dała mu szansę. Może nie taką, jaką sobie wymarzył, ale nie zamierzał wybrzydzać.

Po wyjściu kuzyna chwycił za swoje notatki i położył się z nimi na łóżku. Miał mnóstwo czasu, by przeanalizować sytuację. Jan szczegółowo opisał mu wydarzenia dni poprzedzających wpadkę na Rybakach. Sprawnie i kompetentnie przedstawił wszystkich bohaterów, wśród których musiał

---

7 Miłość...

znajdować się zdrajca. Kaczmarek wpatrywał się teraz uparcie w swój stary policyjny notes i w zdania nabazgrane ołówkiem na jego niedużych kartkach.

Wyłączając Krzepkiego, śledztwo musiało objąć co najmniej pięć osób z najbliższego otoczenia „Neptuna". Kaczmarek zerknął na pseudonimy, które wynotował na marginesie. W najwęższym kręgu podejrzanych umieścił: jednego z najbliższych współpracowników majora — kapitana o pseudonimie „Kulomiot", dwóch poruczników znanych Krzepkiemu jako „Bystry" i „Nochal", a także związanych z nimi podoficerów o pseudonimach „Gładki" i „Śmigły". Zakładając, że grono to nie wtajemniczało w plany dowództwa nikogo więcej, zadanie, jakie rysowało się przed Kaczmarkiem, nie wydawało się przesadnie trudne. Komisarz wiedział jednak, że to tylko pozory. Śledczy, który ma ograniczone możliwości poruszania się, musi pogodzić się z tym, że jego dochodzenie może się ślimaczyć w nieskończoność

Muszę raz jeszcze pogadać z „Neptunem" — pomyślał Kaczmarek. Po ich ostatnim spotkaniu odczuwał niedosyt. Zdawał sobie sprawę, że major nie ma teraz do tego głowy, ale sprawa zdrajcy w szeregach nie mogła czekać. A on ciągle wiedział zbyt mało.

Jan odmalował mu dość szczegółowo obraz całej piątki. Tyle tylko, że w oczach Krzepkiego każdy z nich był człowiekiem bez skazy. No, prawie bez skazy, choć trudno było uznać za takową czarnowidztwo „Kulomiota" czy skłonność do wisielczych żartów w przypadku „Bystrego". Członkowie grupy „Neptuna" wyglądali na ludzi godnych zaufania.

— Uff! — sapnął rozczarowany Kaczmarek, podkładając łokieć pod głowę.

Czuł, że to śledztwo będzie wyjątkowo niewdzięczne.

Poznań, gospoda Adler, 12.30

Z radioodbiornika stojącego na kredensie niosły się po sali triumfalne marsze Wehrmachtu. Siedzący nad gulaszem Bombke nie mógł się powstrzymać i wytupywał pod stolikiem euforyczny rytm.

Był zadowolony z siebie jak nigdy. Wszystko mu się układało. Dzięki niemieckim przodkom, własnemu sprytowi i odrobinie szczęścia, a przede wszystkim dzięki świetnej pamięci do adresów najważniejszych miejskich notabli uniknął losu przedwojennych włodarzy miasta. Po długim, upokarzającym oczekiwaniu został w końcu wpisany na niemiecką listę narodowościową, co gwarantowało mu względny spokój. A na koniec udało mu się wkraść w łaski szefa Gestapo. Z tym ostatnim sukcesem wiązał największe nadzieje.

Bombke miał bowiem do wyrównania rachunek z komisarzem Kaczmarkiem. Upokorzenie, jakiego doznał w sierpniu ubiegłego roku w jego gabinecie, nadal piekło do żywego. Był wtedy przełożonym Kaczmarka, a został przez niego potraktowany gorzej niż jeżycki menel. Takich rzeczy się nie wybacza! A przynajmniej nie wybacza ich on, Konrad Adolf Bombke!

Siorbnął tłusty sos z łyżki i pochylił się nad rozpostartą płachtą „Ostdeutscher Beobachter". Jego wzrok przykuł bity tłustym gotykiem tytuł ciągnący się przez całą szpaltę.

DNI TRIUMFU NIEMIECKIEJ KULTURY I NAUKI W POSEN

— Ciekawe, kto też przyjedzie do nas z Berlina — powiedział sam do siebie i zatopił się w lekturze.

„Berlin—Posen. Relacja własna. Szybkimi krokami zbliżają się Wschodnioniemieckie Dni Kultury w Posen. To pierwsze tak okazałe święto niemieckiego ducha w stolicy okręgu, przywróconego Ojczyźnie po ćwierćwieczu polskiego terroru. Cywilizacyjna zapaść, jaka towarzyszyła czasom polskiego panowania w Posen, dobiegła końca. Pod śmiałymi uderzeniami zwycięskiego Wehrmachtu upadła ostatnia przeszkoda na drodze do wspaniałej przyszłości narodu niemieckiego, prowadzonego od dwunastu lat ręką naszego genialnego Führera, Adolfa Hitlera.

Wszystkie wysiłki kierownictwa politycznego Tysiącletniej Rzeszy zmierzają teraz w kierunku zapewnienia Narodowi niemieckiemu godnej jego wielkości przestrzeni życiowej w niemieckiej Europie Wschodniej. Jak powiedział wczoraj w Berlinie minister propagandy dr Joseph Goebbels, podstawowym zadaniem rządu Rzeszy jest podniesienie cywilizacyjnego rozwoju nowych, wschodnich okręgów i uczynienie z nich atrakcyjnego miejsca dla masowego osadnictwa żywiołu aryjskiego. Oprócz umacnienia niemieckiego charakteru Warthegau istotny jest również proces ideowego i kulturowego związania tych odwiecznych, niemieckich ziem z Macierzą. Właśnie temu służyć mają — zakrojone na szeroką skalę — Wschodnioniemieckie Dni Kultury w Posen. Ich kulminacją będzie uroczystość erygowania Uniwersytetu Rzeszy w Posen, który raz na zawsze potwierdzi niemiecki charakter Warthegau".

Interesujące — pomyślał Bombke. Interesujące i ekscytujące! A jaka szansa na wzmocnienie własnej pozycji! Przecież taka feta to okazja do nawiązania obiecujących kontaktów, a może nawet znajomości!

„Organizowana pod patronatem Gauleitera Krallego impreza zapowiada się ze wszech miar interesująco" — wtórował rozważaniom Bombkego autor tekstu.

„Do Posen przyjadą między innymi wysocy przedstawiciele ministerstw kultury i propagandy. Wysoce prawdopodobny jest udział w imprezie samego ministra Goebbelsa z małżonką. W Posen zapowiedział się już minister nauki i wychowania Rzeszy Werner Brust. Wystawom i prelekcjom przysłuchiwać się będzie również specjalny wysłannik Führera do spraw niemieckich kresów wschodnich, radca Erich Fest. W Posen spodziewany jest także wysoki rangą przedstawiciel Biura Reichsführera ss, który odpowiada za wyrugowanie z Warthegau resztek wpływów polskich. Według nieoficjalnych informacji z ostatniej chwili powodzeniem spotkania w Posen jest osobiście zainteresowany Reichsführer Heinrich Himmler..."

Bombke przestał przeżuwać kawałek mięsa. Nazwisko Himmlera przypomniało mu wydarzenia sprzed pół roku, które o mały włos nie złamały jego kariery. Reichsführer gościł wtedy przejazdem w Poznaniu i Bombke — wówczas zwierzchnik policji — odpowiadał za zapewnienie mu bezpieczeństwa. Nieoficjalna wizyta Himmlera zakończyła się awanturą na dworcu. Polacy mieli czelność protestować przeciwko obecności salonki Reichsführera w Poznaniu! A przecież Rzesza była wtedy sojusznikiem Polski!

Bombke westchnął i wrócił do talerza z gulaszem. Szybkim wzrokiem przebiegł kilka następnych akapitów.

„Ostdeutscher Beobachter” informował niżej, że Wschodnioniemieckie Dni Kultury rozpoczynają się już jutro i potrwają do 12 maja. Główną areną politycznych i kulturalnych spotkań miał być zamek cesarski — siedziba Kancelarii Gauleitera Warthegau.

Bombke poczuł, że świerzbią go dłonie.

Jak by tam się wkręcić?

No jak?

Poznań, kawiarnia hotelu Ostland, 13.05

Siedzieli w milczeniu już od kwadransa, wpatrując się w siebie jak zahipnotyzowani. Ludzie z pobliskich stolików zerkali na nich ukradkiem, święcie przekonani, że przystojny mężczyzna oświadczył się przed chwilą urodziwej brunetce.

Wilhelmina zauważyła, że Jan się zmienił. Jego twarz zmizerniała, oczy jakby się zapadły, a niewielka blizna na policzku — pamiątka z wojny z Sowietami — zszarzała. Jan wyglądał, jakby w ciągu ostatnich miesięcy postarzał się o kilka lat. Na jego niegdyś kruczoczarnych włosach dostrzegła siwe nitki.

Jan wpatrywał się w Wilhelminę. Był wzruszony. Ależ ona ładna! Gdy widział ją po raz ostatni, bardziej przypominała podlotka. Dziś przy stoliku siedziała przed nim dojrzała piękność. W jej ruchach, w jej spojrzeniu było coś nowego.

— Wiki!

— Nie mów tak do mnie — zaprotestowała gwałtownie Wilhelmina. — Lepiej nazywaj mnie Wilka. Tak będzie bardziej po polsku.

— Kochanie moje, oczom własnym nie wierzę.

— Ja też, Janku. Ja też.

— Gdzie byłaś? Co robiłaś?

— Długo by opowiadać — uśmiechnęła się smutno. — *Alles...* Wszystko przez ojca. Zaskoczył matkę i mnie, wywiózł nas na wieś tuż przed atakiem. Pojechaliśmy do ciotki Hildy pod Środę. *Vati...* — Ciągle nie mogła się pozbyć tej formy, choć ojciec dawno już stracił prawa do tak czułego określenia. — Ojciec pilnował nas tam jak więźniów. Powtarzał, że w miastach jest niebezpiecznie, że musimy przeczekać trudny czas w ukryciu. Ale tak samo mówił w grudniu i w marcu, gdy sytuacja dawno się uspokoiła. Postanowiłam, że sama wyrwę się z tej pułapki.

Jan ścisnął ją mocniej za rękę, a potem podał jej chusteczkę. Rozejrzał się bacznie wokół. W swoich wyświechtanych spodniach i koszuli roboczej nie pasował do wytwornego towarzystwa w hotelowej kawiarni. Do towarzystwa mówiącego wyłącznie po niemiecku.

— Musimy rozmawiać ciszej — szepnął do Wilki. — Tu ściany mają uszy. A już na pewno wszyscy wychwycą polskie słowa.

— Masz rację, kochany — zgodziła się z Janem.

Przypomniała sobie twarz kawiarki z Triumphu.

— Lepiej... Lepiej już stąd chodźmy.

Podnieśli się z krzeseł. Jan podał jej swoje ramię i ruszyli spokojnym krokiem ku rozświetlonemu słońcem wyjściu.

Ich kroki śledził badawczym wzrokiem mężczyzna w końcu sali. Pochylony nad ciastkiem i kawą zastanawiał się, co w tak eleganckiej kawiarni *Nur für Deutsche* robi para zakochanych Polaków.

Był więcej niż pewny, że to byli Polacy. A przecież wiadomo, że oni nie mieli prawa spotkać się towarzysko w niemieckim lokalu. Mogło ich to drogo kosztować...

— Dziwne — mruknął Otto Weiss i sięgnął po filiżankę z kawą.

Kręcąc z niedowierzaniem głową, darował sobie jakąkolwiek reakcję. Skoro nie wyrzucili ich inni, nic mi do tego — uznał zdroworozsądkowo. Nie do końca podzielał rasową fobię partyjnych liderów. Ta elegancka Polka wyglądała zresztą zupełnie jak Niemka...

Poznań, Märkischestrasse, 13.45

Ślepy Antek uchylił kaszkiet przed strażnikiem Bergmannem, bacznie przyglądając się lufie jego mauzera. Stary wartownik nie miał tym razem żadnych wątpliwości.

— Tylko szybko, panie Gąsiorowski — poradził i przepuścił woźnicę przez bramę.

Ślepy Antek wszedł na obszerny dziedziniec i nie namyślając się ani chwili, skierował się ku podłużnemu, jednopiętrowemu budynkowi magazynu, ciągnącemu się wzdłuż zachodniej granicy podwórza.

Szczęście mu sprzyjało. Poza dwoma pracownikami fizycznymi, krzątającymi się przy zaparkowanej w rogu dziedzińca ciężarówce, wokół nie było nikogo. Antek uśmiechnął się pod wąsem. Dwa ejbry* z łopatami w dłoniach były tak zaaferowane dostawą, że nie widziały świata poza hałdą węgla, którą musieli szybko wrzucić pod plandekę.

— Szczęść Boże w pracy — powiedział do nich cicho i w kilkanaście sekund przeciął lekko pochyły teren przed magazynem.

*EJBRY — mężczyźni silnej postury

Gdy doszedł do zasuwanych wrót, spojrzał jeszcze raz na dziedziniec.

Dwaj drągale pracowali łopatami, aż miło.

O to chodzi — pomyślał i szarpnął za przesuwne drzwi. Te nieznacznie zaskrzypiały, ale nie oderwały gibasów** przy ciężarówce od pracy.

**GIBASY — osiłki

Antek zdecydowanym krokiem wszedł do środka, zasuwając za sobą wrota. Znalazł się w pogrążonej w głębokim cieniu hali, zastawionej licznymi skrzyniami i mniejszymi lub większymi pakunkami. Choć magazyn był zasadniczo jednym wielkim pomieszczeniem, pod jego zachodnią ścianą znajdowały się dwie murowane klitki z osobnymi drzwiami.

Ślepy Antek skierował się ku tej położonej po prawej stronie. Dojrzał na niej napis „Toilette".

Zanim wszedł do ubikacji, przekręcił pstryczek przy drzwiach i niewielkie pomieszczenie z mikroskopijnym oknem zalało żółte światło ze słabej żarówki.

Starannie zamknął drzwi na haczyk.

Zaraz potem podszedł do brudnej szybki i wyjrzał przez nią na zewnątrz.

Uśmiechnął się zadowolony.

Tory były blisko.

Poznań, śródmieście, o tej samej porze

Spacerowali pod rękę przez ruchliwy o tej porze Wilhelmplatz. W szczęśliwych czasach, gdy plac nosił nazwę Marszałka Józefa Piłsudskiego, a dla każdego poznaniaka był po prostu „Plejtą", zaglądali razem na kawę i ciastko do pobliskiej Grand Café. Ale tej kawiarni darmo było teraz szukać w kamienicy po północnej stronie placu.

Chodzili więc tam i z powrotem, tuląc się do siebie i schodząc z drogi patrolom żandarmerii.

Gdyby nie niemieckie szyldy i napisy, zapomnieliby na dobre, że dawne czasy to już odległa przeszłość. Rzeczywistość co chwilę wdzierała się jednak pomiędzy ich radość. Gdy mijali kino Słońce, nazywające się teraz Sonnenblick, Krzepki dostrzegł w witrynie kasy wielki afisz z niemieckim piechurem zapowiadający najnowszy film propagandowy *Sieg in Stalingrad*.

Cholera, przecież w 1943 roku pomogliśmy Szwabom zdobyć to miasto — uświadomił sobie.

— Kochany mój, nie mogę już wrócić do ciotki Hildy — powiedziała znienacka Wilhelmina, gdy zatrzymali się na wysokości dawnej Biblioteki Raczyńskich.

Nad wejściem do zabytkowego budynku wisiała teraz nazistowska wrona i napis: „Reichsbibliotheke".

— Obawiam się... Obawiam się, kochanie, że musisz — odpowiedział jej ściszonym głosem Krzepki.

Na twarzy Wilhelminy pojawiło się zdziwienie.

— Jak to, Janku? Jak to? Teraz, gdy jesteśmy nareszcie razem? *Warum?*[8]

Krzepki czuł, że serce mu się kraje. Czule pogłaskał jej policzek i spojrzał swojej ukochanej głęboko w oczy.

— Wiem, że to dla ciebie trudne. I zapewne niezrozumiałe — zaczął ostrożnie. — Nie możesz tu jednak zostać.

— Jak to?

— Kochanie, zaufaj mi. Chodzi mi przede wszystkim o ciebie.

— O mnie? A ja myślałam...

— Wiem, co myślałaś, serce moje. Wiem. Ale to niemożliwe. Przynajmniej na razie... Wierz mi! Wiem, co mówię...

— Ale dlaczego... *Wieso?*[9]

Jan przełknął ślinę.

— Tu... — zawahał się na moment. — Tu wkrótce będzie niebezpiecznie.

---

8 Dlaczego?
9 Jak to tak?

Ślepy Antek chwycił za drewnianą szafkę wiszącą tuż nad żeliwnym zbiornikiem z wodą służącą do spłukiwania muszli. Przez krótką chwilę mocował się z nią, po czym uniósł mebel w górę i ostrożnie zestawił go na betonową posadzkę.

Z kieszeni kurtki wyciągnął śrubokręt i raz jeszcze zbliżył się do ściany. Wśród cegieł namacał dwie, które zdawały się osadzone lżej od pozostałych. Metalowym końcem śrubokrętu podważył najpierw jedną, a potem drugą cegłę. Obie okazały się jedynie szerokimi na centymetr płytkami w kolorze ochry.

Podłożył je na szafce.

Zaraz potem zajrzał do ciemnego otworu, który wyzierał teraz znad spłuczki. W głębokiej wnęce dojrzał pobłyskujące przedmioty. Ostrożnie włożył w dziurę prawą dłoń. Palcami wyczuł dwa przyciski.

Wszystko było jak należy.

— I co, Braun?! Chyba mi nie powiesz, że nic z tego nie wyszło?! — Obersturmbannführer Hinker z każdym zdaniem krzyczał coraz głośniej do słuchawki. — Jak to możliwe?! *Antworte! Sofort!*[10]

---

10 Odpowiedz! Natychmiast!

Osobnik po drugiej stronie na moment zamilkł, jakby nagle jakiś dywersant przeciął linię telefoniczną między Posen a Schroda.

— Halo, Braun! Jesteś tam, *zum tausend Teufel?!*[11]

— *Jawohl!* — Rottenführer Ludwig Braun przesłał po łączach krótki znak życia.

— To czemu milczysz, cholero?! Odpowiadaj na pytania! *Sofort!*

— *Jawohl!* Jak już powiedziałem, pod wskazanym adresem nie zastaliśmy poszukiwanej Longiny Kaczmarek...

— To już wiem, do cholery! Melduj, co ustaliłeś na miejscu!

Rottenführer Braun chrząknął znacząco.

— Właściciel domu, nazwiskiem Piotrowski, powiedział nam niewiele...

— Jak cię znam, nie dałeś mu na to czasu!

— ... ale jego żona okazała się bardziej rozmowna.

— *Und?!*

— Zeznała, że Longina Kaczmarek rzeczywiście mieszkała w tym lokalu. Ale tylko do wczesnej zimy. Około grudnia, a już na pewno przed świętami, opuściła to mieszkanie. Podobno...

— Tak?!

— Podobno ktoś po nią przyjechał.

— Mężczyzna?

— *Jawohl, Herr* Obersturmbannführer!

— Rysopis!

Rottenführer Braun zawahał się na moment. A może sięgnął do notatki.

---

11   ...do tysiąca diabłów?!

— Niewysoki, gruby. Lekko łysy, o nalanej twarzy. Mógł mieć około pięćdziesięciu lat.

— Coś jeszcze?!

— Miał brodę. Całkiem długą. Jeden ze świadków porównał go nawet do Żyda...

— Ha! — wrzasnął Hinker. — To on! Kaczmarek!

— Tego nie wiem, *Herr* Obersturmbannführer. Żaden z domowników nie znał tego mężczyzny. Tak przynajmniej mówią...

— Głupi jesteś, Braun! Nie wierz Polakom! Tyle razy ci powtarzałem! Dla ratowania dupy gotowi są kłamać, ile wlezie! Jak ci mówię, że to był Kaczmarek, to słuchaj!

— *Jawohl, Herr...*

— A ci domownicy? Co to za jedni? Czy to nie jest przypadkiem rodzina Kaczmarka?

— Jeśli nawet, to daleka, *Herr* Obersturmbannführer! Z ich papierów wynika, że mieszkają tam od dawna.

— Aresztować!

— Już to zrobiliśmy.

— To dobrze, Braun. Nareszcie zaczynasz myśleć!

— Staram się, *Herr* Obersturmbannführer!

— Przesłuchajcie ich wszystkich raz jeszcze! Wiecie jak!

— *Jawohl!*

— Czekam na dalsze wieści. *Heil* Hitler!

— *Heil!*

Hinker rzucił słuchawkę na widełki i wytarł spocone czoło w rękaw munduru. Był wściekły. Wyprawa jego komanda do Schroda okazała się stratą czasu! Informacje tego całego Bombkego były mocno nieświeże! Gdzie on teraz jest, do diabła?! Gdzie jest ten cholerny volksdeutsch?!

Już ja mu…

— Knapkeeee!

Drzwi gabinetu otworzyły się niemal natychmiast i do gabinetu wpadł zdyszany Rottenführer.

— *Zu Befehl!*[12]

— Dawaj mi tu zaraz tego Bombkego! Ale już!

---

12 Na rozkaz!

7

DAWID I GOLIAT

Znowu Poznań, w śródmieściu, 10 maja 1945 roku, godz. 15.15

Z latarni stojących wzdłuż ulicy Święty Marcin, zwanej teraz Martinstrasse, zwieszały się ku chodnikowi flagi ze swastykami. W połowie ulicy Krzepki dostrzegł wóz z wysuwaną drabiną. Stojący na niej mężczyzna rozwieszał płachtę na kolejnej latarni.

Szykują miasto na szwabskie uroczystości — pomyślał Jan. Chciał mocniej przytulić Wilhelminę, ale nagle musiał zejść z chodnika na ulicę i skłonić się, uchylając czapki.

Gruby oficer Wehrmachtu, który szedł z naprzeciwka, nawet nie spojrzał w jego kierunku.

Krzepki nienawidził takich chwil. Gdyby jednak nie pozdrowił niemieckiego oficera, mógł za chwilę znaleźć się na posterunku policji. A tego akurat bardzo chciał uniknąć.

Wilka chyba to zrozumiała, bo nie zadała mu żadnego pytania.

W milczeniu przeszli przez skrzyżowanie Martinstrasse z Ritterstrasse, byłą ulicą Ratajczaka. Krzepki nawet nie spojrzał w stronę odległego Domu Żołnierza, w którym urzędowało Gestapo. Wspomnienie „Aleksandry" i „Boda" wracało do niego co jakiś czas, a świadomość własnej bezsilności potęgowała wyrzuty sumienia.

— Zobacz, Janku! — Wilhelmina ożywiła się. — Skąd ta chmura przed zamkiem?

Krzepki zmrużył oczy. Od smukłej wieży zegarowej nadlatywał w ich kierunku potężny siwy tuman. W pierwszej chwili Krzepki pomyślał, że to atak gazowy. Siwy obłok, który niósł się z zachodnim wiatrem prosto w ich stronę, okazał się tymczasem chmurą kurzu.

Na szerokim odcinku ulicy i chodnika przed zamkiem krzątało się pół setki polskich robotników z miotłami. Na rękawach mieli opaski z literą „P" — byli to więźniowie polityczni. Pracowali pod czujnym wzrokiem kilkunastu wartowników.

Krzepki przyspieszył kroku, ciągnąc za sobą dziewczynę. Odniósł nieprzyjemne wrażenie, że jeden z mężczyzn zamiatających bruk przyjrzał mu się uważniej niż pozostali. I że go rozpoznał.

— Janek, co się stało? — Wilhelminę zaskoczyło zachowanie swojego towarzysza. — Janek! Janek, na miłość boską! Czemu tak pędzisz, kochany? O co…

— Zaraz ci wszystko wytłumaczę — bąknął Krzepki i delikatnie popchnął dziewczynę w ulicę Niederwall, dawniej zwaną Wałami Zygmunta Augusta.

Człowiek z miotłą w dłoni odprowadził ich milcząco wzrokiem.

Janek i Wilka przebiegli pod rozciągniętym między gmachem poczty i księgarnią transparentem z napisem *„Dieses*

Land war immer deutsch"[1], potrącając grupę nastolatków, prawdopodobnie uczniów niemieckiego gminazjum. Dopiero gdy zamek zniknął za załomem kamienicy, Krzepki zwolnił i nagle pocałował Wilhelminę.

— Wybacz — poprosił, uśmiechając się wreszcie. — Mężczyzna, który tak się nam przyglądał, to Leon Wencel, mój przyjaciel ze studiów. Rozpoznałem go. On mnie również. Nie chciałem, by zrobił coś głupiego.

— Kolega ze studiów? A teraz zamiata ulice jako więzień?

Krzepki nie odpowiedział. Był szczęśliwy, że przyjaciel nie sprawił mu kłopotów. I nieszczęśliwy, że nie mógł mu przedstawić swojej narzeczonej.

Poznań, Wilhelmstrasse, 15.30

Bombke odszedł od kiosku z prasą stojącego na rogu Wilhelmstrasse i Martinstrasse. W ręce trzymał najnowszy numer „Posener Tageblatt". Po lekturze „Ostdeutscher Beobachter" nabrał apetytu na więcej informacji. Czuł, że zbliżająca się feta w Posen to jego wielka szansa. Żeby ją dobrze wykorzystać, musiał wiedzieć jak najwięcej o gościach i o programie Wschodnioniemieckich Dni Kultury.

Najchętniej usiadłby gdzieś teraz i pogrążył się w lekturze. Tytuł na pierwszej stronie aż nęcił:

---

1 Ten kraj był zawsze niemiecki.

Rozejrzał się wokół w poszukiwaniu ławki. Nie znalazł żadnej w zasięgu wzroku, więc powolnym krokiem człowieka, który ma dużo wolnego czasu, ruszył po pochyłym chodniku w dół Martinstrasse, w stronę Petriplatz, przedwojennego placu Świętokrzyskiego. Nie czuł się pewnie, bo ciągle był zawieszony między światem, który bezpowrotnie przeminął, a nowymi czasami. Wkupił się wprawdzie w łaski nazistowskiej władzy, ale miał wrażenie, że na razie ledwie ocalił swoją egzystencję. Informację o szykującym się święcie potraktował jak cudowne zrządzenie losu.

A swoją drogą, jakoś cicho było dotychczas o tak wielkim wydarzeniu. Podrapał się zaskoczony w głowę. W Posen szykuje się ogromna feta, w drodze być może sam Goebbels, a prasa pisze o tym dopiero dwa dni przed zdarzeniem? Wszystko to bardzo dziwne. Jakby chcieli coś ukryć!

Bombke doszedł do miejsca, w którym aż osiem ulic schodziło się w jednym punkcie, tworząc Petriplatz. Rozpromienił się na widok pustej ławki schowanej w cieniu akacji. Już miał na niej przysiąść, by przeanalizować artykuł w gazecie, gdy nagle za plecami usłyszał czyjeś szybkie kroki.

Ledwie zdążył się obejrzeć, a na jego twarz spadła złożona damska parasolka.

— Ty gnido! — usłyszał kobiecy głos. — Ty kanalio! Przez ciebie aresztowali mojego Władka! Przez ciebie on teraz gnije w forcie!

Chwycił kobietę za rękę, nie pozwalając się więcej okładać. Na niewiele się to zdało, bo poznanianka splunęła mu prosto w twarz.

— Ty gnido! Odpowiesz za to wszystko! Zobaczysz! — wykrzykiwała zuchwale po polsku, wzbudzając sensację wśród spacerowiczów.

Dopiero teraz Bombke rozpoznał w niej żonę Włodzimierza Konkiela, jednego z dyrektorów w przedwojennym magistracie. Konkiel znalazł się na liście, którą Bombke przekazał Niemcom zaraz po wejściu Wehrmachtu do Posen. Nigdy się nie zastanawiał, co się stało z osobami, które wskazał nowej władzy. Najważniejsze, że okupanci dali mu wtedy spokój...

— Czego się drzesz, babo?! — Bombke odzyskał wigor i bezceremonialnie pchnął Konkielową w krzak bzu. — Zamknij mordę, bo zawołam policję!

— O tak! — zawołała kobieta. — Donosić to ty potrafisz, hitlerowski szpiclu! Ludzie! Luuudzie! To szpicel! Szpiceeeel!

Nie wiedzieć czemu, Bombke nie dał jej w twarz. Zamiast tego poderwał się do biegu.

Miał wrażenie, że gonią go szydercze spojrzenia przechodniów.

Jak na złość nigdzie nie dostrzegł policyjnego munduru. Akurat w takim momencie!

Zziajany i zły, skrył się w końcu w jednej z bram na Halbdorfstrasse. Dopiero tam się upewnił, że Konkielowa już mu nie zagrozi.

W uszach ciągle dzwoniło mu jedno słowo: „Szpicel".

— To nie ma sensu — westchnął Otto Weiss. Zmierzał do celu drogą najgorszą z możliwych. Poszukiwanie Kaczmarka na podstawie nędznych resztek oficjalnych polskich papierów okazało się przedsięwzięciem chybionym. Skoro dokumentów jest niewiele, a na dalsze nie ma szans, powinienem zmienić podejście do śledztwa — postanowił, stojąc w otwartym oknie dawnego gabinetu poznańskiego śledczego.

W tym momencie pod gmach Prezydium zajechał szeroki mercedes. Wyskoczył z niego kierowca w mundurze Gefreitera, by usłużnym gestem otworzyć drzwi przed mężczyzną w paradnym uniformie. Był nim Gregor Langer, szef komórki politycznej. Weiss poznał go dwa dni temu, gdy przybył do Posen. Langer ostrzegał wtedy Weissa, że to trudne zadanie. Inni funkcjonariusze wykazywali więcej urzędowego optymizmu.

Langer machnął dłonią strażnikowi w geście nazistowskiego pozdrowienia i zniknął w drzwiach gmachu policji.

Ciekawe, kiedy zapyta mnie o postępy w śledztwie — przemknęło przez głowę Weissa. Lepiej, żeby nie za szybko...

Okręcił się na pięcie i wrócił do biurka. Leżały na nim dostarczone właśnie przez Schneidera raporty o polskim zbrojnym podziemiu. Już ich pobieżna lektura nie nastroiła Weissa optymistycznie. Według doniesień siatki konfidentów Kriminalpolizei oraz wywiadowców ulokowanych w tutejszym półświatku ruch oporu rósł z miesiąca na miesiąc. O ile jesienią zeszłego roku o polskim podziemiu było jeszcze głucho, o tyle już w styczniu i lutym zaczęły się mnożyć doniesienia o skutecznych próbach rozbrajania posterunków niemieckiej policji, ulokowanych z reguły na peryferiach miasta. Kriminaldirektor wyczytał z meldunków, że w marcu 1945 doszło do pierwszej zbrojnej akcji „polskich bandytów" w okolicy ścisłego śródmieścia. Na Seecktstrasse[2], tuż pod nosem wartowników dowództwa korpusu, „banda niezidentyfikowanych napastników" obezwładniła dwóch patrolujących teren żołnierzy, ogłuszając ich i zabierając im karabiny. W kwietniu policja odnotowała już pięć podobnych zdarzeń, z czego dwa w samym centrum Posen. Wszystko to mogło świadczyć tylko o jednym: Polacy otrząsnęli się z pierwszego szoku i przystąpili do organizowania się w tajne związki, które były już w stanie zdobyć broń. Kwestią otwartą pozostawało, kiedy użyją jej przeciwko nowym panom Warthegau.

Kriminaldirektor zajrzał raz jeszcze w akta. Jego wzrok padł na fragment raportu spisanego przez konfidenta o pseudonimie „Alex".

„…ze zdobytych w knajpie Drei Brüder informacji wynika, że na czele bliżej nieokreślonej grupy oporu w Posen stoi przedwojenny oficer polskiej armii. Publiczna plotka głosi, że pochodzi z okolic Gdingen (polska nazwa: Gdynia). Nikt nie zna jego nazwiska, ale wśród Polaków krąży legenda, że operuje on pod pseudonimem »Neptun«. Jego grupa stawia sobie za cel zorganizowanie zbrojnego powstania w Posen

---

2   Przedwojenna ul. Wolnica.

i całym Warthegau w sprzyjającym momencie koniunktury międzynarodowej..."

Ach, ci niepoprawni Polacy! — zamyślił się Weiss. O jakim „sprzyjającym momencie" oni marzą? Przecież to wszystko mrzonki! Cały kontynent europejski należy do Rzeszy, na Syberii Wehrmacht wykańcza właśnie resztki bolszewickich komisarzy i ich niezwyciężonej armii, a Anglia kornie siedzi za kanałem La Manche! Na co oni, do licha, jeszcze liczą? Na cud? Na jakiś kolejny cud nad Wisłą?

Zamknął skoroszyt i zamyślił się nad położeniem Polaków. Nie zazdrościł im, ale też ich nie żałował. Zasłużyli na takie traktowanie. Wprawdzie pomogli Rzeszy pokonać Stalina i jego mocarstwo, ale potem byli nierozsądni i uparci jak to oni! Nie chcieli się wynieść na wschód. Jakby nie zrozumieli, że ich rola na arenie dziejów zakończyła się wraz z końcem wojny z Sowietami. A kto staje Rzeszy na przeszkodzie, ten nie powinien się dziwić, że mu Rzesza przetrąca kark. Ofiara mojego Wolfganga musi mieć w końcu sens...

Myśli Weissa natychmiast wróciły do Posen. Nie chciał więcej wspominać syna. To było zbyt bolesne. Teraz jest w Posen, ma nowe zadanie do wykonania. Tylko to się teraz liczy! Gdzie może teraz być ten cholerny Kaczmarek? Co może robić?

Chyba powinienem się skupić na dotarciu do ludzi „Neptuna"? Jeśli Kaczmarek jest w Posen, być może kręci się w jego pobliżu? To przecież całkiem prawdopodobne...

Wilhelmina spoglądała ukradkiem na smutną twarz Jana.

— Obiecaj mi, Janku, że przyjedziesz — powiedziała z naciskiem na ostatnie słowo. — Obiecaj, że znowu będziemy razem.

Krzepki objął ukochaną ramieniem i ucałował. Ileż on by dał, żeby Wilhelmina nie musiała wracać! Ledwie się odnaleźli, a już musiał się z nią żegnać! W dodatku nie wiedział, na jak długo. Właśnie ta niepewność zdawała mu się najgorsza.

— Obiecuję... — odezwał się w końcu. — Obiecuję, że przyjadę i zabiorę cię z tej wioski. A twój ojciec mi w tym nie przeszkodzi...

— Nie rozmawiajmy o *Vati*, Janku. On... on już nie jest moim ojcem.

— Nie mów tak. Ojciec to zawsze...

— Nieprawda. Nie rozmawiajmy już o nim.

— Dobrze, kochanie. Już dobrze...

Spacerowym krokiem przeszli ostatnie metry dzielące ich od placu przed dworcem.Tu również trwało sprzątanie chodników i bruku. Kilkunastu więźniów krzątało się z miotłami przed arkadami dworca.

— Dalej... Dalej musisz już pójść sama — powiedział z trudem Jan.

— Kiedy, Janku? Kiedy po mnie przyjedziesz?

Nie wiedział, co jej odpowiedzieć. Nie chciał skłamać. Nie chciał zawieść. Próbował się uśmiechnąć, kiedy po jej policzku spłynęła łza. Grymas jej twarzy wrył mu się mocno w pamięć.

Zaskoczony Bombke cofnął się dwa kroki w przestrachu.

— To są sprawdzone informacje?! — ryknął Hinker nad jego głową. — *Das ist Scheisse! Grosse, stinkene Scheisse!*[3] Czy pan wie, ile czasu moi ludzie zmarnowali w Schroda?! Nawet pan nie ma pojęcia! *Scheisse! Grosse Scheisse!*

Bombke poczuł, że ma miękkie nogi. Nie mógł jednak okazać słabości. Nie w chwili, gdy ważyła się jego wiarygodność. I jego przyszłość.

— To na pewno jakieś nieporozumienie, *Herr* Obersturmbannführer! — Stuknął po wojskowemu obcasami, stając przed gestapowcem na baczność. — *Das ist ein Missverständnis!*[4] Jestem pewny, że podałem prawdziwy adres!

— Adres był może i właściwy, ale dawno temu, Bombke! A to oznacza, że moi ludzie stracili czas! Przez pana nieaktualne, nierzetelne informacje!

— Kiedy... Kiedy ja naprawdę sądziłem... — Bombke stracił rezon.

— Ty nie masz sądzić, Bombke! Ty masz wiedzieć! Jeśli przychodzisz na Gestapo, twoje informacje muszą być pewne! Pewne! *Alles klar?!*

---

3 To jest gówno! Wielkie śmierdzące gówno!
4 To nieporozumienie!

— *Jawohl, Herr* Obersturmbannführer!

— Żeby mi to było ostatni raz! — Hinker uniósł w górę rozcapierzoną rękę, jakby chciał zdzielić nią nic niewartego informatora. — Geheime Staatspolizei to nie jest targ przekupek! Nie zajmujemy się plotkami. Interesuje nas konkret! Konkret, rozumiesz Bombke?!

Volksdeutsch w milczeniu skinął głową.

— Ale... — zająknął się.

— Ale co?!

— Ale przecież... Przecież zatrzymaliście na pewno mieszkańców tej kamienicy w Schroda. Oni muszą coś wiedzieć. Niejaki Piotrowski...

— Wiedzą tyle co nic! — ryknął znowu Hinker. Każde wspomnienie nazwy Schroda doprowadzało go do szału. — A ten cały Piotrowski wyciągnął kopyta, zanim zdążyliśmy go przesłuchać! Serce mu wysiadło, wyobrażasz sobie?! Akurat w takim momencie! Co za bezczelność!

Poznań, w jednej ze śródmiejskich kamienic, 17.10

W obstawie Krzepkiego Kaczmarek czuł się pewnie. Milcząc, przekroczyli próg klatki schodowej, by zaraz po schowaniu się w półcień korytarza skręcić w lewo i tuż za zakrętem znaleźć niskie zejście do piwnicy.

Z dołu wionęło wilgocią i pleśnią. Po wąskich, śliskich stopniach zeszli ostrożnie pod ziemię. Drogę oświetlała im jedynie dziesięciowatowa żarówka. Mimo półmroku szybko dotarli do drzwi zbitych z nieheblowanych desek. Tam Krzepki kilka razy powtórzył tę samą kombinację uderzeń pięścią o futrynę, jaką zaprezentował przed bramą kamienicy. Z wnętrza piwnicznego lochu padło kategoryczne żądanie:

— Hasło!

— Uran! — odpowiedział Krzepki.

— Odzew?!

— Pluton!

Ktoś odsunął sztabę i powoli uchylił drzwi. Słabo widoczny wartownik przepuścił ich do środka, a Kaczmarkowi przyszło do głowy, że hasło i odzew stanowią nazwy dwóch sąsiednich planet Neptuna w układzie słonecznym.

— Aleście nas nastraszyli, panie kapitanie. — Wartownik wyprężył się przed Krzepkim. — Nie spodziewaliśmy się dzisiaj wizyty. Co mam powiedzieć panu majorowi?

Krzepki nie zdążył odpowiedzieć. Z głębi lochu wyszedł im na spotkanie „Neptun".

— Nic nie musisz mówić, „Zsiadły". Wiem, w jakiej sprawie są te niezapowiedziane odwiedziny. Proszę, panowie, do mnie. Nie wzgardzicie kawą? To brazylijska Santos, jeszcze z przedwojennych zapasów.

— Jeśli tak, to poprosimy — uśmiechnął się Krzepki.

Razem z Kaczmarkiem weszli do wąskiego, ciasnego pomieszczenia przypominającego komórkę na węgiel.

— Słyszałeś, „Zsiadły"? Trzy kawy, byle szybko. — „Neptun" wydał dyspozycje i zamknął za sobą drzwi.

— Panie majorze… — zaczął Kaczmarek, ale „Neptun" podniósł rękę na znak, żeby zaczekał.

— Wszystko wiem — mruknął, mrugając do nich okiem. — Poczekajmy najpierw, aż „Zsiadły" zrobi nam te kawy. Potem każę mu się przewietrzyć.

Pociąg relacji Posen—Schroda zaczął gwałtownie hamować.

— A co to, nie za szybko on staje? — zaniepokoiła się korpulentna kobieta w kratkowanej chuście na głowie. — Do Środy jeszcze spory kawałek...

Przysunęła bliżej siebie wiklinowy koszyk, w którym przywiozła rano kilkadziesiąt jajek na targ w Poznaniu. A potem przeżegnała się, wyglądając niepewnym wzrokiem przez brudną szybę wagonu.

— O Matko Przenajświętsza! — krzyknęła, podrywając się z siedzenia. — Szkiebry! Pełno ich jak psów! O Matko Boska, ratuj nas!

Pusty koszyk sturlał się z jej kolan i zatrzymał dopiero u stóp zaskoczonej Wilhelminy, która siedziała naprzeciwko. Dziewczyna poderwała się z ławki i przywarła twarzą do okna.

To, co zobaczyła, zmroziło jej serce.

Pociąg zatrzymywał się pośrodku kartofliska. Z niewielkiej wyniosłości ku wagonom schodziło kilkudziesięciu żołnierzy Wehrmachtu. Lufami karabinów celowali w stronę składu. Po polu niosło się ujadanie psów.

— I co tam panienka widzi? — odezwał się starszy mężczyzna z drugiego końca ławki.

Jego głos drżał ze strachu.

— To Wehrmacht — odpowiedziała spokojnie Wilhelmina, choć przyszło jej to z wyjątkowym trudem. — Zatrzymują pociąg. Pewnie kogoś szukają.

Wiedziała, że to nieprawda. Na horyzoncie dostrzegła sylwetki samochodów ciężarowych.

Czyżby to była łapanka?

Zastanawiała się, co robić. W oczach pasażerów widziała lęk, ale sama też nie czuła się bezpieczna. Miała wprawdzie przy sobie dokumenty volksdeutscha wyrobione przez ojca, ale wstydziłaby się okazać je żołnierzom w tych okolicznościach. Zresztą od sierpnia ubiegłego roku nie czuła się Niemką. O nie, w żadnym wypadku nie zamierzała korzystać z przywilejów rasy nadludzi!

Pociąg zatrzymał się w końcu w szczerym polu. Przerażeni pasażerowie siedzieli jak skamieniali, nie spoglądając w okna.

— *Alle raus! Sofort! Alle raus!*[5] — Wilhelmina usłyszała czyjeś krzyki.

Zaraz potem do ich wagonu wpadł krępy Niemiec w mundurze. Wodząc lufą schmeissera wokół, szturchnął kilku z pasażerów i głośno zakomenderował:

— *Alle Polen raus!*[6]

Wystraszonym ludziom nie trzeba było dwa razy powtarzać. Poderwali się w stronę wyjścia, zapominając o swoich pakunkach i bagażach.

Wilhelmina zawahała się na moment.

Nazywam się Krantz, mam papiery Niemki — uspokoiła się w duchu. Nic mi nie zrobią, jeśli zostanę. Przecież ten żołnierz powiedział wyraźnie *Alle Polen raus!...* Wszyscy Polacy...

---

5 Wszyscy z pociągu! Natychmiast! Wszyscy precz!
6 Wszyscy Polacy z pociągu!

— *Und du?!* — usłyszała za sobą nieprzyjazny głos. — *Hast du nicht gehört?! Was machst du, polnische Schweine?!*[7]
Na plecach poczuła lufę karabinu.

Wstała z miejsca i posłusznie skierowała się ku drzwiom.

Nie wywiozą mnie — postanowiła. Nie wywiozą mnie daleko od Janka! Już raz mnie rozdzielili, ale nie tym razem...

Kiedy wśród jęków i zawodzenia zeskakiwała ze stopnia wagonu na tory, wiedziała już, co zrobi.

Wreszcie poczuła spokój.

Poznań, w siedzibie Gestapo, w tym samym czasie

— A pozostali mieszkańcy tej kamienicy? — Bombke żywił resztki nadziei, że jego informacja okaże się jednak coś warta.

Hinker usiadł ciężko w obitym skórą fotelu. Nie wiedzieć skąd, w jego dłoni pojawił się pokaźny pejcz.

— Sami debile — rzucił kąśliwym tonem. — Albo tylko grali. Na jedno wychodzi. Nie powiedzieli nam nic ciekawego.

— To może... Może trzeba by ich mocniej przycisnąć, *Herr* Obersturmbannführer...

— Może. Ale to i tak nie ma już znaczenia, Bombke. Skończyli pod ścianą.

— Ale...

— Żadnego „ale"! Zapominasz, kto tu wydaje rozkazy! Lepiej się dobrze zastanów, zanim odpowiesz na moje pytanie.

---

7   A ty? Nie słyszałaś?! Co robisz, polska świnio?!

— I co, już pan coś wyniuchał?

Pytanie majora było tak bezpośrednie, że Kaczmarka na chwilę zamurowało.

Siedział teraz sam z „Neptunem" nad szybko stygnącą kawą. Jego kuzyn chwilę wcześniej otrzymał rozkaz zastąpienia „Zsiadłego" na czatach, więc mogli spokojnie porozmawiać. Sprytny ten major — pomyślał Kaczmarek, gdy Jan opuszczał lokum.

— No, jeszcze nie — żachnął się były komisarz. — Jednak po naszej pierwszej rozmowie i po długim rozpytaniu Jana doszedłem do pewnych wniosków, które mogą przyspieszyć śledztwo.

— Tak? — W głosie „Neptuna" Kaczmarek wyczuł zachętę.

— Panie majorze, jest pan absolutnie pewny ludzi ze swojego najbliższego otoczenia?

— To znaczy kogo? — Neptun spojrzał uważnie na Kaczmarka. — Ma pan na myśli „Bystrego", „Kulomiota" i „Nochala"?

Kaczmarek zerknął w swój notes.

— Tak, ale również „Gładkiego". I „Śmigłego".

Neptun potarł wierzchem dłoni siwe brwi, jakby zastanawiał się nad odpowiedzią.

— Któż dziś jest czegoś pewny? A już zwłaszcza kogoś — odezwał się w końcu. — Ale trudno... Tak. Wydaje mi się, że ta piątka, plus Szpula naturalnie, to wypróbowani, godni zaufania ludzie. No, może „Kulomiot" ze swoim wrodzonym pesymizmem odstaje charakterem od reszty.

Ale zapewniam pana, komisarzu, że to równy chłop. Wiem, co mówię, bo znam go najlepiej z całej grupy. Zanim trafił do Poznania, wytrzymał tydzień ciężkiego śledztwa na Szucha. To było we wrześniu zeszłego roku, zaraz po niemieckiej inwazji. Nic mu wtedy nie udowodnili, musieli go puścić.

— Puścili go wolno?! Nie myśli pan, że...

— Nie, komisarzu. — Neptun czytał w myślach Kaczmarka. — Wtedy jeszcze w takich sytuacjach puszczali, dziś już nie. Nie wierzę, by „Kulomiot" dał się złamać i poszedł na współpracę z Gestapo. Co więcej, mam pewność, że tak nie było.

— Pewność?

— Tak, komisarzu. Pewność. „Kulomiot" był dokładnie sprawdzany przez naszą komórkę kontrwywiadu z Warszawy. Długo i drobiazgowo. Przez prawie pół roku. Gdyby ciągnął się za nim choć cień podejrzenia, nie byłoby go wśród nas. Zwłaszcza teraz.

To „zwłaszcza teraz" było wymowne. Choć bardzo go korciło, Kaczmarek nie odważył się zapytać, o co chodzi. Nie moja sprawa — uznał.

— „Kulomiot" jest mi potrzebny. Mamy niewielu oficerów z takim doświadczeniem — ciągnął „Neptun". — To sumienny i zdyscyplinowany człowiek. Jak pozostali moi współpracownicy...

Kaczmarek właśnie otrzymał odpowiedź na swoje zasadnicze pytanie.

— Wobec tego, panie majorze, jestem zmuszony zapytać o pańskich współpracowników niższego szczebla — powiedział.

— Nie znam ich — odparł szczerze „Neptun". — Znam jedynie te piątkę. A każdy z nich zna kolejnych pięciu. Nigdy nie interesowało mnie, kto podlega Szpuli czy „Bystremu". Dla mnie kluczowa była zawsze inna informacja: ile tych piątek mamy. Bo każda kolejna piątka pod bronią to zaczyn naszej wolności.

Kaczmarek chrząknął nieznacznie. Trzeźwo patrzył na sytuację kraju. O jakiej wolności mówi „Neptun", gdy cała Europa zmienia się na nazistowską modłę, a do Polski szerokim strumieniem wlewają się miliony Niemców? I gdy równocześnie miliony Polaków wywożone są na wschód? III Rzesza to największa w dziejach europejska potęga militarna, a major jest szczęśliwy, że ma do dyspozycji kilka, może kilkanaście piątek konspiratorów?! Wszystko to wydało mu się nagle cholernie śmieszne. A jeszcze bardziej żałosne.

— Wiem, co pan sobie myśli — mruknął „Neptun". — Ma mnie pan za nierozgarniętego optymistę. Za nieuleczalnego romantyka, gotowego utopić kolejne pokolenie młodych Polaków we krwi, która wyleje się w bezsensownym zrywie. I pewnie ma pan rację. Myśleć w tych okolicznościach o wolności czy niepodległości to zaiste mrzonka. Nie znajduję jednak lepszego pomysłu. Jeśli nic nie zrobimy, wywiozą nas stąd za Ural jak barany i w ciągu kilku lat przerobią na prymitywny lud pasterski, nieświadomy dawnej tradycji i wielkości. Część z nas zabiją tu, na miejscu, reszty dokona syberyjski mróz. Dlatego naszym obowiązkiem wobec przyszłych pokoleń jest się temu przeciwstawić. Jeszcze nigdy naszemu narodowi nie groziło unicestwienie w takiej skali. Jeśli oderwą nas od korzeni, jeśli zgermanizują nam Poznań, Kraków i Warszawę, a z Wisły na zawsze zrobią

Brent Library Service

Borrowed Items 01/01/2016 09:06

XXXXXXXXX385

Item Title	Due Date
Racha Vsaccs remats *	17/11/2016

* Indicates items borrowed today

Thankyou for using this unit

Brent Library Service

Borrowed Items 20/10/2016 09:06
XXXXXXXX7395

Item Title	Due Date
* Rache znaczy zemsta	17/11/2016

* Indicates items borrowed today

ou for using this unit

Weichsel, a my nie podejmiemy jakiejkolwiek próby oporu, stracimy prawo, by zwać się Polakami…

Kaczmarek kiwał smutno głową. Zgadzał się z większością tego, co mówił major. Nie był jednak przekonany, czy działania, jakie proponował podjąć „Neptun" przeciwko okupantom, były najlepszym rozwiązaniem.

— To się skończy hekatombą, panie majorze. — Poczuł się w obowiązku wyrazić swoje zdanie. — W sierpniu, kiedy na nas napadli, walka miała chociaż jakieś pozory starcia na równych prawach. Mieliśmy armię, broń, koszary… Ba, nawet kilkadziesiąt tygrysów podarowanych nam przez Adolfa! A dzisiaj co?! Dziś nie mamy nic poza zapałem garstki młodzieży, która nie zdążyła się załapać na tamtą wojenkę. Zobaczy pan, wyłapią nas w tydzień i wygniotą jak pluskwy.

„Neptun" uniósł gwałtownie rozwichrzoną brew, zaskoczony ostrością sądu. Zaraz potem jednak uśmiechnął się smutno.

— Nie mamy wyjścia, komisarzu — powiedział. — Cała historia ostatnich lat Rzeczpospolitej to ciąg sytuacji bez wyjścia. W 1939 roku nie stanęliśmy Niemcom okoniem, bo zdawaliśmy sobie sprawę, że Zachód nam nie pomoże. Poszliśmy na ugodę. Różnie na to patrzono. We Francji okrzyknięto nas zdrajcami, ale przecież w ten sposób ocaliliśmy kolejnych pięć lat wolności! Pięć lat! Sam pan rozumie, zwłaszcza dziś, ile to czasu. A teraz musimy podjąć walkę raz jeszcze. Ostatni raz.

— Ale…

— Wiem, że to będzie tylko demonstracja. Wiem, że na więcej nas nie stać. — „Neptun" zamyślił się na chwilę. — Panie komisarzu, pamięta pan zapewne przypowieść o Goliacie i Dawidzie? Otóż z tej historii wypływa taki oto morał: nie zawsze wygrywa Goliat, czyż nie?

Okolice Środy, w tym samym czasie

Niemieccy pasażerowi pociągu z zaciekawieniem śledzili przez okna Polaków wypędzonych z dwóch pozostałych wagonów. Grupa około stu osób przypominała oddział skazańców. Obstawa żołnierzy poprowadziła ich wzdłuż torów ku oficerowi ubranemu w czarny mundur ss.

Wilhelmina Krantz sądziła początkowo, że to zwykła łapanka, która ma zapewnić Niemcom robotników do jakiejś pracy fizycznej. Kiedy jednak dostrzegła dowodzącego żołnierzami esesmana, ogarnęły ją złe przeczucia. Nigdy wcześniej nie słyszała, by okupanci aresztowali pasażerów pociągu zatrzymanego w szczerym polu.

Coś jej podpowiadało, że powinna uciekać.

Tylko jak?

Rozejrzała się ukradkiem wokół siebie. Po lewej, na szczycie dostrzegła zagajnik. Gdyby zdążyła tam dobiec... To tylko jakieś trzydzieści metrów. No, może dwadzieścia kilka...

Tylko czy zdąży?

— *Achtung!* — ryknął esesman, podnosząc nagle prawą dłoń we władczym geście. — *Ihr alle werdet bestrafen!*[8]

---

8 Uwaga! Wszyscy zostaniecie ukarani!

— Co on mówi, paniusiu? — spytała starsza kobieta z wagonu. — Co on mówi, na miłość boską...

— ...*Ihr alle werdet bestrafen wegen eines Attentats gegen deutschen Offizier in Stadt Gnesen!*[9]

— Że co, kochana? O co mu chodzi?

— ...*Wegen dieses Attentats werdet ihr alle sofort erschossen!*[10]

— *Das ist unmöglich...*[11] — westchęła po niemiecku Wilhelmina. — Nie, to niemożliwe!

Dopiero teraz uświadomiła sobie, że wie, o czym mówi esesman. Jej ojciec wspominał przed wyjazdem do Gnesen o jakimś zabitym oficerze! Wspominał coś o „*polnische Banditen*"[12], którzy zastrzelili go przed magistratem... Jezus Maria! To nie może być prawda! To nie może...

— *Herr* Offizier! — Wyrwała się z grupy pasażerów i w dwóch skokach dopadła do Niemca w czarnym uniformie. — *Das ist ein Missverständsis! Ich heisse Wilhelmine Krantz! Ich bin Deutsche... Und das sind meine Papiere...*[13]

Policzki płonęły jej ze wstydu, a z oczu płynęły wielkie łzy. Jeszcze przed chwilą nie sądziła, że będzie musiała się tak upodlić...

Esesman łypnął na nią niechętnie, kiedy drżącymi rękoma podawała mu jakieś dokumenty.

---

9 Zostanie ukarani za zamach na niemieckiego oficera w mieście Gniezno.

10 Z tego powodu zostaniecie natychmiast rozstrzelani!

11 To niemożliwe...

12 ...o „polskich bandytach"...

13 Panie oficerze! To nieporozumienie! Nazywam się Wilhelmine Krantz! Jestem Niemką... A to są moje dokumenty...

— *Raus!* — zdecydował bez mrugnięcia okiem. — *Deutsche Frauen fahren nicht mit Untermenschen!*[14]

— *Aber Herr Offizier! Ich habe* NSDAP-*Abzeichen! Bitte, das sind meine Papiere…*[15]

— *Das interessiert mich nich! Weg!*[16] — Esesman odwrócił się na pięcie i gestem dłoni nakazał żołnierzom odepchnąć dziewczynę.

Upadła na miękką ziemię, brudząc spódnicę i rękaw żakietu.

— To Niemra! — oburzył się ktoś z Polaków, widząc odznakę NSDAP wpiętą w koszulę dziewczyny. — Ta Niemra udawała Polkę!

— *Ruhe!* — Krzyk Niemca w czarnym uniformie zmroził aresztowanych. — *Gefreiter Kümmel!*[17]

— *Zu Befehl!*[18] — Do dowódcy podszedł najbliższy żołnierz.

— *Mache, was du sollst!*[19]

— *Jawohl, Herr* Sturmbanführer! — Gefreiter wskazał dłonią na widniejące po jego lewej stronie wzgórze. — *Diese Richtung! Schneller, schneller!*[20]

---

14 Precz! Niemieckie kobiety nie podróżują z podludźmi!

15 Ależ panie oficerze! Mam odznakę NSDAP! Proszę, to są moje dokumenty…

16 To mnie nie interesuje! Precz!

17 Spokój! Starszy szeregowy Kümmel!

18 Na rozkaz!

19 Rób, co powinieneś!

20 Tak jest, panie Sturmbannführer! Idziemy w tym kierunku! Szybciej, szybciej!

Konrad Adolf Bombke spocił się, jakby chłodny majowy wieczór zamienił się nagle w upalne, lipcowe południe. Już wiedział, że to nie przelewki. I że znowu musi coś wymyślić, żeby kupić sobie kolejny tydzień. Tylko co, do diabła? Tylko co?

— Słaby punkt? — powtórzył pytanie Obersturmbannführera, by zyskać na czasie. — Chce pan wiedzieć, jakie słabości miał Kaczmarek?

— Wyraziłem się chyba precyzyjnie — ponaglił go Hinker.

— Szczerze mówiąc, *Herr* Obersturmbannführer...

— A ty tak w ogóle potrafisz? — zadrwił gestapowiec.

Bombke stał, nie wiedząc, co odpowiedzieć. Koszula dosłownie lepiła mu się do pleców. Zrozumiał, że wpis na volkslistę wcale nie gwarantował bezpieczeństwa.

— Nie znałem Kaczmarka od tej strony. — Volksdeutsch zaczął klecić odpowiedź, starając się nadać jej pozór rzetelności. — Pił chyba umiarkowanie... Raczej nie widziałem go na rauszu podczas służby.

— Alkohol mnie nie obchodzi. Dziewczynki?!

— Raczej nie, *Herr* Obersturmbannführer. On je, że tak powiem, zwalczał.

— Hazard?

— Chyba nie.

— Długi?

— Nie wiem nic na ten temat.

— A inne używki?

— Morfinistą z pewnością nie był. Opium też nie...

— To gówno o nim wiesz, Bombke! — rozzłościł się Hinker. — Co z ciebie był za szef, skoro nie znałeś swoich podwładnych?! Coś mi się zdaje, że kiedy ten cały Kaczmarek zasuwał w policji, ty nurzałeś się w jakimś szambie! Co to było za gówno, Bombke?! No dalej, opowiadaj!

Volksdeutsch spuścił głowę. Nie spodziewał się takiego upokorzenia. Był jednak gotów wiele znieść, byle tylko zemścić się na Kaczmarku.

— Chodziło się na dziewczynki — przyznał niechętnie. — To chyba normalne, *Herr* Obersturmbannführer?

— No wie pan?! Wypraszam sobie! To znaczy, że używał pan sobie na Polkach? Utrzymywał pan stosunki seksualne z niższą rasą? Pan, przedstawiciel *Übermenschen*? Pan, którego matka...

— Babka.

— ...miała w żyłach niemiecką krew?

Było coś okrutnego w grze, jaką prowadził Hinker. Bombke poczuł się od tego słabo. Zachciało mu się wymiotować.

— Tylko mi tu nie zarzygaj gabinetu! — Gestapowiec wstał z fotela i wsunął pod brodę kapusia koniec zgiętego w pałąk pejcza. — Weź się lepiej w garść, Bombke! Zachowuj się jak Niemiec!

— *Jawohl...* — wymamrotał Bombke.

Pragnął jak najszybciej opuścić ten budynek.

— Zwolnię pana, ale nic za darmo — zdecydował szybko Obersturmbannführer. — Pójdziesz pan teraz do domu i przemyślisz parę spraw. A jutro w samo południe przyniesiesz mi w zębach listę najbliższych współpracowników Kaczmarka w polskiej policji.

— *Jawohl...*

— I lepiej, żeby było na niej sporo nazwisk, Bombke. Bo jak nie... — Hinker potarł pejczem po spoconej szyi volksdeutscha.

— *Jawohl, Herr* Obersturmbannführer... — Bombke trząsł się jak galareta. — Wszystkie nazwiska... *Jawohl...*

Poznań, kwatera „Neptuna", 17.45

Kaczmarek był niezmiernie ciekawy, jaką zbrojną demonstrację ma na myśli „Neptun". Uznał jednak, że skoro major sam nic na ten temat nie powiedział, on sam nie powinien nalegać. Dowódca wyznaczył mu inne zadanie, więc starał się je wypełnić możliwie najlepiej.

— Wracając do mojego... hm, śledztwa — odezwał się po dłuższej chwili ciszy — Jeśli pan major jest absolutnie pewny swojej najbliższej piątki, to muszę się skoncentrować na ich najbliższych współpracownikach. Gdzieś przecież musi istnieć źródło przecieku.

— Słuszny wniosek. Obawiam się jednak, że w tej sprawie więcej informacji udzieli panu Szpula.

— Czyli Janek — wyrwało się Kaczmarkowi.

— Nic nie słyszałem, panie komisarzu. Ja go znam jako Szpulę. I niech tak pozostanie...

— Chciałem jeszcze o coś pana prosić, majorze.

— Tak?

— Wydaje mi się, że będę zmuszony zastosować pewne, że tak powiem, działania operacyjne.

— To znaczy?

— Będę musiał się zająć dyskretną obserwacją niektórych osób.

„Neptun" rozpromienił się na moment.

— Właśnie po to pana zatrudniłem, komisarzu. Ma pan jedną ogromną zaletę: nasi ludzie nie znają pana twarzy.

— Rzeczywiście, nie znają mnie. Niemniej jednak muszę mieć pańską zgodę na zastosowanie…

— Ma ją pan, komisarzu — westchnął bez entuzjazmu „Neptun". — Sprawa jest ekstraordynaryjna. Czas nas goni, a tymczasem w Poznaniu nie mamy żadnych struktur kontrwywiadu. Kto wie, może to pan je założy, komisarzu?

Kaczmarek potraktował ostatnią uwagę szefa jak ponury żart.

— Obawiam się, że nie mam stosownych kompetencji…

— A któż je ma jak nie pan, as Wydziału Śledczego policji państwowej w Poznaniu? — „Neptun" roześmiał się pełną gębą. — No kto, drogi panie?

Kaczmarek domyślił się, że major wiąże z nim dalekosiężne plany. Znowu był potrzebny!

— A teraz niech mnie pan posłucha, komisarzu — „Neptun" nachylił się do ucha Kaczmarka — powiem panu, jak to zrobimy…

Gdzieś pod Środą, w tym samym czasie

Zanim ruszyli ku wzgórzu, Wilhelmina ukradkiem pozbyła się eleganckich butów, w których wybrała się do Poznania. Szła boso po kartoflisku. Chłód ziemi studził emocje. Jeszcze nie wszystko stracone…

Wśród szeptanych modlitw, cichych złorzeczeń i poszturchiwania lufami karabinów pasażerowie pociągu dotarli na szczyt pagórka.

— Matko Boska!

Ich oczom ukazał się długi płytki dół, sięgający prawym końcem brzegu sosnowego zagajnika. Widać było, że został wykopany całkiem niedawno. Gdzieś z boku leżały jeszcze łopaty.

— *Alle hier!* — Gefreiter wskazał dłonią linię rowu. — *Alle hier! Schneller!*[21]

Teraz albo nigdy! — zdecydowała Wilhelmina.

Gdy pojękujący tłum ruszył wolno w stronę dołu, z całej siły pchnęła przechodzącego obok niej młodzieńca na najbliższego żołnierza.

Kiedy mężczyźni przewrócili się, wywołując zamieszanie, dziewczyna w oka mgnieniu przeskoczyła nad leżącymi i rzuciła się biegiem w stronę zagajnika.

Spódnica mocno opinała jej uda, spowalniając ruchy, ale pędziła ku młodym drzewom, bo wolność była na wyciągnięcie ręki.

Młode sosny zdawały się wyższe od Wilhelminy.

Bił od nich zapach świeżej żywicy.

Zaraz zagłębi się w ich gęste gałęzie!

Terkot karabinu wydał się odległy i nierzeczywisty.

Uderzenie w plecy dodało jej zrazu pędu.

Zaraz potem ogień w piersi zdusił oddech.

Nogi nagle straciły moc…

Świat w jej oczach zakołysał się boleśnie.

---

21 Wszyscy tutaj! Szybciej!

Ziemia zapachniała wilgocią...

Ostatkiem świadomości usłyszała nad sobą słowa, które zabrzmiały jak modlitwa:

— *Bleibe sie, Hans! Sie ist doch kaputt...* [22]

---

22 Zostaw ją, Hans. Przecież już po niej...

8

NIEBOSZCZYK PRZYJECHAŁ

Wrocław, Dworzec Główny, 18.15

Owiany parą pociąg wtoczył się z łoskotem na jeden z peronów opustoszałego dworca. Pod okopconą szklaną kopułą stało kilku kolejarzy. Żołnierze siedzący za karabinem maszynowym na platformie poprzedzającej salonki obrali ich z miejsca za cel.

Kolejarze poczuli się niepewnie. Szerokie lufy skierowane w ich piersi nie nastrajały do żartów.

Z jednego z wagonów zeskoczył na peron oficer w mundurze Wehrmachtu. Pod lewą skronią, na wysokości ucha, widać było szramę — zapewne pamiątkę z frontu wschodniego.

Kolejarze przywitali go stukotem obcasów i wyrzuconymi w górę ramionami.

— *Heil* Hitler!

— *Heil!* Kapitan Klose — przedstawił się krótko. — Jesteśmy trochę spóźnieni, ale, jak rozumiem, i tak mamy sporo czasu. *Nicht wahr?*

Kolejarze przytaknęli skinieniem głów. Żaden z nich nie zdecydował się jednak zabrać głosu.

— O której przyjedzie Sonderzug z Berlina? — Klose doskonale znał odpowiedź, ale postanowił się mimo wszystko upewnić.

Kolejarze poruszyli się niespokojnie.

— O dziewiętnastej — wyrwało się jednemu z kolejarzy. — Właśnie mija Glogau.

— *Sehr gut!* — pochwalił go oficer. — *Sehr gut.*

A więc wszystko przebiega zgodnie z planem — pomyślał i ruszył z powrotem w stronę salonki. Ta nasza niemiecka precyzja! To dzięki niej wygraliśmy tę wojnę.

Wskakując na stopień salonki, uśmiechnął się.

Miał dobre wieści dla szefa.

Poznań, Büttelstrasse, 18.45

Przed bramą zakładu pogrzebowego Donackich na dawnej Woźnej zatrzymał się dostawczy mercedes. Sądząc po jego rejestracji, przyjechał z Łodzi, przemianowanej jesienią na Litzmannstadt. Spod brezentowego dachu budy zeskoczyło dwóch mocno zbudowanych mężczyzn.

— To co, rozładowujemy, szefie? — krzyknął jeden z nich w stronę kierowcy.

— Ino szybko! — rozkazał pucułowaty szef ekipy. — Tylko bramy nie zapomnijcie otworzyć!

Jeden z mężczyzn zakasał rękawy i dopadł do metalowej

bramy. Przez chwilę mocował się z zasuwą, a potem otworzył szeroko jedno skrzydło.

— Do roboty! — rzucił do towarzysza.

Ten wskoczył na budę. Zaraz potem dało się słyszeć głośne szuranie i spod brezentu wysunął drewnianą, podłużną skrzynię.

Mężczyźni chwycili ją za dwa końce i ponieśli na podwórze zakładu. Za chwilę byli znowu przy wozie. Gdy wnosili przez bramę trzecią trumnę, zauważyli patrol policji zbliżający się od strony rynku.

By nie wzbudzić podejrzeń, na chwilę zastygli w bezruchu.

A potem z jeszcze większym zapałem wzięli się do pracy.

Gdy wracali po czwartą, dwaj niemieccy policjanci byli już zupełnie blisko. Przystanęli na moment naprzeciwko pracującej ekipy. Jeden z nich, wyraźnie ubawiony, wskazał dłonią na stertę trumien w głębi podwórza.

— *Na ja! Das wird für Polen besonders nötig!*[1] — rzucił.

Rechot Niemców poniósł się po ulicy. Dwaj Polacy udawali, że nie usłyszeli tej uwagi. Niemcy pośmiali się jeszcze przez chwilę, a potem zniknęli za rogiem Grosse Gerberstrasse, starych Garbar, ciągle rozbawieni swoim żartem.

Kierowca wyskoczył z samochodu, ściągnął czapkę i starł pot z czoła. A potem drżącą ręką sięgnął do kieszeni po papierosa.

— Cholera jasna, chyba się udało — wymamrotał.

Najchętniej wracałby już do Łodzi.

---

1 Tak, to będzie Polakom najbardziej potrzebne!

Z ciemnej klatki schodowej wyszedł na ulicę otyły mężczyzna i rozejrzał się czujnie. Kiedy przygładzał dłonią swoje ulizane brylantyną włosy, zza drzwi wychylił się młody chłopak. Nie wyglądał na więcej niż osiemnaście lat. Jego wystające z krótkich spodni łydki były chude jak ogrodowe tyczki.

Kaczmarek i Krzepki obserwowali uważnie obu mężczyzn, ukryci w półmroku bramy znajdującej się po przeciwnej stronie ulicy.

— Ten gruby to „Kulomiot" — poinformował kuzyna Krzepki.

— Już go widziałem — odmruknął Kaczmarek. — Wtedy, na Wildzie, gdy pierwszy raz...

— Dobrze, dobrze — wszedł mu w słowo Krzepki. — Ciebie, Biniu, interesuje ten drugi. To „Patyk", prawa ręka „Kulomiota". Przed wojną byłby zapewne jego ordynansem, ale cóż, te czasy już nie wrócą. Chłopak jest zdolny i szczerze oddany sprawie. Dawniej był harcerzem...

— Biorę go na siebie — przerwał mu Kaczmarek, widząc, że „Kulomiot" i „Patyk" właśnie się żegnają. — A ty, Janek, lepiej zajmij się asystentem „Bystrego".

— Raczej fajfusem* — uśmiechnął się Jan.

— Jak zwał, tak zwał. Ustal, co porabia po służbie.

— U nas służba trwa przez cały rok...

* FAJFUS — ordynans

— Oczywiście, Janeczku. Mimo to zrób, o co cię proszę. Zobaczymy się jutro z rana. U mnie, oczywiście...

Komisarz wyszedł z cienia, bo „Patyk" właśnie ruszył w kierunku Rynku. Choć Kaczmarek był pewien, że nie zwróci na siebie uwagi „Kulomiota", podniósł kołnierz prochowca i nasunął kapelusz niżej na czoło. Chwilę później szedł za chłopakiem południowym brzegiem Wilhelmplatz, starając się utrzymać bezpieczną odległość. Spory ruch na chodniku ułatwiał mu kamuflaż.

„Patyk" zmierzał w stronę Starego Miasta. Przeszedł przez Wilhelmstrasse, minął po prawej restaurację Triumph i znalazł się teraz na pochyłym trotuarze Neuestrasse, zwanej przed wojną Nową[2].

Kaczmarek ucieszył się w duchu, że jest w okolicy, w której teraz mieszkał. W razie czego szybko ukryję się się w swojej norze na Masztalarskiej — postanowił.

Chłopak tymczasem przystanął niespodziewanie, kucnął i udając, że zawiązuje sznurowadła, rozejrzał się dokoła.

Kaczmarek zachował zimną krew. Był rozpędzony, więc jak gdyby nigdy nic minął śledzonego i poszedł dalej w dół Neuestrasse.

Wiedział, że nie może się teraz odwrócić. Kontynuował więc swoją podróż w stronę płyty Rynku, schodząc przezornie z drogi niemieckiemu oficerowi idącemu z narzeczoną pod rękę w górę ulicy.

Gdy się w końcu odwrócił, „Patyk" zniknął. W ostatniej chwili dostrzegł jednak chude łydki chłopaka znikające za załomem Murnej, przechrzczonej przez okupantów na Mauersgasse. Kaczmarek nawrócił i podbiegł do skrzyżowania, a potem ostrożnie wyjrzał na wąską ulicę. Zobaczył plecy „Patyka" w drzwiach knajpy o jaskrawym szyldzie: Am Alten Markt.

---

2   Obecnie ulica Paderewskiego.

Rozrywkowy ten nasz harcerz — pomyślał i wolnym krokiem ruszył w stronę lokalu.

Poznań, Leo-Schlageter-Strasse (przedwojenna Pierackiego),

nieco później

Haki w zakładach mięsnych braci Dawidowskich uginały się pod ciężarem pęt świeżej kiełbasy jałowcowej. Jej zapach stanowił prawdziwą torturę dla „Neptuna", przyzwyczajonego do skromnych mięsnych racji na kartki. Choć major czuł głód, zwalczył pokusę sięgnięcia po najbliższy aromatyczny wieniec. Wiedział, że Dawidowscy utrzymują się dzięki zamówieniom od niemieckiej policji, i nie chciał, by ich zleceniodawcy dostrzegli choćby najmniejszy brak w magazynie.

Zza metalowych drzwi oddzielających chłodnię od części usługowej dobiegły odgłosy szeptanej rozmowy.

— Szef już na ciebie czeka — usłyszał „Neptun".

Zaraz potem drzwi przesunęły się ku ścianie i stanął w nich starszy z braci Dawidowskich w szarym fartuchu masarza. Za jego plecami chował się niepozorny, niski osobnik z krótkim wąsikiem. Zaczeska przeciągnięta na mokro nad łysiejącym czołem sprawiała, że był nieco podobny do wodza Tysiącletniej Rzeszy.

„Neptun" wiedział, że to tylko koszmarne skojarzenie. Za plecami Dawidowskiego stał bowiem człowiek, na którego major czekał od tygodnia. Czekał w tajemnicy przed całą swoją organizacją.

— Pokaż się, „Serdeczny" — odezwał się „Neptun". —
Przyjechałeś w końcu na gościnne występy, nieprawdaż?

Dawidowski odsunął się, przepuszczając gościa z Łodzi.
„Serdeczny" uśmiechnął się szeroko, jakby chciał uwiary-
godnić swój pseudonim.

— Kopę lat, „Neptun" — powiedział, ściskając rękę
majora. — Kopę lat! Nie wierzyłem, że się jeszcze spot-
kamy.

— Jesteś człowiekiem małej wiary. — Major ruchem głowy dał znak właścicielowi zakładu, by zostawił ich w chłod-
ni samych.

Kiedy Dawidowski zamknął za sobą drzwi, „Neptun"
poprowadził „Serdecznego" ku stojącym w rogu pomieszczenia taboretom.

— Jak tam nieboszczyk? — zapytał, gdy na nich usiedli.

— Dotarł na czas. — „Serdeczny" uśmiechnął się kwaśno.

— Jest pewny?

— Jak cholera!

— A pigułki ma?

— Ma. I to niezły zapas.

— To ładnie z jego strony.

Na chudej twarzy „Serdecznego" pojawił się znowu ane-
miczny uśmiech. Widać było, że się lubią z „Neptunem"
i wzajemnie sobie ufają.

— To dobrze, że nieboszczyk dotarł na czas — podsumował „Neptun". — A teraz uważaj, bo sprawa jest pilna.
Wyjątkowa jak nigdy dotąd.

— Człowiek z wysokiego zamku? — zapytał „Serdeczny".

Na twarzy majora nie drgnął nawet najmniejszy mięsień.

— Wszystko w swoim czasie — odpowiedział. — Na razie powiem ci tylko, że jesteś naszą rezerwą.

— Re... co? Czy ja dobrze słyszę? — „Serdeczny" zdenerwował się niespodziewanie.

— Dobrze.

— Sprowadzasz mnie tutaj tylko po to, żeby...

— Nie krzyw się tak, to bardzo ważne zadanie. Nawet sobie nie zdajesz sprawy...

— Zdaję.

— Nie zdajesz! Zresztą, to w tej chwili nieistotne. Na razie musisz poznać teren działania. Chodź, to ledwie parę kroków stąd.

Poznań, Am Alten Markt, 20.15

„Patyk" nie zachowywał się jak harcerze z lat przedwojennych. Od razu po wejściu do knajpy zamówił dobrą niemczyzną kufel piwa i usiadł z nim przy jednym ze stolików. Kaczmarek domyślił się, że obserwacja chłopaka może przynieść jeszcze wiele ciekawych spostrzeżeń. Nie wzbudzając niczyich podejrzeń, śledczy wysupłał z kieszeni ostatnią markę i zamówił jedno ciemne, po czym rozsiadł się z kuflem w dłoni w zapadniętym fotelu pod oknem.

Udając, że interesuje go wyłącznie piwo, rzucił ukradkiem kilka spojrzeń po spelunie. O tej porze nie zawitało tu jeszcze zbyt wielu klientów. Kaczmarek nie dostrzegł w ciemnym lokalu nikogo poza śledzonym chłopakiem i kilkoma Niemcami prowadzącymi dyskusję o rzekomej wyższości messerschmittów nad angielskimi spitfire'ami.

Na szczęście komisarz usiadł dostatecznie daleko od „Patyka", by nie przyciągać jego uwagi.

Podwładny „Kulomiota" co rusz zerkał na zegarek.

Na kogoś czeka — pomyślał Kaczmarek. Tylko na kogo?

Rozwiązanie tej zagadki nie zajęło mu zbyt wiele czasu. Niespełna kwadrans później dzwonek nad drzwiami do knajpy zapowiedział nowego gościa.

Mężczyzna był o kilka lat starszy od „Patyka". Nosił się elegancko: miał na sobie nowy płaszcz, starannie wyprasowane spodnie i wypastowane buty.

Przybysz zmrużył oczy i rozejrzał się po lokalu. Na moment zamarł w bezruchu, taksując wzrokiem Kaczmarka. Widząc jego znoszony płaszcz, szybko uznał go jednak za niegodnego uwagi menela. Podszedł do stolika zajmowanego przez „Patyka".

— Witaj, Julek. — Kaczmarek usłyszał jego ściszony głos.

— Serwus, Bronek — odpowiedział „Patyk", ściskając podaną mu dłoń.

Mężczyzna przysiadł się do stolika. Pochylony nad kuflem Kaczmarek wytężył słuch, jednak dalszą rozmowę młodych zagłuszył niespodziewanie barman, włączając radio. Z głośnika popłynęły po sali dźwięki nazistowskiego hymnu.

Die Fahne hoch! Die Reihen fest geschlossen!
SA *marschiert mit ruhig festem Schritt.*

Kam'raden, die Rotfront und Reaktion erschossen,
Marschier'n im Geist in unser'n Reihen mit...[3]

Szlag by cię trafił, ty durny Szwabie — zaklął w myślach Kaczmarek. Był całkowicie bezsilny. W dodatku szczęśliwy barman dwa razy podkręcił gałką moc głośnika, niwecząc jakiekolwiek szanse na podsłuchanie rozmowy „Patyka" z tym drugim.

Były komisarz odnotował jedynie, że chłopak opowiadał coś z przejęciem, żywo przy tym gestykulując. Miał cichą nadzieję, że „Patyk" nie opowiada znajomemu o „Kulomiocie" i organizacji.

Elegant zachowywał się powściągliwie. Siedział z kamienną twarzą, sprawiając wrażenie, jakby słowa „Patyka" niespecjalnie go interesowały. Kaczmarek nie dał się jednak zwieść pozorom. Czuł, że mężczyzna o imieniu Bronisław jest autentycznie zainteresowany. Odniósł nawet wrażenie, że podtrzymywał rozmowę, zadając kilka pytań.

...Zum letzten Mal wird nun Appell geblasen!
Zum Kampfe steh'n wir alle schon bereit!
Bald flattern Hitlerfahnen über alle Straßen.
Die Knechtschaft dauert nur noch kurze Zeit![4]

---

3   Pieśń Horsta Wessela, hymn niemieckich nazistów: „Chorągiew wznieś! Szeregi mocno zwarte!/ SA to marsz: spokojny, równy krok/ A rozstrzelani przez komunę i reakcję/ Są pośród nas, i dumny jest nasz wzrok...".
4   Już trąbka gra, to apel nasz ostatni!/ Do boju gotów jest już każdy z nas!/ Hitlera flagi wkrótce wioną ulicami./ Dawnej niewoli już się kończy czas!

Nagle muzyka z radia urwała się jak ucięta nożem. W głośniku coś zatrzeszczało, a zaraz potem nieliczni klienci lokalu Zum Alten Markt usłyszeli zapowiedź orędzia ministra propagandy Rzeszy, doktora Josepha Goebbelsa.

Chwilę później salę wypełnił charakterystyczny, nieco histerycznie brzmiący głos ministra:

„Wielki narodzie niemiecki! Tysiącletnia Rzesza bliska jest urzeczywistnienia stanu autentycznego pokoju na całym kontynencie europejskim, który od początku wojny był głównym celem działań naszego wodza Adolfa Hitlera. Zmuszony do podjęcia rękawicy rzuconej Wielkim Niemcom przez światowe żydostwo i bolszewizm, nasz Führer dał skuteczny odpór czerwonej zarazie ze wschodu, raz na zawsze likwidując to niewątpliwe zagrożenie dla cywilizacji europejskiej. Po uporaniu się z tak zwaną kwestią polską i po zmuszeniu Brytyjczyków do zawarcia rozejmu Trzecia Rzesza skupia się obecnie na chwalebnym dziele zaprowadzenia niemieckiego panowania i zdrowej, narodowosocjalistycznej kultury na obszernych połaciach nowej przestrzeni życiowej na wschodzie Europy..."

Kaczmarek spojrzał ze złością na barmana. Musiał włączyć ten cholerny odbiornik?!

„Temu wiekopomnemu dziełu służyć będzie między innymi Uniwersytet Rzeszy, który niebawem zostanie uroczyście otwarty w Posen podczas Wschodnioniemieckich Dni Kultury. Niech służy wielkiej idei narodowego socjalizmu i rozsławia imię Rzeszy na naszych Ziemiach Odzyskanych..."

Komisarz aż się zachłysnął piwem na tę jawną bezczelność. Ziemie Odzyskane! Z obrzydzeniem spojrzał na dno kufla.

„...Niech gromadzi niemiecki pierwiastek naukowy na tych dziewiczych terenach! Niech niesie tam kaganek prawdziwej, wartościowej, narodowosocjalistycznej wiedzy! Niech potwierdza praniemiecki charakter Warthegau i Posen! Niech utwierdza panowanie najwyższej rasy nordyckiej aż po najdalsze, wschodnie krańce kontynentu! *Sieg Heil!*"

Patetyczna przemowa Goebbelsa najwyraźniej zdeprymowała „Patyka". Siedział w milczeniu, słuchając krótkich, rzucanych półszeptem zdań eleganta.

— ...i byłoby dobrze, gdybyś w końcu mógł mnie przedstawić... — Kaczmarek wreszcie dosłyszał fragment jego wypowiedzi.

Chłopiec skinął tylko głową.

— Zapytam go o to — zapewnił swojego rozmówcę.

— To dobrze. Tylko się pospiesz, Julek, jak pragnę Boga... Mam pilne wiadomości dla samego...

Kaczmarek nie usłyszał ostatnich słów. Przy jego stoliku zjawił się bowiem barman i zabierając pusty kufel, huknął mu nad uchem:

— *Wünschen Sie noch ein?!*[5]

— *Nein, danke*[6] — odpowiedział śledczy przez zaciśnięte zęby.

---

5 Życzy pan sobie jeszcze jedno?
6 Nie, dziękuję.

Gdyby w lokalu nie było świadków, własnoręcznie udusiłby gada. Chwilowo wydawało się to jednak niemożliwe.

Chłopak i jego rozmówca wstali nagle od stołu i wolnym krokiem skierowali się ku wyjściu.

Barman odprowadził ich do drzwi podejrzliwym wzrokiem. Nie wyglądał na zadowolonego. Najwyraźniej usłyszał, w jakim języku rozmawiali.

— *Polnisches Lumpenvolk*[7] — rzucił w stronę wychodzących.

Poznań, siedziba Gestapo, w tym samym czasie

„Bodo" mrużył oczy udręczone ostrym światłem lampy.

Przed chwilą gestapowiec zgasił papierosa na jego czole. Swąd palonego ciała wisiał w dusznym powietrzu celi, przypominając torturowanemu, by porzucił wszelką nadzieję. „Boda" bardziej jednak piekł policzek rozcięty na wylot po uderzeniu kastetem.

Wytrzymać — powtarzał sobie w myślach. Muszę jeszcze trochę wytrzymać! Choćby kilka godzin!

— Wiem, o czym myślisz, „Bodo" — odezwał się wściekły Obersturmbannführer Hinker. — Chcesz przeciągnąć sprawą jak najdłużej, żeby twoi towarzysze zdążyli zlikwidować wszystkie wasze lokale i skrzynki kontaktowe, czy jak wy je tam nazywacie? Ale to bez sensu, stary! Rozumiesz?! Oni już dawno to zrobili! Więc po co się jeszcze stawiasz?! No po co?!

---

7 Polka hołota.

„Bodo" skrzywił się, próbując się złośliwie uśmiechnąć.

— Nie wiem, o czym pan mówi — powtórzył po raz setny. — Nazywam się Krzysztof Broda. Jestem sprzedawcą kwiatów na placu Bernardyńskim.

Pozbawionymi paznokci, opuchniętymi palcami pokazał, jak wiąże gerbery wstążką.

— Powtórzę raz jeszcze. — Głos gestapowca przeszedł w syk. — Co robiłeś w oddziale „Neptuna"? Gdzie się ukrywa „Neptun"? Co planuje? Odpowiadaj! *Sofort!*

„Bodo" oblizał językiem spieczone wargi. Nie pił nic od dwóch dni i czuł, że dłużej już nie wytrzyma.

— Nie wiem, o czym pan mówi. Nazywam się Broda. Jestem sprzedawcą na…

— Chcesz skończyć jak „Aleksandra"?! — Gestapowiec szarpnął go za zsiniałe od pejcza ramię. — Nawet nie wiesz, co zrobił z nią Willi! Chcesz?!

— To jakaś pomyłka… Jestem sprzedawcą kwiatów na placu…

— Hans! — Krzyk Hinkera zapowiadał koniec tej nierównej gry. — Zawołaj szybko Williego! Gówno mnie już obchodzi, co zrobi z tym polskim gnojem!

Poznań, Stare Miasto, 21.00

W bladym świetle jedynej latarni na Mauergasse Kaczmarek z trudem dostrzegł cienie dwóch szybko oddalających się postaci.

— I pamiętaj, wspomnij o mnie szefowi. Mam dla niego

niezwykle ważne wiadomości... — usłyszał w ciemnościach podniesiony głos eleganta.

Nie zastanawiając się wiele, ruszył w dół za mężczyznami, których śledził. „Patyk" i ten nazywany przez chłopaka Bronkiem szli w stronę Rynku. Bronek gestykulował żywo, tłumacząc coś „Patykowi". Przejęty chłopak przytakiwał mu w milczeniu.

Kaczmarek był około dwudziestu metrów za nimi. Aby nie wzbudzić podejrzeń, zmienił kierunek i przeciął ulicę, przechodząc na chodnik po drugiej stronie.

Para znajomych przystanęła niespodziewanie na rogu Nowej i Szkolnej. Mężczyźni uścisnęli dłonie.

— Do jutra! Liczę na ciebie, Julek — odezwał się elegant.

Zaraz potem „Patyk" ruszył w stronę ciemnego gmachu Nowego Magistratu. Jego towarzysz zagłębił się natomiast w półmrok Schullstrase.

Serce Kaczmarka zabiło nagle mocniej. Będzie musiał przejść obok kamienicy, w której mieszkał przed niemiecką inwazją!

Nie był na to gotowy. Adres Szkolna 10 nie kojarzył mu się teraz, po przymusowym wyjeździe z Poznania, dobrze. A przecież przeżył tu piętnaście lat swojego życia. Piętnaście najlepszych lat!

Ostre tempo marszu nie pozwoliło ponurym wspomnieniom zadomowić się na dłużej w głowie komisarza.

Po lewej stronie minął fasadę dawnego domu towarowego Deierlinga, w którym nieraz kupował spodnie czy marynarkę. W szerokich oknach wystawowych na parterze dostrzegł trzy męskie manekiny w mundurach Hitlerjugend. Każdy z nich trzymał w ręce chorągiewkę ze swastyką.

Komisarz trzymał się w bezpiecznej odległości od śledzonego, chowając się w mroku pod murem szpitala miejskiego. Dobrze widział plecy eleganta. Mężczyzna ustąpił raz miejsca na chodniku niemieckiemu oficerowi, uchylając przed nim przepisowo kapelusza.

Kaczmarka zabolało, że Niemiec w mundurze wyszedł z bramy pod numerem 10.

Pewnie gdzieś tu teraz mieszka...

Może w jego dawnym mieszkaniu?

Zgodnie z zarządzeniem władz okupacyjnych, również skłonił się oficerowi.

Wolał uniknąć kłopotów.

Poznań, siedziba Gestapo, 21.15

Hinker nie rozumiał, jak można postępować tak irracjonalnie. Jak można dać wybić sobie zęby, wyrwać paznokcie, połamać palce, przypalić twarz, wreszcie połamać żebra — i nie powiedzieć ani słowa! Mimo całego arsenału wyszukanych tortur zastosowanych przez Williego „Bodo" nie wyjawił, co wie o grupie „Neptuna". Po nagłym zgonie „Aleksandry", która zabrała swoje tajemnice do grobu, hardość „Boda" całkowicie zepsuła wieczór Obersturmbannführerowi. Musiał się napić.

Otworzył barek i chwycił za butelkę z koniakiem. Nawet nie pomyślał o kieliszku — po prostu zdjął zakrętkę i wlał alkohol w gardło.

— Uuuch! — Poczuł rozchodzące się w nim ciepło.

Dlaczego ten pieprzony Polak tak się stawia? Jaka zagadka kryje się za jego uporem? Czyżby „Neptun" planował zakłócenie Wschodnioniemieckich Dni Kultury? A może organizuje atak na Uniwersytet Rzeszy?

Trzeba działać! — zdecydował. Himmler nie wybaczy mi żadnej wpadki!

Na biurku zadźwięczał telefon.

Kto może dzwonić o tej porze? W jakiej sprawie? Czyżby Berlin?

Sięgnął po słuchawkę. Kiedy przyłożył ją do ucha, natychmiast się wyprostował.

Upuszczona butelka z koniakiem potoczyła się po dywanie.

— *Jawohl!* — krzyknął do słuchawki. — *Jawohl!* Zapewnimy bezpieczeństwo! Może pan na nas absolutnie polegać! Słowo oficera! *Jawohl!*

Gdy odłożył słuchawkę, gabinet zakołysał mu się przed oczami.

Wiedział, że to nie skutek alkoholu.

To niesamowite! — pomyślał oszołomiony.

I nagle zdjął go strach.

Poznań, Petriplatz, w tym samym czasie

Bronek co rusz się obracał, jakby sprawdzając, czy ktoś go nie śledzi. Kaczmarek musiał zatem iść rwanym tempem — raz szybciej, a raz zupełnie powłócząc nogami. Udawał przy tym zainteresowanie jasno oświetlonymi witrynami sklepów na Petriplatz.

Śledzony mężczyzna minął po lewej ręce kościół świętego Piotra i utonął w mroku wąskiej Petristrasse (Polakom znanej dawniej jako Świętego Józefa), pnącej się w górę ku Gartenstrasse (niegdyś Ogrodowej). W wąwozie kamienic jego sylwetka błyskawicznie malała w oczach komisarza. Po chwili zniknął za rogiem ostatniego domu.

Skręcił pewnie w Ogrodową — pocieszył się w duchu Kaczmarek. Był w połowie długości Petristrasse. Ledwie pozostawił za plecami smukłe, bliźniacze wieże kościoła Świętego Piotra, a jego zdyszane płuca już zaczęły mu odmawiać posłuszeństwa. Ta przeklęta dusznica!

Zdyszany Kaczmarek dotarł do miejsca, w którym zbiegały się Gartenstrasse i Bäckerstrasse, czyli przedwojenne Piekary. Tu musiał na chwilę przystanąć, by złapać oddech. Jeszcze jedno takie podejście jak stroma Petristrasse i mnie nie będzie — pomyślał ze złością.

Skrzyżowanie było zdecydowanie lepiej oświetlone niż tonąca w ciemnościach Petristrasse. Dzięki światłu latarni szybko zauważył oddalającą się postać w palcie. Elegant znajdował się właśnie na wysokości cmentarza ewangelickiego. Stukot jego obcasów odbijał się echem pośród słabo widocznych kamiennych nagrobków

Kaczmarek raz jeszcze zmusił się do szybkiego marszu i w pół minuty dotarł do skrzyżowania z Ritterstrasse. Wiedział, że mężczyzna skręcił w lewo. Widział jego cień na ceglanym murze niskiego domu przy Ritterstrasse, a z daleka dostrzegł jarzący się w ciemnościach neonowy szyld: Zum Ritter.

Śledzony najwyraźniej zmierzał do tego lokalu. Tuż przed iluminowanym wejściem przystanął i raz jeszcze się rozejrzał, po czym zdjął kapelusz i przekroczył próg restauracji.

Dopiero wtedy Kaczmarek, ukryty w pomroce kasztanowca, ruszył się z miejsca. Na jego zaróżowionej od wysiłku twarzy zarysował się po raz pierwszy chytry uśmiech. Nawyki wyniesione z dawnej pracy operacyjnej w Wydziale Śledczym nie pozwoliły mu na dekonspirację.

Powolnym krokiem przeszedł przez Ritterstrasse i zbliżył się do okien lokalu. Nie zdążył jednak w nie zajrzeć, bo za sobą usłyszał ciężkie kroki żołnierskiego patrolu.

A potem stanowczy rozkaz:

— *Halt! Hände hoch!*

Poznań, apartament w hotelu Ostland, około 21.30

Szczelnie zasłonięte story odgradzały Ottona Weissa od mroku spowijającego Wilhelmstrasse i Bank Rzeszy po drugiej stronie ulicy. Kriminaldirektor leżał na wygodnym łóżku, a na stoliku obok stały dwie do połowy opróżnione butelki reńskiego wina. Pulsujący w jego żyłach alkohol tylko nieznacznie łagodził narastające rozczarowanie. Był zły na siebie za to, że nie potrafi ruszyć ze śledztwem do przodu.

Jutro Langer zapyta mnie o postępy — pomyślał. I co mu wtedy powiem? Zreferuję pożałowania godny zbiór dokumentów i utknę w martwym punkcie. Langer stwierdzi, że spartaczyłem robotę... *Donnerwetter!* Musi istnieć jakiś punkt zaczepienia! Musi!

Raz jeszcze zaczął wertować luźne kartki w otwartej aktówce. Przeglądał właśnie doniesienia konfidentów z ostatnich tygodni. Meldunki agentury raziły ogólnikami. Świadczyły o słabej dociekliwości wywiadowców albo o ich mizernym wsparciu w otoczeniu.

„…według pogłosek rozpowszechnianych w lokalach gastronomicznych Posen grupa podziemna rośnie w siłę…" — alarmował agent o pseudonimie „Alex".

„…Polscy bandyci liczą ponoć na wznowienie konfliktu Rzeszy z Wielką Brytanią i upatrują swojej nadziei w zaangażowaniu się w konflikt Stanów Zjednoczonych" — donosił konfident ukryty pod hasłem „Marlene".

„…podobno operują w okolicy śródmieścia, Starego Miasta i Wildy. Dysponują przy tym siatką wywiadowców, rozmieszczoną w najważniejszych restauracjach ścisłego centrum, dzięki którym orientują się w nastrojach i wydarzeniach w mieście…" — informował niejaki „Konrad".

Zniechęcony Weiss miał już rzucić teczkę pod stolik nocny, gdy nagle uświadomił sobie, że donos agenta „Konrada" wcale nie jest taki bezsensowny, na jaki wyglądał. Restauracje! Knajpy! Kelnerzy! Alfonsi i prostytutki! Część z nich na pewno pracuje dla „Neptuna" i jego grupy! Przecież obsługa tych wszystkich lokali w dużej mierze nadal składa się z Polaków! Wystarczy dobrze wytypować kilka knajp i zrobić na nie nalot, przyciskając ptaszków pod byle pozorem do ściany. Któryś na pewno pęknie. Już on, Kriminaldirektor berlińskiej Kripo, ma na to swoje sposoby…

Raz jeszcze zerknął na meldunek „Konrada".

„…Podobno operują w okolicy śródmieścia, Starego Rynku i Wildy…" — przeczytał i wreszcie uśmiechnął się zadowolony.

Zwlókł się z łóżka i na lekko chwiejnych nogach podszedł do biurka. Przed wyjazdem z Berlina nabył turystyczne wydanie mapy Posen. Zaznaczono na nim nie tylko gmachy użyteczności publicznej, lecz także wszelkie godne uwagi miejsca rozrywki. A zwłaszcza restauracje.

Weiss rozłożył mapę na wąskim blacie biurka i chwycił w dłoń ołówek.

Poznań, pod restauracją Zum Ritter, około 21.30

Kaczmarek był wściekły na siebie, że tak łatwo dał się podejść. Jak mógł nie zauważyć niemieckiego patrolu! A może stali ukryci za załomem muru i tylko czekali na okazję?

Z mroku wyłoniło się dwóch żołnierzy. Gotowe do strzału sturmgewehry celowały prosto w pierś komisarza.

— *Deine Papiere!*[8] — padła ostra komenda.

Kaczmarek sięgnął do wewnętrznej kieszeni prochowca. Znalazł tam fałszywą kenkartę, który przyniósł mu Krzepki.

Wyższy z żołnierzy zawiesił broń na szyi, chwycił dokument i oświetlił go latarką.

— *Wie heisst du, verfluchte Pole?!*[9]

— Szmyt. Krzysztof Szmyt, *Herr* Offizier — odpowiedział pokornie Kaczmarek.

Niemiec zerknął w dokument, a zaraz potem obrzucił Polaka nieufnym spojrzeniem.

— *Was machst du hier so spät?! Naaa?! Was?!*[10]

---

8 Twoje dokumenty!
9 Jak się nazywasz, parszywy Polaku?!
10 Co tu robisz tak późno?! No, co?!

— *Ich kehre zurück nach Hause, Herr* Offizier — odezwał się komisarz możliwie potulnie, robiąc przy tym głupią minę. — *Meine Frau erwartet mich...*[11]

Żołnierz skierował latarkę wprost na twarz Kaczmarka. Najwyraźniej nie był skory do żartów.

Komisarz zmrużył oczy, nie wiedząc, czego się spodziewać...

Tymczasem Niemiec zaniósł się nieprzyjemnym śmiechem.

— *Ja, ja! Geh nach Hause! Sofort! Deine Frau wartet schon auf dich im Bett! Na ja, alles klar...*[12]

— *Sie haben Recht, Herr* Offizier! *Sie haben...*[13]

— *Weg!*[14]

Kaczmarek natychmiast ruszył w stronę Martinstrasse. Choć tego nie widział, był pewien, że żołnierze wodzą za nim lufami karabinów.

Kiedy jednak doszedł do pierwszego skrzyżowania, niespodziewanie dla siebie samego skręcił w lewo, w Artilleriestrasse. Kątem oka dostrzegł, że patrol ruszył w stronę gmachu Gestapo.

Za pięć minut spróbuję raz jeszcze podejść do lokalu — zdecydował.

Wiedział, że ryzykuje.

Coś mu jednak podpowiadało, że warto.

---

11   Wracam do domu, panie oficerze. Moja żona czeka na mnie...

12   Tak, tak! Idź do domu! Żona czeka już na ciebie w łóżku! No tak, wszystko jasne...

13   Ma pan rację, panie oficerze! Ma pan...

14   Precz!

Magazyn firmy pogrzebowej Donackich był zastawiony dziesiątkami trumien. Wnętrze zakładu wyglądało nieco upiornie. Nie robiło jednak żadnego wrażenia na „Neptunie" i „Serdecznym".

— To co, gdzie jest nasz szanowny nieboszczyk?

„Serdeczny" podszedł powolnym krokiem do jednej z nielicznych trumien z zamkniętym wiekiem. Z kieszeni wydobył śrubokręt i w milczeniu zabrał się do rozkręcania śrub łączących bliźniacze części sosnowej skrzyni.

Trwało to kilka minut. W końcu pchnięte dłonią wieko stęknęło i odchyliło się nieco, odsłaniając obite karmazynowym materiałem wnętrze.

— Ho, ho, ho! — Major nie potrafił powstrzymać się od ironii. — Nasz denat ma słabość do luksusów. No, „Serdeczny"! Przedstaw mi go w końcu. Chcę mieć pewność, że nas nie zawiedzie.

Kaczmarek ostrożnie wyjrzał zza załomu muru. Uzbrojonych Niemców nie było już widać. Dobrze oświetlona ulica wydawała się całkowicie pusta, tylko z oddali niosły się dźwięki muzyki.

To pewnie z restauracji — pomyślał Kaczmarek i ostrożnie skręcił znowu w Ritterstrasse. Od nieoczekiwanego spotkania z patrolem Wehrmachtu minęło ledwie kilkanaście minut. Był pewny, że śledzony przez niego mężczyzna nadal przebywa w lokalu.

Skoczna muzyka narastała w jego uszach, gdy zbliżał się do rzędu jasnych okien restauracji. Neonowy napis „Zum Ritter" rzucał na chodnik przed lokalem czerwony poblask.

Gdy na drzwiach lokalu dostrzegł tabliczkę z napisem *Nur für Deutsche*, zawahał się.

Wejść czy nie wejść?

Nagle zorientował się, że przez okno, przy którym przystanął, doskonale widać wnętrze knajpy. On sam, ukryty za lekko zasuniętą kotarą, zdawał się niewidoczny dla gości w środku.

Rozejrzał się raz jeszcze wokół...

Cicho.

Pusto.

Bezpiecznie.

Zrobił krok w przód i dyskretnie przyłożył twarz do lekko zaparowanej szyby.

Rozejrzał się po sali.

Nie naliczył zbyt wielu gości. Odniósł wrażenie, że w lokalu rzeczywiście przesiadują sami Niemcy lub volksdeutsche. Utwierdziło go to w przekonaniu, że dobrze zrobił, powstrzymując się przed wejściem.

Dłuższą chwilę zajęło mu odszukanie wzrokiem znajomej sylwetki. W końcu znalazł eleganta. Siedział na krześle przy stoliku częściowo skrytym za rogiem. Zaparowane okno utrudniało obserwację, nie na tyle jednak, by Kaczmarek nie dostrzegł, że śledzony przez niego mężczyzna ma towarzystwo. Rozmówca Bronka siedział w niskim fotelu, a jego twarz skrywał flakon na kwiaty. Nad głową wisiała mu gęsta chmura dymu z papierosa albo cygara. Kaczmarek zauważył jedynie buty mężczyzny. To były wysokie, wypucowane na błysk buty oficera.

Poznań, w restauracji Zum Ritter, o tej samej porze

— Doskonale się spisałeś, „Bruno". — Hinker sięgnął po tlące się w popielniczce cygaro i zaciągnął się dymem. — Nareszcie chwyciłeś trop! A teraz dojdziemy po nitce do kłębka. Zdusimy knowania Polaczków w samym zarodku. W samą porę! Naprawdę w samą porę!

Obersturmabannführer wprost promieniał ze szczęścia. Nareszcie wszystko zaczynało się układać po jego myśli. Strach wywołany niedawnym telefonem ustąpił teraz miejsca nagłej euforii. Jutro wkroczy do akcji! Rychło w czas!

„Bruno" poprawił poły marynarki. Sprawiał wrażenie mocno zakłopotanego. Nie podzielał radości gestapowca. Przez chwilę rozglądał się po knajpie, aż w końcu odważył się zapytać:

— A co z moją Rachelą?

— Że co? — Obersturmbannführer w pierwszej chwili nie zrozumiał pytania.

— Co z moją Rachelą, *Herr* Obersturmbannführer?

— Jak to co? Jak wyłapiemy grupę „Neptuna", wyciągniemy ją z Auschwitz. Chyba wierzysz w słowo oficera Geheime Staatspolizei?

„Bruno" poruszył się niespokojnie.

— Oczywiście — powiedział bez przekonania. — A jednak… A jednak chciałbym mieć pewność, że… Pan przecież obiecał…

— Jak śmiesz, Polaczku! — Hinker aż się zachłysnął dymem z cygara. — Jak śmiesz żądać ode mnie takich deklaracji! Czy ty wiesz, że gdyby nie ja, skończyłbyś w jakimś dole pod Wreschen?! Albo pod Schrimm?! Zdajesz sobie sprawę, *dummer Kerl?!*[15] Czy ty wiesz, że wyciągnąłem cię z transportu w jedną stronę bez prawa powrotu!? Ciesz się, że jeszcze oddychasz!

„Bruno" nie odważył się powiedzieć nic więcej.

— My, Niemcy, jesteśmy honorowym narodem. Umowa to dla Niemca rzecz święta — powiedział już spokojniejszym tonem gestapowiec. — Wypełnisz swoje zadanie, to i ja wypełnię swoje. I nie pytaj mnie o to nigdy więcej. Nigdy!

— *Jawohl, Herr* Obersturmbannführer — bąknął Polak. — Proszę mnie jednak zrozumieć. Krążą plotki… Straszne plotki.

— Jakie znowu plotki?

— Że… Że wszyscy Żydzi, którzy pojechali do Auschwitz…

— To tylko wroga propaganda, „Bruno". — Hinker spojrzał spokojnie w oczy agenta. — Nie przejmuj się tymi kłamstwami. To brednie, które mają oczernić III Rzeszę przed Ameryką. Wiesz, jak silne jest lobby żydowskie w Stanach Zjednoczonych. To ono rozsiewa takie niedorzeczności.

---

15 Głupku.

202

Auschwitz to nic innego jak wielki obóz pracy. Mamy takich wiele w Niemczech, zresztą działają znakomicie. A teraz stawiamy je tu, w Nowej Rzeszy. Siła robocza jest nam dziś potrzebna, jak nigdy wcześniej! Zapewniam cię, „Bruno", że twoja narzeczona żyje i ma się dobrze. A że przy okazji pracuje dla Rzeszy... Cóż, trochę wysiłku dla Niemiec jeszcze nikomu nie zaszkodziło. *Nicht wahr?*

Poznań, na Ritterstrase, około 22.

Schowany za drzewem po drugiej strony ulicy Kaczmarek obserwował dwóch mężczyzn wychodzących z restauracji. Ten, którego śledził do tej pory, ruszył w stronę Martinstrasse. Drugi, o twarzy doliniarza z Wildy, poczekał, aż jego towarzysz przekroczy Artielleriestrasse, a potem poszedł w przeciwną stronę.

Elegant przestał chwilowo interesować Kaczmarka. Nie ruszając się ze swojej kryjówki, komisarz powiódł wzrokiem za tajemniczym mężczyzną w wojskowych butach. Serce Kaczmarka zabiło niespodziewanie mocniej, bo nieznajomy przeszedł przez jezdnię.

Czyżby szedł do Domu Żołnierza?

Kilka sekund później komisarz nie miał już wątpliwości.

Uniesiona w nazistowskim pozdrowieniu dłoń wartownika nie pozostawiała żadnych złudzeń.

Mężczyzna o twarzy przestępcy zmierzał do gmachu Gestapo.

„Serdeczny" nachylił się nad pogrążonym w ciemności wnętrzem trumny i sięgnął do środka.

Przez kilka sekund z namaszczeniem poprawiał dłońmi coś, co spoczywało na dnie skrzyni.

Zaraz potem wyprostował się, podnosząc denata.

Nieboszczyk miał nieco ponad metr długości.

Ważył niespełna cztery kilogramy.

— Jest niezawodny — pochwalił go „Serdeczny". I dorzucił z wyczuwalną w głosie czułością: — To Mauser model 98k, znany również jako Karabiner 98k. Kaliber 7,92 milimetra, pięć naboi w magazynku wewnętrznym. Z lunetą trafi nawet z kilometra.

Major „Neptun" aż cmoknął z podziwu.

9

ALARM!

Wrocław, Dworzec Główny, piątek 11 maja 1945, wczesnym rankiem

Dwa bliźniaczo podobne żelazne składy stały przy tym samym peronie dworca w Breslau. Oba celowały w szklany sufit hali lufami karabinów i działek przeciwlotniczych, które pomieszczono na platformach. Opustoszałe perony potęgowały uczucie niepokoju u nielicznych kolejarzy. Owszem, zdarzało się nie raz i nie dwa, że przez Breslau przejeżdżały już pociągi specjalne. Nigdy jednak nie zjechały się na tutejszym dworcu aż dwa Sonderzugi. I nigdy wcześniej nie tłoczono z tego powodu cywilów w hali głównej dworca, wpuszczając ich pod czujnym okiem straży na jeden tylko, skrajny peron.

— To musi jechać ktoś ważny. Wiem, że takim pociągiem podróżuje Reichsführer Himmler — odezwał się do ojca Klaus Schumacher, uczeń gimnazjum w Breslau.

Razem czekali na przyjazd pociągu do Hirschberg, który się spóźniał.

— Lepiej będzie, jeśli przestaniesz się tym interesować — ofuknął go ojciec, księgowy w zakładach Agfa. — Co nam do tego, kto jedzie tym pociągiem? Są takie chwile, w których nie warto zadawać głupich pytań.

— *Vater!* — Klaus poczuł się dotknięty tą uwagą. — Nie wolno nawet pomyśleć?

Stary Schumacher powiódł głową dokoła, po czym spojrzał synowi głęboko w oczy.

— Myśleć zawsze wolno. A nawet należy — odezwał się cicho. — Chodzi tylko o to, by nie myśleć na głos. Rozumiesz mnie, Klaus?

Nastolatek nie był pewien, czy dobrze zrozumiał ojca. Wewnętrznie buntował się przeciwko jego pouczeniom. Przecież na obozach Hitlerjugend ciągle słyszał, że najważniejsza jest wierność partii i Führerowi. Przecież Adolf Hitler prowadzi Niemcy ku przyszłości, jakiej nie miały nigdy w swoich dziejach. Przecież wygrał wojnę, pobił całą Europę! Dlaczego on, Klaus Schumacher, nie ma prawa porozmawiać z ojcem o głupim pociągu specjalnym, a nawet o dwóch takich pociągach, które nagle przyjechały do Breslau? Przecież to ogromna sensacja!

— *Vater...* — Klaus sam nie wiedział, dlaczego jednak ściszył głos. — Myślisz, że...

— To, co myślę, na pewno pozostanie w mojej głowie — usłyszał. — Porozmawiamy o tym w domu, dobrze synu?

— Aż mi się nie chce w to wierzyć! — „Neptun" uniósł raptownie siwe brwi w górę. — „Patyk" to nasz najbardziej obiecujący nabytek! „Kulomiot" dałby sobie za niego rękę uciąć! Czyżby chłopak był aż tak naiwny? A może jednak się pan myli, komisarzu? Może wyciągnął pan zbyt pochopne wnioski?

Kaczmarek spuścił głowę.

— Chciałbym się mylić, panie majorze — powiedział z rozmysłem. — A jednak to prawda. Po waszej naradzie chłopak spotkał się wczoraj wieczorem z mężczyzną, który następnie udał się do Zum Ritter, by zdać relację funkcjonariuszowi Gestapo.

— Skąd ta pewność, że to był gestapowiec? Skąd?

— Śledziłem go, panie majorze. Po spotkaniu ze znajomym „Patyka" mężczyzna ten poszedł prosto do Domu Żołnierza. Wartownik przywitał go tak, jakby miał przed sobą oficera.

— Jest pan absolutnie pewien, Kaczmarek?

— Niestety, panie majorze.

— To bardzo poważne oskarżenie.

— Zdaję sobie sprawę. Mam jednak podstawy, by sądzić, że chłopak nie jest świadomy, z kim ma do czynienia.

— Czyli że nie zdradził nas świadomie?

W piwnicznym pomieszczeniu zapadła na chwilę wymowna cisza.

Komisarz wykonał bliżej nieokreślony gest ręką, który miał zapewne oznaczać, że nie wie, co o tym wszystkim sądzić.

— Mogę mówić jedynie o swoich wrażeniach — odezwał się w końcu. — Wydaje mi się, że „Patyk" rozmawiał z donosicielem Gestapo w dobrej wierze.

— W dobrej wierze? — zdziwił się major. — To znaczy?

— To wyglądało tak, jakby znał się ze swoim rozmówcą od lat. Jakby byli kolegami z podwórka, choć ten facet był wyraźnie starszy. Nieważne. Istotne jest to, że znajomy „Patyka" kilkakrotnie napraszał się o widzenie z panem majorem.

— Ze mną? — Ręce „Neptuna" zadrżały nieznacznie.

— Tak, panie majorze. Nawet na odchodnym nagabywał chłopaka, by jak najszybciej skontaktował go z panem. Twierdził, że ma dla pana niezwykle ważną wiadomość...

Wszyscy zamilkli. Major pocierał czoło zaciśniętą pięścią, coś rozważając.

— Zwołam naradę na dziesiątą. — „Neptun" wypowiedział te słowa do Krzepkiego bardzo wolno, jakby budząc się z letargu. — Zanim jednak się zbierzemy, „Kulomiot" musi sprowadzić „Patyka". Ale ostrożnie, żeby go nie spłoszyć. Najlepiej niech wezwie go do mnie, powiedzmy, na dziewiątą. Najwyższy czas odpytać chłopaka, o co w tym wszystkim chodzi. Jakoś nie wierzę, by zdradził nas harcerz... Po prostu nie wierzę.

Krzepki skinął głową.

— Nawet nie przypuszczałem, że sprawa wyjaśni się tak szybko. — „Neptun" zwrócił się teraz do Kaczmarka. — To znaczy, miejmy nadzieję, że się wyjaśni. Tak czy owak, wykonał pan dobrą robotę. Dziękuję.

— Ku chwale Ojczyzny. — Komisarz poczuł się żołnierzem Armii Podziemnej.

Major uścisnął mocno dłoń komisarza.

— Przypomniał pan sobie dawne śledztwa?

— W pewnym sensie — odpowiedział Kaczmarek. I zdał sobie sprawę, że właśnie w tym momencie stał się prawdopodobnie zbyteczny. Nie potrafił się z tym pogodzić. — Chciałbym jednak pozostać w pana oddziale. W jakimkolwiek charakterze — dorzucił natychmiast.

„Neptun" jakby spodziewał się tej prośby. Poklepał Kaczmarka przyjaźnie po ramieniu i uśmiechnął się.

— Oczywiście, komisarzu — przytaknął. — Grzechem byłoby wypuścić z ręki takiego asa. Wiem, co mówię. — Major podał mu dłoń i uścisnął mocno dłoń komisarza. — Więc jaki obrał pan pseudonim, kapitanie?

Zaskoczony Kaczmarek zastanawiał się przez dłuższą chwilę.

— „Maksymilian" — wydukał w końcu.

Tak miał mieć na imię jego syn.

Poznań, zamek cesarski — Kancelaria Gauleitera, 7.30

Mężczyźni w galowych mundurach ss przyglądali się bacznie mapie zwisającej z wysokiego wieszaka. Stał przy niej sam Gauleiter Kralle, celując wskaźnikiem w środek płachty. Właśnie skończył omawiać scenariusz powitania gości i ich przejazdu do centrum Posen.

— *Meine Herren*[1], mamy już niewiele czasu. — Gauleiter zawiesił głos, by jeszcze bardziej podnieść napięcie. —

---

1   Moi panowie…

Kwadrans temu otrzymałem informację z Breslau. Wszystko przebiega zgodnie z planem. A to oznacza, że musimy wzmóc czujność. Przypominam, *meine Herren*, że w Posen ciągle jeszcze mieszka sporo Polaków. Według naszych najnowszych szacunków, w mieście jest ich około stu tysięcy. Jak panowie wiecie, *Deutsche Reichsbahn*[2] robiła, co mogła, by zgodnie z Planem generalnym Wschód wywieźć całe to bydło za Ural, ale cóż… Wehrmacht ciągle ma priorytet. Moje protesty na niewiele się zdały, a w związku z czekającą nas uroczystością musiałem zawiesić na tydzień kolejne transporty. *Meine Herren*, nie muszę chyba tłumaczyć, że sytuacja ta stanowi pewne zagrożenie dla wizyty. Naszym zadaniem jest maksymalnie je ograniczyć. *Herr* Obersturmbannführer, jak idą przygotowania z waszej strony?

Hartmuth Hinker poruszył się niespokojnie za stołem.

— Melduję, *Herr* Gauleiter, że infiltrujemy i kontrolujemy nieliczne polskie grupy opozycyjne — odpowiedział pewnym tonem, świadomy, że nieco wypacza obraz rzeczywistości. — Są słabo zorganizowane i według naszych informacji nie przedstawiają realnego zagrożenia. Jeśli…

Gauleiter Kralle skrzywił się, jakby ktoś nadepnął mu na nogę.

— Nie proszę, *Herr* Hinker, o wersję dla ministra propagandy —powiedział oschle. — Proszę o prawdziwą informację o stopniu zagrożenia. Zdaje pan sobie sprawę, że jeśli coś… Gdyby coś się wydarzyło, zarówno pan, jak i ja zawiśniemy przed tym zamkiem. Nie muszę powtarzać, że wszyscy jedziemy na tym samym wózku. Niech więc mnie

---

2   Niemiecka Kolej Rzeszy.

pan nie częstuje waszą urzędową opowiastką, tylko powie, jak jest.

— Ależ, *Herr* Gauleiter! — obruszył się Hinker. — Mówię prawdę! Polacy są słabo zorganizowani i…

— I dlatego w ostatnim miesiącu mnożą się przypadki rozbrajania naszych żołnierzy na peryferiach Posen?! — wszedł mu bezpardonowo w słowo Kralle. — I dlatego w mieście coraz głośniej o grupie niejakiego „Neptuna", który ponoć koordynuje te działania?! Pan sobie z nas żartuje! A w tej sytuacji to po prostu niedopuszczalne! Żądam jasnej deklaracji: czy polski ruch oporu szykuje nam jakąś niespodziankę? Lepiej niech pan to w końcu wyduka, zanim sami zorientujemy się za późno!

Hinker poczuł, że się poci. Ostatni raz podobną niepewność czuł w 1940 roku w Bambergu, tuż przed wizytą Reichsführera Himmlera. Tyle że tam nie było żadnych polskich bandytów

— To prawda, w Posen działa grupa niejakiego „Neptuna" — przyznał bez chwili wahania, ale tylko dlatego, że pozostawił sobie na tę ewentualność asa w rękawie. — Mamy ich już na widelcu. Nie mogę zdradzać szczegółów śledztwa, ale powiem tylko, że jeszcze dzisiaj będzie po sprawie.

Pewny ton wypowiedzi Hinkera wywarł duże wrażenie na oficerach. Ale nie na Gauleiterze Krallem. Ten ostatni przeszył gestapowca sceptycznym spojrzeniem.

— Mam nadzieję, że pan wie, o czym mówi — skomentował zgryźliwie. — Zdaje się, że pańscy przełożeni z Berlina mają nieco inne zdanie o rezultatach pracy pańskich służb. A ja muszę być ostrożny. I myślę, że mnie pan świetnie rozumie, Hinker. Nie mylę się?

— Nie, *Herr* Gauleiter — odparł krótko szef Gestapo. —
Jedziemy na tym samym wózku. Musimy sobie ufać.

— Dobrze powiedziane, Hinker. A raczej: dobrze po-
wtórzone.

Namiestnik Führera w Warthegau odstawił wskaźnik
w kąt i podszedł do stołu. Ze srebrnego pudełka wyjął cygaro i obciął jego końcówkę nożyczkami. Odpalił je od swojej
frontowej zapalniczki, zaciągnął się i posłał w powietrze
pierwszą chmurę dymu.

— Liczę na was, *meine Herren!* — powiedział w końcu. —
Przed nami wielki dzień. Zastanówmy się raz jeszcze, co
możemy zrobić, żeby Wschodnioniemieckie Dni Kultury
w Posen przebiegły bez zakłóceń.

Poznań, kamienica przy Poststrasse, kwadrans później

Konrad Adolf Bombke ślęczał z piórem w ręku nad kartką papieru. Z każdą godziną odnotowywał kolejne polskie
nazwisko funkcjonariusza policji, który miał bliższy lub
dalszy związek ze Zbigniewem Kaczmarkiem. Chęć zemsty
na byłym komisarzu nie pozwalała mu zasnąć. Do rana
na kartce przeznaczonej dla Obersturmbannführera Hinkera widniało dziewięć nazwisk. Ostatnie Bombke przypomniał sobie przed chwilą, wstając znad stołu. Lekarz!
Kaczmarek współpracował z lekarzem! Jak on się nazywał?
Zaraz... Chwileczkę... Marciniak! Właśnie — Wojciech
Marciniak!

Triumfalnie podniósł w górę świstek papieru. Tak, teraz Hinker powinien być zadowolony. Gdzieś pomiędzy tymi nazwiskami znajduje się klucz do zagadki zniknięcia Kaczmarka!

Rozprostował się, zadowolony, że nieprzespana noc nie poszła na marne. Za plecami usłyszał kroki dopiero co obudzonej małżonki.

— A co tam masz, Konrad? — Marie Bombke zainteresowała się znienacka kartką w ręce małżonka.

Była zła, że jej stary przez całą noc palił światło w kuchni, przez co długo nie mogła zasnąć.

— E, nic takiego — mruknął Bombke.

— Znowu pisałeś jakieś nazwiska? A już myślałam, że więcej od ciebie nie będą chcieli…

— Też tak myślałem — odburknął i włożył kartkę w kieszeń szlafroka. — Życie wymaga jednak poświęceń, moja droga. Czasem warto się potrudzić, żeby zapewnić sobie lepszą przyszłość.

Uśmiechnął się sztucznie do żony, byle tylko zmieniła temat. Marie Bombke machnęła ręką i powlokła się do łazienki.

— Żeby czego złego z tego nie było! — zawołała już zza drzwi, puszczając wodę z kranu.

Bombke stanął przed lustrem i spojrzał w swoje odbicie.

— Głupia baba. Gada, co jej ślina na język przyniesie — wymamrotał.

On sam był święcie przekonany, że trud nieprzespanej nocy opłaci mu się stokrotnie.

Gauleiter Kralle opadł na fotel. Godzinna narada z oficerami Sicherheitsdienst[3] i Gestapo zmęczyła go tak, jakby spędził cały dzień na polowaniu w Puszczy Białowieskiej. Ciężar odpowiedzialności przygniatał go, ale nie dawał tego po sobie poznać. Teraz, gdy wreszcie został sam, poczuł ścisk w okolicy serca. Drżącą ręką poluzował kołnierzyk pod obwisłym podbródkiem.

Tylko nie teraz. Cholera, tylko nie teraz!

Już w styczniu zgłaszał Berlinowi problemy zdrowotne. W centrali uznali jednak, że domaga się po prostu przedwczesnej emerytury. Jego prośbę o odpoczynek zignorowano. Teraz on sam starał się udowodnić Berlinowi, że trzyma się krzepko. Zwłaszcza w obliczu takiej wizyty nie mógł sobie pozwolić na jakąkolwiek oznakę słabości. Mogła kosztować go nie tylko karierę. Mogła kosztować go życie.

Nalał sobie wody z karafki i wypił ją duszkiem. Przeklęty Posen! W Hamburgu nie miał nigdy takich problemów! A tu, jak na złość, przed najważniejszą wizytą w jego karierze mnożą się wrogie akty polskiego podziemia! I co robi szef Gestapo? Udaje, że zagrożenie nie istnieje! Że wszystko ma pod kontrolą! Bo że Hinker blefował, on — Gauleiter Kralle — był więcej niż pewny.

Nie zdradził się z tym jednak przed pozostałymi uczestnikami narady. Musiał stwarzać pozory pewności i bezpieczeństwa. Nie mógł sobie pozwolić na jakieś dwuznaczności.

Chwycił za karafkę i napełnił szklankę wodą.

---

3   Służby Bezpieczeństwa.

Ech, ta cała wizyta! Po cholerę Himmler pcha się osobiście do Posen na otwarcie Uniwersytetu Rzeszy? Nie wystarczyłoby kilku naukowców z Generalnego Urzędu do spraw Rasy? Po co tak ryzykuje? Czyżby czuł się aż tak pewny?

Już od lat trzydziestych Reichsführer ss uchodził za groźnego dziwaka chodzącego swoimi ścieżkami. Zasłużony dla Rzeszy twórca siatki obozów koncentracyjnych, uwielbiany przez Führera za ostateczne rozwiązanie kwestii żydowskiej w Europie, w ostatnim czasie coraz powszechniej był typowany w Kancelarii Rzeszy na sukcesora Adolfa Hitlera. W zaufanych kręgach w Berlinie nie było wszak tajemnicą, że Führer zaczął niedawno zdradzać pierwsze symptomy poważnej choroby o podłożu neurologicznym... Czyżby Heinrich Himmler swoim przyjazdem do Posen zgłaszał aspiracje do najwyższego stanowiska w Rzeszy?

Brzęk telefonu oderwał go od politycznych rozważań.

Gdy słuchał komunikatu z Breslau, na jego czoło wystąpiły krople potu.

— *Jawohl!* — odezwał się w końcu, a jego twarz zbladła.

Nie, tego w Posen jeszcze nie było! — przemknęło mu przez głowę, gdy drżącą ręką odkładał słuchawkę na widełki.

Poznań, kwatera „Neptuna", około 10

Ciemności piwnicznego korytarza rozświetliło światło zza otwartych nagle drzwi. „Kulomiot" przepuścił przodem zaskoczonego „Patyka". Zanim chłopak zrozumiał, skąd ta uprzejmość, ktoś powalił go na betonową posadzkę. Między łopatkami poczuł dźgnięcie lufy.

Krzepki obmacał tułów i nogi młodzieńca. „Patyk" nie miał przy sobie broni.

— Co jest?! Panie kapitanie?! — zdołał wybełkotać powalony.

Z mroku wyłonił się tymczasem „Neptun" z Kaczmarkiem. — Kim jest Bronisław? — zapytał komisarz.

— Bronisław? — „Patyk" najwyraźniej zdziwił się, słysząc to imię. — Ach, znaczy się Bronek Szwarc? To mój kompan z harcerstwa. Znaczy się, był kiedyś moim dowódcą. Drużynowym, byliśmy razem na obozie w Wierzenicy. Niedawno spotkałem go na ulicy. Chce nawiązać z nami kontakt. Mówi... Mówi, że ma ważne informacje na temat Gauleitera Krallego... Wczoraj widziałem go znowu. Nalegał, bym jak najszybciej zaprowadził go do majora „Neptuna"...

— Skąd wie, że możesz mu pomóc?

Chłopak przymknął oczy. Milczał.

— Ty mu się pochwaliłeś, prawda? — Kaczmarek nachylił się nad jego uchem. — Chciałeś zaimponować swojemu dawnemu przełożonemu? Tak bardzo, że zapomniałeś o elementarnych środkach ostrożności!

— Ale to swój człowiek, proszę pana! — krzyknął „Patyk", z trudem łapiąc oddech. — On też prowadzi tajny oddział i dlatego...

— Skąd wiesz, że prowadzi?

— Sam mi powiedział.

— A ty mu od razu uwierzyłeś?!

Chłopak wierzgnął nogami.

— To pewny człowiek, proszę pana — powtórzył już dużo ciszej.

— To konfident Gestapo — wysyczał mu w ucho Kaczmarek.

— To niemożliwe… — wydukał kompletnie zaskoczony
„Patyk". — To… Bronek nigdy by tego nie zrobił… Zresztą…
Zresztą, on ma narzeczoną Żydówkę! Jak… mógłby współ-
pracować z Gestapo?

„Neptun", przysłuchujący się dotychczas rozmowie z boku,
przykucnął obok Kaczmarka i spojrzał z politowaniem na
byłego harcerza.

— Popełniłeś wielki błąd, chłopcze — powiedział z niemal ojcowską troską w głosie. — Wczoraj, po spotkaniu
z tobą, Bronisław udał się do restauracji Zum Ritter. Tam
rozmawiał długo z człowiekiem, który następnie poszedł
prosto do budynku Gestapo. Nie muszę ci chyba wyjaśniać,
co to oznacza. Gestapo jest na naszym tropie.

„Patyk" zaczął się trząść, a po chwili rozpłakał się.

— Prze…praszam… Najmocniej przepraszam… — wyrzucił z siebie, połykając łzy. — Nie wiedziałem… W życiu
bym nie przypuszczał, że Bronek…

— A jednak! — odezwał się z przyganą w głosie „Kulomiot". Czuł się szczególnie odpowiedzialny za chłopaka. —
A jednak, „Patyk"! Wykazałeś się skrajną naiwnością! Przez
ciebie wpadli „Bodo" i „Aleksandra"! Przez ciebie!

— Nieprawda! Nigdy nie wspomniałem Bronkowi
o skrzynce kontaktowej na Rybakach! Nigdy!

— To skąd wiedziało o niej Gestapo?! No, skąd?!

— Nie wiem. Na Boga Ojca, na Matkę Przenajświętszą,
nie wiem! Może… Może dowiedzieli się inaczej…

W piwnicy zapadła cisza. Czy to możliwe, że zdradził
ktoś inny?

— Wierzę ci. — „Neptun" objął chłopaka ramieniem.

Wierzę ci, bo tak naprawdę nie mam wyjścia — dopowiedział sobie w myślach.

„Patyk" podniósł się powoli z posadzki, pochlipując.

— Jeszcze nie wszystko stracone. — Głos majora był spokojny. — Musisz nam jednak dokładnie zrelacjonować, o co cię pytał Bronek i co mu właściwie powiedziałeś. Od tego zależy los nas wszystkich. Rozumiesz dobrze, o czym mówię?

Chłopak powiódł spojrzeniem po twarzach zebranych. Zrobiłby wszystko, byle tylko ocalić swoich towarzyszy. Dopiero teraz dotarło do niego, że mógł już nie wyjść żywy z tej piwnicy.

— Wszystko wyjaśnię, panie majorze — zachlipał żałośnie. — Naprawdę nie powiedziałem mu nic ważnego. Słowo… Słowo harcerza!

Wschowa, dworzec kolejowy, 10.45

Zawiadowca Kurt Waschkowiak poprawił okulary, by lepiej obserwować Sonderzug z Breslau wtaczający się na tor przy peronie drugim. Dziwił się, że tak ważny pociąg do Posen puszczono boczną trasą przez Glogau, a nie zwyczajowo przez Lissa. Pewnie ze względów bezpieczeństwa.

Pociąg zwolnił, ale nie wyhamował zupełnie. W wolnym tempie przesunął się wzdłuż pustego peronu tego niegdyś przygranicznego miasteczka.

Choć Waschkowiak wytężył słaby wzrok, nie dostrzegł za szybami wagonów żadnej twarzy.

Wszystkie story były starannie zasunięte.

Gdy ostatni wagon minął drewnianego kozła oznaczającego koniec peronu, Sonderzug zaczął znowu nabierać szybkości.

Chwilę później pociąg stał się już tylko niewielkim punktem na horyzoncie. Zawiadowca Waschkowiak ruszył ku budynkowi dworca.

Spieszył się.

Miał do przekazania ważną wiadomość.

Poznań, kamienica przy Poststrasse, 11.00

Bombke włożył najlepszą marynarkę z przedwojennych czasów i wyszedł z mieszkania. W kieszeni spodni niósł cenne informacje dla Obersturmbannführera. Był pewien, że lista, którą sporządził, popchnie do przodu śledztwo.

Schodząc po schodach, pomyślał o knajpie Zum Ritter położonej niedaleko Domu Żołnierza. Nie zawadzi wychylić jednego głębszego przed spotkaniem z Hinkerem — uznał. To będzie dobry dzień, karta nareszcie się odwróci!

Na półpiętrze o jego ramię otarł się nieogolony mężczyzna. Bombke już chciał mu powiedzieć coś do słuchu, ale dał spokój. Nieznajomy machnął przepraszająco ręką, spiesząc się w górę schodów. Po kilku stopniach jednak zwolnił, a potem zawrócił. Bombke spojrzał ku niemu wystraszony. Kątem oka dostrzegł, że z dołu idzie w jego stronę jeszcze dwóch innych mężczyzn, tarasując przejście.

— Konrad Adolf Bombke? — spytał jeden z nich.

— Tak…

— Wyrokiem sądu podziemnego Rzeczpospolitej Polskiej zostałeś uznany winnym kolaboracji z Rzeszą Niemiecką i denuncjacji obywateli polskich. Wyrokiem sądu podziemnego zostałeś skazany na karę śmierci!

— Ale…

Dwa niemal jednoczesne strzały wstrząsnęły klatką schodową.

Ciało volksdeutscha przegięło się przez balustradę i spadło z wysokości kilku schodków.

— Giń ścierwo! — brzmiały ostatnie słowa, które usłyszał Konrad Adolf Bombke.

Restauracja Zum Ritter, o tej samej porze

— Czas z nimi skończyć, „Bruno". Nie musisz wiedzieć dlaczego. Powiem tylko, że okoliczności nieco się nam zmieniły — powiedział Hinker.

— Ale wczoraj…

— Wiem, że wczoraj dałem ci wolną rękę. Jednak dziś musimy pójść na skróty. Natychmiast! Jak się nazywa ten twój ptaszek?

— Uważam, że lepiej jeszcze poczekać…

— Nie możemy już czekać! — zdenerwował się Obersturmbannführer. — Dziś w Posen rozpoczynają się Wschodnioniemieckie Dni Kultury. Nie mogę z tym zwlekać, rozumiesz?! *Also*[4], jak się nazywa ten twój Polaczek?! Noooo?!

---

4   A więc…

„Bruno" poruszył się niespokojnie. Nie spodziewał się, że sprawa stanie na ostrzu noża tak szybko.

— Właściwie nie znam go z nazwiska — odpowiedział, starając się zachować spokój.

— Jak to?! — Głos gestapowca zdradzał narastające roz-drażnienie.

— Znam jedynie pseudonim...

— No więc?!

— Mówią na niego „Janosik"... — skłamał „Bruno".

— Dziwny pseudonim. Zresztą, nieważne! Pomożesz nam go dzisiaj zwinąć. Wyśpiewa nam wszystko, już Willi się o to postara.

— Ale...

— Nie ma żadnego „ale", „Bruno"! W końcu chodzi o ży-cie twojej gołąbki, *nicht wahr?*

Poznań, śródmieście, 11.15

— Tam! — krzyknął do kierowcy Otto Weiss, widząc tłum gapiów na chodniku przy Poststrasse.

Szofer skręcił z Wilhelmstrasse w lewo i za chwilę zahamował przed kamienicą stojącą na rogu z Kohler-strasse.

Weiss wyskoczył z policyjnego opla. Był wściekły, że Langer właśnie jego wysłał na miejsce pospolitej zbrodni. Czuł, że traci czas, który mógłby spożytkować na penetrację knajp w centrum miasta, zaznaczonych wczoraj na mapie Posen. Czuł, że oddala się od celu, w jakim przyjechał do tego miasta.

— Proszę uważać, to zaraz za drzwiami. — Jeden z niskich rangą policjantów ostrzegł Kriminaldirektora, że trup leży blisko.

— *Danke* — rzucił Weiss i przekroczył próg domu.

W holu klatki schodowej było chłodno i zdecydowanie za ciasno. Nieboszczyk leżał w kałuży krwi. Wyglądał jak makabryczna kukła. Wśród kilku pochylających się nad denatem osób Weiss rozpoznał Kriminaloberassistenta Horsta Jahnkego, jednego z podoficerów operacyjnych Kripo w Posen. Jahnke wyprostował się przed Kriminaldirektorem Weissem.

— Kogo tam mamy, Jahnke?

— To nikt nadzwyczajny, *Herr* Kriminaldirektor. Volksdeutsch najniższej, czwartej kategorii. Niejaki Konrad Bombke. Tak przynajmniej wynika z papierów, jakie miał przy sobie.

— Jak zginął?

— Zastrzelony przez jednego bądź kilku nieznanych sprawców. Oddano dwa strzały w pierś ofiary. Zgon był natychmiastowy — zreferował Jahnke.

— Z jakiej broni strzelano? — zapytał chłodno Weiss.

— W stopniu schodów znaleźliśmy jedną z kul. Strzelano prawdopodobnie z walthera model P38, kaliber 9 milimetrów. Jeszcze nie wiemy, czy oba strzały padły z tego samego pistoletu, czy z dwóch różnych.

— Świetnie, Jahnke. Wnioski?

— To wygląda na egzekucję, *Herr* Kriminaldirektor. To mogło być polskie podziemie.

— Dlaczego pan tak uważa?

— Polscy bandyci często używają waltherów. A denat

to współpracownik Geheime Staatspolizei. Zdaje się, że całkiem zasłużony.

— Skąd to wiemy, Jahnke?

— Z przesłuchania żony denata, *Herr* Kriminaldirektor. Kobieta jest w szoku, ale zdołała wspomnieć, że jej mąż szedł właśnie na Gestapo z jakimś wykazem czy listą. Podobno spędził nad nią całą noc.

Weiss poczuł ukłucie w piersi.

— Znaleźliście tę listę?

— Tak jest. Proszę spojrzeć... — Jahnke przez chwilę męczył się, wyszarpując z kieszeni marynarki jakąś kartkę.

„Dla Obersturmbannführera Hartmutha Hinkera" — przeczytał zaskoczony Weiss. Dalej znajdowało się dziewięć polsko brzmiących nazwisk. Obok każdego z nich widniała sporządzona po niemiecku notatka o danym osobniku.

„1. Zygfryd Kayser. Inspektor, kierownik Wydziału Śledczego Komendy Miejskiej Policji Państwowej w Poznaniu. Od 1928 roku bezpośredni przełożony komisarza Zbigniewa Kaczmarka..."

— *Mein Gott!* — wyrwało się z ust Weissa. Nieboszczyk musiał być przed wojną kimś znaczącym, skoro posiadał tak dobrą wiedzę na temat polskiej policji. Weiss zerknął natychmiast niżej.

„4. Borowczak (imienia nie pamiętam). Aspirant, funkcjonariusz Wydziału Śledczego, jeden z najbliższych współpracowników komisarza Kaczmarka..."

Weiss nie wierzył we własne szczęście. Dla pewności rzucił jeszcze wzrokiem na ostatnią pozycję na liście.

„9. Wojciech Marciniak. Stopień służbowy nieznany. Medyk sądowy, blisko związany zawodowo z Kaczmarkiem. Według mojej wiedzy Marciniak wielokrotnie sporządzał dla Kaczmarka protokoły sekcji zwłok".

— Zatrzymuję ten dowód rzeczowy — oświadczył Weiss, chowając bez pardonu listę do wewnętrznej kieszeni swojego prochowca.

— Z całym szacunkiem, *Herr* Kriminaldirektor, ale zdaje mi się, że ten dokument został sporządzony na potrzeby Geheime Staatspolizei — zaprotestował Jahnke. — Wydaje mi się, że powinniśmy w pierwszej kolejności...

— Może coś się panu wydaje, Jahnke. Proszę jednak pamiętać, że ja tu dowodzę! I proszę przyjąć do wiadomości, że przejmuję nadzór nad tym śledztwem.

— *Jawohl!*

— Za godzinę chcę mieć szczegółowy raport.

— *Jawohl!*

— I jeszcze jedno, Jahnke. Pod którym numerem mieszka ta wdowa?

Poznań, w kwaterze „Neptuna", o tej samej porze

— Bronek zachowywał się zawsze jak przyjaciel. Jak mogłem podejrzewać swojego drużynowego, panie majorze? No jak? — „Patyk" ufnie spojrzał w pomarszczoną twarz „Neptuna".

Major nie odpowiedział. Kaczmarek zauważył, że „Neptun" coraz częściej zerka na zegarek. Czyżby jeszcze na kogoś czekał?

— Wiem, byłem głupi, wspominając o swoich związkach z Armią Podziemną — przyznał chłopak. — Chyba mnie trochę poniosło. Chciałem mu pokazać, że coś znaczę. A on to sprytnie podchwycił. Powiedział, że również zmontował grupę oporu i szuka kontaktu z innymi tajnymi organizacjami. Że trzeba połączyć siły. Tak się właśnie wyraził: „połączyć siły". Jak mogłem mu nie wierzyć? Przysięgam jednak na Boga! Ani słowem nie wspomniałem mu nic konkretnego o naszej grupie! Aż taki głupi nie byłem, panie majorze! Przysięgam! A teraz rozumiem, dlaczego Bronek za każdym razem nalegał, żebym jak najszybciej skontaktował go z panem. Wczoraj powiedział wprost, że ma dla pana majora niezwykle ważną wiadomość.

— Jaką?

— Tego nie wyjawił. Tłumaczył, że może ją przekazać jedynie panu.

— To blef — mruknął „Neptun". — Co mu odpowiedziałeś?

— Że zobaczę, co się da zrobić. Czy coś w tym stylu. Nic ważnego, panie majorze.

— Mam nadzieję, chłopcze. Mam nadzieję…

Wzrok „Neptuna" powędrował ku wiszącemu na ścianie krzyżowi, jakby major szukał wsparcia w niebiosach. Dowódca zastanawiał się, co dalej.

— Co z nim robimy, szefie? — zapytał „Kulomiot".

— Musisz zamknąć chłopaka pod strażą, „Kulomiot" — odpowiedział w końcu suchym głosem „Neptun". — Przynajmniej do niedzieli. Sam wiesz dlaczego…

Kapitan pokiwał głową na znak, że akceptuje rozkaz. Westchnął przy tym ciężko. Trudno mu było pogodzić się z faktem, że zawiódł jego podwładny. Czuł się równie winny tej wpadki.

— Wybór miejsca pozostawiam tobie. — „Neptun" podniósł się z taboretu. — „Patykiem" zajmie się sąd. Ale, oczywiście, jak już będzie po wszystkim…

Chłopak chciał wstać z krzesła i podziękować, gdy wtem za drzwiami powstał jakiś rwetes.

— Gestapo… — wyrwało się „Kulomiotowi".

Zanim zdołał sięgnąć za pasek po lugera, drzwi rozwarły się z trzaskiem i przed „Neptunem" stanął „Zsiadły". Za nim czaiło się kilka słabo widocznych w mroku postaci.

— Panie majorze, proszę wybaczyć! Mamy pilny meldunek z Fraustadt!

— Fraustadt? — zdziwił się „Neptun". — A gdzie to jest, u licha?

Pochodził z Pomorza i ta dziwna nazwa nic mu nie mówiła.

— To Wschowa, mała stacja między Lesznem a Głogowem — wyjaśnił mu Krzepki.

— Aaa, chyba że tak. Chodzi o przesyłkę?

„Zsiadły" skinął głową.

— Nasz człowiek z Fraustadt donosi, że przesyłka jest już pod Lesznem — zameldował.

„Neptunowi" jakby ubyło lat. Wyprostował się błyskawicznie, a jego szara twarz nabrała kolorów.

— Panowie, na tę chwilę czekaliśmy od miesiąca! — powiedział głosem, w którym zagrały emocje. — Zarządzam alarm dla całej organizacji!

10

LEPIEJ USIĄDŹ, SZPULA

Poznań, kamienica przy Poststrasse, 11.20

Rozmazany tusz do rzęs namalował na policzkach Marie Bombke makabryczne cienie. Jak wynikało z dokumentów, kobieta liczyła pięćdziesiąt lat, ale przejścia ostatnich godzin dorzuciły jej co najmniej dziesięć kolejnych. Ubrana była w nieco wyzywający żakiet z odważnym wcięciem poniżej szyi. Mówiła koślawym niemieckim — na tyle nieskładnie, że Weiss od razu rozpoznał, że ma do czynienia z żoną volksdeutscha. Luksusowy wystrój mieszkania nasuwał podejrzenie, że jej małżonek musiał być kiedyś ważną postacią w Posen. Zeznania kobiety szybko potwierdziły te przypuszczenia.

— Konrad był za polskich czasów wiceprezydentem Pozna… Przepraszam, chciałam powiedzieć Posen. — Pani Bombke siedziała w fotelu przy oknie, wycierając oczy chustką. — Odpowiadał za policję, straż ogniową i inne służby mundurowe. Nadzorował je, dlatego… od czasu do czasu spotykał się z policjantami.

— I w ten sposób poznał komisarza Kaczmarka? — dopytał Kriminaldirektor.

— Tak, proszę pana.

— Znał go tylko służbowo czy również prywatnie?

Pytanie zaskoczyło wdowę i zburzyło jej pełen rezygnacji spokój.

— Dlaczego pyta pan akurat o Kaczmarka? Sądzi pan, że… że to on zastrzelił mojego Konrada?

Weiss przygryzł wargi. Nie lubił, gdy ktoś zadawał mu pytania podczas przesłuchania. Z uwagi na stan kobiety powstrzymał się jednak od reprymendy.

— Nie wiemy na razie nic pewnego. Wiele wskazuje na to, że za tą zbrodnią stoją polscy bandyci. Szukamy jakiegoś punktu zaczepienia. A Kaczmarek nie był, jak mi się zdaje, ulubieńcem pani męża.

— Chyba ma pan rację — przytaknęła Marie Bombke. — Konrad zawsze wyrażał się o nim pogardliwie. Chyba po prostu za nim nie przepadał. Często go przeklinał, gdy wracał do domu po pracy… Ale po co rozmawiamy o Kaczmarku, *Herr* Kriminaldirektor?…

— Pani mąż sporządził listę współpracowników Kaczmarka. Proszę na nią spojrzeć… — Weiss rozpostarł przed kobietą kartkę papieru pochodzącą z kieszeni denata. — Czy wie może pani, gdzie mieszkali ci ludzie? Który z nich był najbliżej związany z Kaczmarkiem?

Kobieta rzuciła spojrzenie na listę.

— Te nazwiska znam tylko z opowieści męża — odpowiedziała niechętnie. — Zdaje się, że poznałam kiedyś inspektora Kaysera. To było na jakimś balu noworocznym, chyba w hotelu Bazar...

— Bazar? — podchwycił Weiss, bo ta nazwa zabrzmiała mu znajomo.

— To dzisiejszy hotel Triumph. Pan wie, ten na Wilhelmstrasse, zaraz obok Banku Rzeszy.

— Ach tak! Kojarzę. — Rzeczywiscie, okna hotelowego mieszkania Weissa wychodziły właśnie na Triumph. — Gdzie mieszkał ten cały Kayser? To był w ogóle Polak?

— Tak, Polak — westchnęła Marie Bombke.

— No więc, gdzie on mieszkał?

— Nie wiem, proszę pana — odpowiedziała grzecznie, ale z nutą znużenia w głosie. — Nigdy nie poznałam go prywatnie. Podobnie było zresztą z Kaczmarkiem. Znam go jedynie z opowieści męża.

— Co mówił mąż?

— Już panu odpowiedziałam. Nie darzył go nadmiernym szacunkiem.

Weiss zrozumiał, że kręci się w kółko. A czas naglił. Skoro lista odnaleziona przy nieboszczyku była przeznaczona dla Gestapo, to znaczy, że „czarni" niebawem się o nią upomną. Nie miał co do tego żadnych złudzeń.

— Jeszcze jedno pytanie, łaskawa pani — zaczął z elegancją. — Pani mąż miał dzisiaj umówione spotkanie w Gestapo, *nicht wahr?*

— *Genau*[1]. Mówił, że idzie do niejakiego Hinkera...

— Na którą godzinę się umówił, jeśli wolno wiedzieć?

— Zdaje się, że miał się z nim spotkać w samo południe.

---

1 Właśnie tak.

Weiss zerknął ukradkiem na swój zegarek. Miał jeszcze pół godziny. Zaraz potem „czarni" zorientują się, że stracili cenne źródło wiadomości. I sami zaczną węszyć.

Poznań, siedziba Gestapo, 11.22

Obersturmbannführer Hinker zerknął na leżący przed nim dokument. Był to kiepskiej jakości papier z rozmazaną pieczątką.

„Do Geheime Staatspolizei, Abteilung Posen, Ritterstrasse 21 A

W odpowiedzi na Wasze pismo z dnia 12 kwietnia 1945 r. informujemy:

Rachela Goldwasser, urodzona 11 stycznia 1923 r. w Posen, więzień obozu koncentracyjnego w Auschwitz nr 23 014, zarejestrowana w tutejszej ewidencji 10 grudnia 1944 r., zmarła w dniu 20 marca bieżącego roku o godzinie 7.45 w obozowym lazarecie z powodu ataku serca.

Ciało denatki zostało spalone w tutejszym krematorium. Jej rzeczy osobiste przeszły na własność Rzeszy.

Heil Hitler!

Z upoważnienia komendanta obozu, Obersturmbannführer Eugen Knoch".

— No cóż — mruknął Hinker, chowając papier do szuflady. Dobrze wiedzieć, jak się sprawy mają.

Strzyknął palcami, wstał od biurka i podszedł do okna, by wyjrzeć na ruchliwą ulicę.

Doskonale wiedział, co znaczy zwrot „z powodu ataku serca".

Jego stary znajomy Knoch wpisywał go zawsze w nekrologi zagazowanych.

Poznań, tajna kwatera „Neptuna", kilka minut później

— Biniu!

— Antek! A to ci niespodzianka!

Zbigniew Kaczmarek i chwaliszewski juchta Antoni Gąsiorowski wpadli sobie w ramiona i wyściskali się serdecznie, jakby na krótką chwilę zupełnie zapomnieli o sztabowcach Armii Podziemnej.

— Panowie, ciszej, na miłość boską! — syknął „Neptun", zaskoczony zażyłością byłego policjanta z przedstawicielem chwaliszewskiego półświatka.

— Najmocniej przepraszam, panie majorze. — Kaczmarek zmitygował się szybko i wyrwał z objęć Antka. — To jednak wielka radość, spotkać dobrego znajomego po tak długim czasie!

— Wolę nie wnikać w to, jak dobry to był znajomy — odpowiedział ironicznie „Neptun". — No, już dobrze, panowie. Już dobrze! Antek, ogarnij się trochę. Musisz nam zdać sprawozdanie.

— To Biniu też jest w naszej ece*? — Juchta zrobił duże oczy. — Czy on też będzie…   *EKA — banda

231

— To się zobaczy — wszedł mu szybko w słowo „Neptun". — A co tam, Antek? — zagadnął raz jeszcze juchtę. — Jak twoje przygotowania?

— Ładunek jest gotowy, panie majorze! Mur ma szerokość jednej cegły, więc na pewno wyślemy ich hurtem do nieba. Znaczy się, chciałem powiedzieć do piekła.

Niezamierzona pomyłka wywołała uśmiech na twarzy „Neptuna".

— Dziękuję, Antek — odpowiedział, a potem nachylił się raz jeszcze nad mapą.

Palcem wskazał wszystkim zebranym punkt, w którym założono trotyl.

— Wydaje się, że idzie nam jak po maśle, ale nasz plan nie jest doskonały. Wychodzimy od prostego założenia, że Sonderzug zatrzyma się na bocznicy w pobliżu składów towarowych. Owszem, dotychczas wszelkie pociągi specjalne przejeżdżające przez Poznań rzeczywiście tam stacjonowały. Nie możemy jednak być uzależnieni od przypadku. Jeśli Sonderzug z Wrocławia zatrzyma się na dworcu, znajdzie się poza naszym zasięgiem. Nawet jeśli zaatakujemy, gdy goście będą już na zewnątrz.

— Daję głowę, że pociąg stanie na tej rampie co zwykle! — krzyknął Ślepy Antek.

— Też tak myślę — poparł go Krzepki. — Niemcy nie będą robić przedstawienia w tak niepewnym mieście jak Poznań. Zdają sobie sprawę, że nie są w stanie otoczyć ochroną całego terenu dworca, bo jest zbyt rozległy. A ta bocznica wydaje im się na pewno bezpieczna i sprawdzona.

— To, co mówisz, Szpula, wydaje się rozsądne — przyznał „Neptun". — Istnieje jednak ryzyko, że pociąg zatrzyma się gdzie indziej. Co wtedy? — Zawiesił głos i wstał od stołu, rozpoczynając spacer tam i z powrotem wzdłuż piwnicznej ściany. — Już dawno przeczuwałem, że musimy mieć plan rezerwowy. Na wypadek, gdyby coś poszło nie po naszej myśli. Musimy mieć pewność, że Himmler wpadnie w nasze sidła. Że odpowie za swoje zbrodnie. Za zagładę naszych obywateli. Za wielką akcję wywózek... Nie możemy zmarnować tego, co osiągnęliśmy do tej pory. Podobna okazja może się nam już nie trafić. Prędzej czy później wyłapią nas i wywiozą albo zabiją. Przerobią Poznań na niemieckie miasto. Dlatego to musi się udać! Powtarzam: to musi się udać tym razem! A żeby nam się powiodło, przygotowałem również plan B. I właśnie teraz wam go przedstawię.

Poznań, hotel Ostland, 11.33

Otto Weiss wpadł zdyszany do swojego pokoju. Tłumy odświętnie ubranych ludzi ściągające w stronę zamku cesarskiego upewniły go w przeczuciu, że dzieje się coś niedobrego. Czytał wprawdzie rano w „Ostdeutscher Beobachter" o niespodziewanej wizycie Himmlera w mieście, ale entuzjastyczne okrzyki za oknem wzbudziły w nim jakieś irracjonalne przeświadczenie, że za chwilę wydarzy się coś strasznego.

Lista zabitego volksdeutscha, choć zdawała się bezcennym źródłem informacji, miała jeden feler: nie zawierała adresów byłych współpracowników Kaczmarka. Wiedział, że ich ustalenie zajmie mu kilka dni. A on nie mógł już sobie pozwolić na zwłokę.

A jeśli ten cały Bombke rzeczywiście został zastrzelony przez Kaczmarka? — przyszło mu nagle do głowy. Z relacji wdowy wynikało, że przed wojną byli skonfliktowani. Jeżeli — co wielce prawdopodobne — Kaczmarek jest członkiem podziemia, może być zamieszany w tę zbrodnię. A już na pewno zrobili to ludzie z nim związani…

Rusz głową, Weiss! W końcu za to ci płacą!

Kriminaldirektor usiadł na brzegu łóżka. Jego wzrok padł na skoroszyt z donosami agentów, który przeglądał wczoraj przed snem.

— Tu musi coś być o Kaczmarku. Tu musi być… — powtarzał monotonnie, wertując go raz jeszcze.

W ręce trzymał jeden z meldunków, w których pojawił się pseudonim „Neptun". Przebiegł go szybko wzrokiem.

„…Według moich informacji, grupa »Neptuna« musi posiadać kilka lokali konspiracyjnych w ścisłym centrum miasta. Może o tym świadczyć fakt, że polskie podziemie jest coraz lepiej zorientowane w wydarzeniach z życia Posen i reaguje coraz szybciej…"

Kto sformułował takie wnioski? I na jakiej podstawie?

Zerknął niżej. Donos nie był wprawdzie podpisany, ale w prawym dolnym rogu dostrzegł tajemniczą sygnaturę.

Nie tracąc czasu, chwycił za słuchawkę telefonu stojącego na nocnym stoliku. Z pamięci wykręcił krótki, czterocyfrowy numer.

— Schneider?

— *Zu Befehl, Herr* Kriminaldirektor!

— Sprawdź mi pilnie sygnaturę B-337. Chcę wiedzieć, jak się nazywa ten konfident. Tylko uważaj, bo to ptaszek

Gestapo. Zrób to po cichu. Jak tylko coś ustalisz, dzwoń do mnie do hotelu. *Alles klar?*

— *Jawohl!*

— *Aber schnell*[2], Schneider! Jak najszybciej!

Poznań, w siedzibie Gestapo, 11.30

Czarny galowy mundur ss Hartmutha Hinkera okazał się tym razem nieco za ciasny. Obersturmbannführer zluzował pasek od spodni, usiadł za biurkiem, zdjął swój sygnet i przyjrzał mu się uważnie.

Wygrawerowana trupia czaszka przypomniała Hinkerowi pierwsze spotkanie z Reichsführerem. Doszło do niego w Landshut, rodzinnym mieście Himmlera. To było zimą 1936 roku, podczas szkolenia wyższej kadry ss w średniowiecznym zamku położonym ponad bawarskim miastem. Kulminacyjny moment kursu stanowiła uroczystość wręczenia najlepszym absolwentom honorowych pierścieni i sztyletów z wygrawerowanym napisem: „Moim honorem jest wierność". Heinrich Himmler szedł w szpalerze pochodni, obdarowując swoich najlepiej rokujących podwładnych pierścieniami ss i kordami niesionymi przez adiutanta na purpurowej poduszce.

„My z ss jesteśmy wielkim zakonem ludzi honoru — powiedział Himmler, podając dłoń Hinkerowi. — Zakonem, który przywróci Niemcom ich wielkość, czystość rasy i germańską religię!"

---

2 Tylko szybko…

„*Heil!*" — okrzyknął wtedy.

A teraz, po tylu latach, Heinrich Himmler odwiedzi jego Posen! Czy przypomni sobie uroczyste spotkanie podczas kursu w Landshut? Na pewno, Reichsführer słynie wszak z fotograficznej pamięci do twarzy! Zapowiada się ekscytująca rozmowa. Himmler na pewno zainteresuje się postępem germanizacji miasta i landu. A on, Obersturmbannführer Hinker, może mu sporo na ten temat powiedzieć… W końcu zebrał już wiele doświadczeń w walce ze słowiańskimi podludźmi. Żydzi to już dla Reichsführera zamknięty rozdział. Ale Polacy to ciągle aktualne zagadnienie. Przynajmniej przez kilka najbliższych miesięcy… A potem ostatecznie sczezną na wschodzie. Gauleiter Uralu już szykuje dla nich sztolnie!

Gdy rzucił okiem na zegarek, przypomniał sobie o wizycie volksdeutscha. Miał przyjść o dwunastej…

Ech, ten cholerny Bombke nie był mu już potrzebny. Volksdeutsch nie zając, nie ucieknie.

Wychodząc z gabinetu, uśmiechnął się do swojego odbicia w lustrze.

Jeszcze dzisiaj wyłapiemy całą tę polską szajkę — pomyślał. Moi ludzie są już w drodze…

Poznań, kwatera „Neptuna", 11.40

— To bardzo dobry pomysł. Szkoda tylko, że pan major nie powiadomił nas o nim wcześniej — odezwał się „Kulomiot".

W jego głosie można było wyczuć żal, że został dopuszczony do tajemnicy w ostatniej chwili.

— Daj spokój, „Kulomiot". — „Neptun" poklepał go po plecach. — Nie czas teraz na głupie swary. Naczelną zasadą konspiracji jest dyskrecja. Musiałem mieć pewność. Nie znałem jeszcze źródła przecieku.

„Kulomiot" wyglądał na niepocieszonego, ale podniósł rękę na znak, że rozumie.

— Jeszcze jakieś pytania, panowie? — zapytał dowódca.

— Tak, panie majorze. — Krzepki miał wątpliwość. — A ten snajper? Czy to pewny człowiek?

„Neptun" uśmiechnął się z wyrozumiałością.

— „Serdeczny" był przed wojną mistrzem Wojska Polskiego w strzelaniu z karabinów sportowych. Na froncie wschodnim zlikwidował pół setki snajperów sowieckich. Z kilometra trafia w złotówkę. Poradzi sobie, jestem pewien.

Niespodziewanie zza stołu odezwał się „Śmigły".

— Może to nie najlepsza pora, ale martwię się o ludność cywilną. Niezależnie od tego, czy nam się uda, czy nie, Niemcy na pewno przeprowadzą akcje odwetowe…

— Rozmawialiśmy już o tym wielokrotnie, „Śmigły"! Nie pamiętasz naszej nocnej dyskusji z „Bystrym" i „Kulomiotem"? — Głos majora zadrżał. — Dziś już nie czas na ceregiele. Widzisz, w jakim świecie żyjesz! Niemcy tak czy siak wywiozą nas z Poznania, a pozostałych wymordują. Przecież dobrze wiesz, w jakim celu wywożą ludzi z łapanek pod Śremem i Stęszew! Nie mamy wyjścia, „Śmigły"! Nie mamy dobrego wyjścia.

— Rozumiem, panie majorze. A jednak... — „Śmigły"
zawahał się. — Sam już nie wiem, co jest lepsze. Bierzemy
przecież ogromną odpowiedzialność...

„Neptun" zmarszczył brwi.

— Rozumiem twoje opory — powiedział. — Dobrze
o tobie świadczą. Jednak kiedy mordują naród, trzeba się
bronić wszelkimi możliwymi sposobami. Choćby po to, by
pozostał po nas jakiś ślad. Jakiś dowód, że nie poszliśmy
do piachu bezwolnie jak, za przeproszeniem, świnie pro-
wadzone na rzeź!

— Właśnie! — poparł go Krzepki. — Chodzi o to, by nikt
nigdy nie zarzucił nam, że nie zrobiliśmy wszystkiego, co
było w naszej mocy. To już od dawna nie jest zwykła wojna, w której celem jest obrona linii frontu czy utrzymanie
stolicy. Tu idzie nie tylko o życie Polaków. Tu idzie o nasz
honor. I o to, co po nas zostanie. Nie możemy dać się uni-
cestwić bez walki. Zgładzenie tego zbrodniarza Himmlera
choć odrobinę poprawi bilans naszego starcia z III Rzeszą.
Będzie też sygnałem dla Zachodu, że ostatecznie porzuci-
liśmy kolaborację z Niemcami...

Ktoś zapukał energicznie do drzwi.

— Wejść!

W ciemnym wnętrzu pojawił się „Zsiadły".

— Kapral „Szczun" przyniósł przed chwilą pilną depeszą
do pana majora!

„Neptun" wyciągnął dłoń po szarą kopertę.

Był zaskoczony, że w ostatniej chwili dostał nową informację z Warszawy.

Jeszcze bardziej zdziwił się, gdy otworzył przesyłkę.

Depesza przyszła nie z Warszawy, tylko z Wrocławia.

Major przeczytał ją w milczeniu, a potem powiedział zduszonym głosem:

— Panowie! Niebiosa zsyłają nam niespodziankę...

— Co jest, panie majorze?! Z akcji nici?! — Krzepki poderwał się z krzesła.

Siwa głowa „Neptuna" aż zatrzęsła się z wrażenia.

— Wręcz przeciwnie, Szpula...

— Czyli co, do jasnej cholery?!

— Lepiej usiądź, Szpula, i trzymaj się mocno stołka. Sonder-zugiem do Poznania jedzie Adolf Hitler.

Poznań, Urząd Poczty Rzeszy przy Niederwall, o tej samej porze

Budynek poczty był udekorowany szkarłatnymi flagami III Rzeszy.

Drobny mężczyzna w mundurze listonosza wyglądał nieco groteskowo, dźwigając na ramieniu wielki futerał na kontrabas. Pod nosem miał krótki wąs, a grzywkę zarzucił ostro na bok, wzorując się niechybnie na wodzu NSDAP. Gdy wszedł na granitowe schody prowadzące do głównego holu poczty, natychmiast wzbudził nieufność dwóch wartowników stojących przed wejściem do gmachu.

— *Halt!* — krzyknęli równocześnie i wycelowali w stronę intruza lufy schmeisserów. — *Wer bist du? Was machst du hier?*[3]

Zamiast odpowiedzi sięgnął do kieszeni na piersi. Wyjął z niej jakiś świstek.

---

3 Stać! Kim jesteś?! Co tu robisz?!

— *Das ist meine Vollmacht* — powiedział płynną niemczyzną. — *Ich trage ein Geschenk fur Reichsführer SS Henrich Himmler!*[4]

Wartownicy spojrzeli po sobie zbaraniałym wzrokiem. Jeden z nich zaczął czytać podsunięty mu pod nos dokument, ale widząc w nagłówku pieczątkę dyrektora generalnego Poczty Rzeszy, szybko odpuścił.

— *Gut* — odrzekł bez zawahania. — *Du darfst herein. Aber schnell!*[5]

Listonosz skłonił się i przeszedł swobodnie pomiędzy wartownikami, trącając łokciami lufy ich karabinów.

Poznań, gdzieś w śródmieściu, 11.40

— Jezus Maria!
— Jak to?!
— To niemożliwe!
— Przecież miał jechać Himmler!
— Coś się zmieniło?!
— Mamy go! Mamy Adolfa!
— Boże święty!

„Kulomiot" i Krzepki padli sobie w ramiona, „Bystry" wyściskał się ze „Zsiadłym", a „Śmigły" odtańczył w jakimś nieziemskim szale opętańczego oberka. I tylko „Neptun" zachował nienaturalny wręcz spokój, obserwując wszystko chłodnym wzrokiem.

---

4 To jest moje pełnomocnictwo. Niosę prezent dla Reichsführera SS Heinricha Himmlera!
5 Dobrze, możesz wejść. Tylko szybko!

240

Kaczmarek podszedł do majora i podał mu dłoń.

— Moje gratulacje — powiedział. — Ten dzień przejdzie do historii.

— Jeszcze nie ma czego gratulować — odpowiedź „Neptuna" utwierdziła komisarza w przeświadczeniu, że dowódca nie dał się porwać euforii. — To oznacza jedynie tyle, że zadanie będzie trudniejsze do wykonania. Muszę jak najszybciej powiadomić „Serdecznego". Mam nadzieję, że jeszcze nie zajął swojej pozycji.

Kaczmarek nie mógł się powstrzymać przed zadaniem pytania.

— Hitler jedzie sam czy z Himmlerem?

— Z depeszy wynika, że jadą razem. Hitler dosiadł się do Himmlera we Wrocławiu.

— O cholera! — syknął komisarz.

— Widocznie Hitler uznał, że musi osobiście otworzyć Uniwersytet Rzeszy. A przy okazji pokazać Niemcom, kto tu rządzi. Słyszałem plotki o chorobie Hitlera. I o zakusach Himmlera na schedę po wodzu. — „Neptun" spojrzał Kaczmarkowi głęboko w oczy. — Przykro mi, „Maksymilian". Nie możesz uczestniczyć w naszej akcji. Nie znasz jej założeń, nie ćwiczyłeś z nami. To zbyt duże ryzyko.

Rozczarowany Kaczmarek pochylił głowę.

— Tak jest, panie majorze — wybełkotał, nie potrafiąc ukryć zawodu.

— Ale mam dla ciebie coś ekstra — dodał niespodziewanie „Neptun". — Musimy wyrównać rachunki z Gestapo....

— Tak jest! — Oczy Kaczmarka rozbłysły.

— Zlikwidujesz konfidenta, który gnębił „Patyka". Musisz to zrobić jak najszybciej.

— Wiem, gdzie mieszka. Dopadnę skurwysyna jeszcze dziś.

— Tylko bez świadków, „Maksymilian". Im ciszej, tym lepiej.

— Tak jest, panie majorze.

„Neptun" odwrócił się w stronę pozostałych i ryknął:

— Panowie! Dość święta! — A zaraz potem dodał: — Pociąg z Hitlerem i Himmlerem będzie tu za jakieś pół godziny. Najwyższy czas rozpocząć operację „Rache". Na stanowiska! I niech Bóg ma was w swojej opiece!

Poznań, plac przed zamkiem cesarskim, 12.00

Gauleiter Kralle stał wyprężony przed kompanią ss. Szykował się do poprowadzenia pochodu czwórek funkcjonariuszy trzymających w dłoniach sztandary ze swastykami. Pochód miał za chwilę wyruszyć w stronę dworca, by następnie towarzyszyć najwyższym urzędnikom III Rzeszy podczas ich triumfalnego przejazdu pod zamek.

Myśl o tym, że Hitler i Himmler pojawią się w odkrytym wozie na ulicach Posen, nie dawała Gauleiterowi spokoju. Był daleki od bezkrytycznej pewności siebie, jaką zaprezentował kilka godzin wcześniej ten bałwan z Gestapo.

Mein Führer, z kim ja pracuję! Z nadętymi prostakami, którzy uważają się za alfę i omegę, a tymczasem nie rozumieją najprostszych spraw! Choćby takich, że przyjazd Führera do Posen to duże ryzyko. Dotychczas Hitler nigdy nie zawitał z oficjalną wizytą do żadnego miasta w byłej Polsce. Darował sobie nawet defiladę zwycięstwa w Warszawie, którą odebrał za niego Göring. A tu proszę: nagle wybrał się do Posen… Czyżby obawiał się rosnących wpływów Reichsführera ss? Czyżby rzeczywiście był to początek nowej walki o władzę w Rzeszy?

Stojąca za szpalerem kompanii orkiestra gruchnęła wojskowym marszem. Gauleiter zauważył, że na chodnikach po obu stronach ulicy w regularnych odstępach stoją żołnierze Wehrmachtu z bronią u nogi.

Może jednak wszystko przebiegnie dobrze — uspokoił się w myślach. Może jednak przeżyję tę wizytę.

Luboń przy południowej granicy Poznania, 12.03

Pociąg zwolnił i przejechał z głuchym łoskotem po moście, pod którym setki robotników wylewały właśnie beton, budując Reichsautobahn Berlin—Litzmannstadt[6].

Adolf Hitler stał przy oknie opancerzonej salonki. Z satysfakcją chłonął wzrokiem szeroki front robót. Kładę podwaliny pod rozwój tego zacofanego kraju — pomyślał. Raz na zawsze zwiążę go z Rzeszą. Za dekadę nie będzie tu już żadnego słowiańskiego przybłędy. Ten land będzie bardziej germański niż Bawaria czy Prusy…

Przed jego oczami przesunął się teraz klin świeżej, soczystej zieleni Dębiny. Zaraz potem Führer zobaczył zabudowania fabryki amunicji. Ceglane kominy dymiły na potęgę, znamionując pędzącą do przodu produkcję dla Wehrmachtu.

---

6   Autostrada Rzeszy Berlin—Łódź.

— *Mein* Führer, zbliżamy się do celu. — Usłyszał za sobą przymilny głos.

Himmler stał z kieliszkiem w dłoni, sącząc z niego koniak.

Hitlerowi zdawało się, że trupia czaszka na czapce Himmlera szczerzy do niego zęby w ironicznym uśmieszku. Wiedział, że stojący przed nim mężczyzna z wydatnym brzuszkiem to jeden z największych siepaczy w dziejach. Człowiek, któremu dał przed laty władzę nad losami milionów, pomógł mu zdobyć władzę w Rzeszy, wyrugował raz na zawsze z niemieckiej ziemi Żydów, teraz może stać się groźny. Tak przynajmniej twierdzi Speer. I wywiadowcy Bormanna. Mimo zwycięstwa w Europie Führer nie mógł już ufać nikomu. Zwłaszcza teraz, kiedy zaczął chorować....

Lewa dłoń Hitlera zadrżała na ramie okna. Opuścił ją w dół, by Himmler nie dostrzegł oznak choroby. Ten przeklęty Parkinson — pomyślał z odrazą. Doktor Morell twierdzi, że spowodował go stres ostatnich lat...

— I co tam, Heini? — Odwrócił się do szefa ss, chowając chorą dłoń w rękawie. — Mam nadzieję, że w Posen przyjmą nas jak należy.

— Moje służby raportują, że wszystko jest przygotowane, *mein* Führer. Rektor Uniwersytetu Rzeszy jest zachwycony. To będzie wielki dzień w dziejach uczelni, tego miasta i Rzeszy.

— W Posen stoi zamek po tym nieudaczniku Wilhelmie ii. — Führer podjął nowy wątek. — Na razie rezyduje w nim nasz stary znajomy Kralle, ale Speer podsunął mi niedawno ciekawą myśl. Otóż uważa on, że stosunkowo

244

niedużym nakładem środków można by zmienić całkowicie charakter tej dość dekadenckiej budowli. To byłby dobry obiekt na moją wschodnią kancelarię. Nowa Rzesza wymaga bliższego kontaktu. Nie uważasz?

Himmler uniósł wyżej swój kieliszek.

— Za nową Kancelarię Rzeszy w Posen — powiedział i dopił resztkę koniaku.

— Oczywiście trzeba by się pozbyć tej niedorzecznej kaplicy w wieży i przebudować Salę Tronową. Nie ścierpiałbym pseudobizantyjskich mozaik w swojej siedzibie! Dzisiaj będzie okazja zobaczyć je po raz ostatni. Skończymy z nimi tak, jak wykończyliśmy klechów!

Reichsführer SS nie skomentował ostatniej kwestii wodza. Hitler zauważył, że wąskie usta Himmlera zaciskają się nerwowo. Ukradłem mu fetę — pomyślał.

I ucieszył się, że intuicja go nie zawiodła.

Miał wrażenie, że pokrzyżował Himmlerowi jego najskrytsze plany.

*

Poznań, budynek Poczty Rzeszy, 12.05

„Serdeczny" wszedł na drugie piętro, nie wzbudzając podejrzeń mijających go pracowników poczty. Wszyscy byli podnieceni i rozmawiali podniesionymi głosami o czekającej Posen wizycie — widać skrywana do ostatniej chwili informacja o odwiedzinach Reichsführera rozeszła się właśnie wśród niemieckich urzędników. Z każdym kolejnym stopniem schodów w „Serdecznym" narastał jednak niepokój. Nagle zwolnił kroku. Dostrzegł, że jeden z idących

245

z naprzeciwka urzędników przygląda mu się podejrzliwie. Machnął mu ręką, jakby zobaczył starego znajomego, ale ten nie odwzajemnił przyjacielskiego gestu.

Czyżby szpicel?! Niedobrze — pomyślał „Serdeczny" i natychmiast skręcił ku północnemu skrzydłu gmachu.

Nie obejrzał się za siebie. Nie wiedział, czy nieznajomy podążył jego śladem. Czerwony dywan tłumił kroki. Po prawej stronie zauważył wejście do toalety. Nie zawahał się i natychmiast chwycił za klamkę.

To było nieduże pomieszczenie na trzy kabiny i zlew znajdujący się najbliżej drzwi.

Jeśli jestem śledzony, ten facet musi tu wejść — stwierdził „Serdeczny".

Oparł futerał o ścianę wyłożoną białymi płytkami. Zaraz potem zajął stanowisko za skrzydłem drzwi.

Jeśli tu wejdzie, skręcę mu kark — postanowił.

Za chwilę usłyszał odgłos kroków.

Były coraz bliżej.

Cholera, chyba nie dotrę na tę wieżę — to była jego ostatnia myśl.

Zaraz potem drzwi otworzyły się ostrożnie…

Poznań, hotel Ostland, o tej samej porze

Telefon w pokoju Weissa rozdzwonił się jak opętany akurat w momencie, gdy Kriminaldirektor dokonał ciekawego odkrycia. Jak ustalił, kryptonim „B-337" sygnował zaledwie dwie notatki, za to zawierające najciekawsze informacje dotyczące grupy „Neptuna". Kto jest, do cholery, tym agentem,

skoro Gestapo bawi się w kodowanie sprawozdań dla Kripo?
Czyżby „B-337" był aż tak cenny dla Hinkera?

— Już wiem, *Herr* Kriminaldirektor! — Johann Schneider był wyraźnie podekscytowany. — To niejaki Bronisław Szulc. Chyba nie jest volksdeutschem...

— Adres, chłopie! — ponaglił go Weiss. — Masz adres?!

— *Jawohl, Herr* Kriminal...

— Dawaj!

— Mieszka przy Luisenstrasse 6. Mieszkanie numer 8!

— Dzięki, Schneider! — Rzucił słuchawkę i niemal jednocześnie chwycił za mapę.

Jestem kretynem — pomyślał, widząc zaznaczone przez siebie restauracje w centrum.

Na brzegu mapy odnalazł spis ulic. Ucieszył się, bo Luisenstrasse leżała najwyżej pięć minut drogi od jego hotelu.

Poznań, magazyny przy Märkischestrasse, 12.08

Ślepy Antek machnął do wartownika Bergmanna i zeskoczył z kozła. Sytuacja nie przedstawiała się najlepiej. Zanim dojechał do firmy, musiał pokonać kontrole dwóch niemieckich patroli. Przepustka z firmy okazała się skuteczna i w końcu dotarł pod bramę przy Märkischestrasse 5. Kiedy jednak zszedł z wozu, zauważył na dziedzińcu kilkunastu niemieckich policjantów węszących po magazynach.

Cholera jasna, niedobrze!

Bez zwłoki ruszył ku niskiemu budynkowi w zachodniej części podwórza.

Nie zdążył jednak do niego dotrzeć.

— *Halt!* — usłyszał za sobą. — *Zurück, ein dummer Kerl! Zutritt verboten!*[7]

— *Ich arbeite dort, in Magazin. Ich habe*[8]... — Juchta próbował się tłumaczyć, ale żołnierz nie miał ochoty na konwersacje.

— *Raus!* — krzyknął, celując Ślepemu Antkowi w twarz z walthera. — *Geh nach Hause, Mensch! Schneller!*[9]

Chwaliszewski ejber pojął w mig, że nie dotrze do ładunku wybuchowego, nad którym spędził pół kwietnia w piwnicy przy Owocowej. Cóż, jego poświęcenie przejdzie do historii jako piękny przykład działania nadaremno.

Z żalem w duszy zawrócił grzecznie i ruszył z powrotem w stronę bramy.

Gdy mijał starego Bergmanna, usłyszał od strony dworca metaliczny pisk. Choć tego nie widział, był pewny, że Sonderzug z Breslau wtacza się dokładnie na przewidziany przez niego tor.

Poznań, Poczta Rzeszy, 12.09

Po cholerę się tu pchał! — myślał „Serdeczny", blokując drzwi toalety miotłą. Kiedy już był pewien, że nikt niepowołany nie dostanie się do wnętrza, chwycił trupa pod pachę i przeciągnął w przeciwległy koniec pomieszczenia.

Nieboszczyk był cięższy, niż „Serdeczny" przypuszczał. To właśnie tusza zgubiła dociekliwego pocztowca. Nie zdą-

---

7 Stać! Wracaj, głupku! Wstęp wzbroniony!
8 Pracuję tam, w magazynie. Mam...
9 Uciekaj! Idź do domu, człowieku! Szybciej!

żył zareagować, gdy silne dłonie „Serdecznego" chwyciły jego głowę i obróciły ją jednym, zdecydowanym ruchem o sto osiemdziesiąt stopni.

„Serdeczny" spojrzał ostatni raz w jego martwą twarz. Odmalowało się na niej zaskoczenie przemieszane z przerażeniem. Zamknął powieki trupa i pociągnął go ku drewnianemu boksowi ubikacji. Sapiąc z wysiłku, usadowił nieboszczyka na desce klozetowej i oparł plecami o żeliwny pojemnik z wodą.

— Siedź tu grzecznie — mruknął do niego na odchodnym.

Zamknął drzwi i wrócił po futerał. Zastanawiał się, co robić. Nie wierzył, że uda mu się dotrzeć niezauważonym do zachodniej wieży gmachu. A nawet gdyby jakimś cudem do niej doszedł, był teraz więcej niż pewien, że wieża jest pilnie strzeżona. Widział ją wczoraj wieczorem. Wtedy, w wieczornych ciemnościach zdawała się bezpiecznym miejscem. Widząc jednak wzmocnioną straż wokół budynku, doszedł do wniosku, że był naiwny. Wehrmacht i ss z pewnością zadbały o to, by przypilnować wejścia na górę.

Co robić? Gorączkowo szukał wyjścia z sytuacji. Zrozumiał, że musi tu zostać. Podszedł do okna. Miało zmatowioną szybę. Było wąskie i zakratowane. Nie dość jednak małe, by nie dać mu możliwości śledzenia tego, co się dzieje na placu przed zamkiem. A gdyby tak…

Rzucił się do futerału i wyciągnął z niego karabin.

Zamontował lunetę i wrócił do okna. Delikatnym ruchem uchylił ramę i wysunął koniec lufy przez szparę. Zaraz potem przyłożył oko do lunety.

Wreszcie mógł się uśmiechnąć.

Miał przed sobą świetne pole obserwacji. Dzięki celownikowi kontrolował obszar od Kaponiery po wjazd na dziedziniec przed zamkiem. Widział doskonale gęsty szpaler niemieckich cywilów z czerwonymi chorągiewkami i kwiatami w dłoniach. Środkiem ulicy w stronę Kaponiery zmierzał pochód esesmanów.

„Serdecznego" interesowała odległość między Kaponierą a zamkiem. Co najmniej dwieście metrów — ocenił szybko. To dawało mu aż nadto czasu.

— Pal licho, zostaję tu z trupem — mruknął i spojrzał na zegarek.

Jeśli się nie mylił, cel był już na Dworcu Głównym.

„Serdeczny" nachylił się ku futerałowi i wyjął z niego tekturowe pudełko. W środku znalazł pięć pocisków. Każdy z nich miał nacięty czubek.

— Z serdecznym pozdrowieniem — wypowiedział swoją ulubioną frazę, ładując pociski do magazynka.

II

MIECZ JAHWE

Krzepki stał za szerokimi rzędami rozentuzjazmowanych i podnieconych Niemców. Przez las czerwonych chorągiewek widział butną twarz Gauleitera prowadzącego oddział esesmanów w stronę Dworca Głównego. Ich sztandary przesłaniały widok na Bahnhofstrasse.

Kapitan spojrzał dyskretnie w stronę gmachu poczty. W okienkach wieży, z których zwieszały się nazistowskie proporce, nie dostrzegł żadnego ruchu. „Serdeczny" na pewno już gdzieś tam jest — uspokoił się w duchu. Pewnie już mierzy z karabinu, czekając na gościa. A raczej na gości...

Może zresztą nie będzie musiał strzelać. Może Ślepy Antek...

Krzepki wiedział, że w ciągu najbliższego kwadransa wszystko wokół zmieni się w niewyobrażalnym sposób. Że cała ta wrzawa w jednym momencie ucichnie, a idąca za

251

esesmanami orkiestra straci rezon. Że wreszcie sprawiedliwości stanie się zadość. Że Hitler otrzyma to, na co zasłużył. Jest za późno, by się cieszyć — pomyślał gorzko. Ale przynajmniej rachunek krzywd zostanie choć odrobinę wyrównany.

Nie łudził się, że III Rzesza załamie się po tym ciosie. Po Hitlerze do władzy dorwą się następni siepacze, zafascynowani zbrodniczą teorią o wyższości Aryjczyków nad „słowiańskimi podludźmi". Mimo to czuł dumę, że koniec spotka Hitlera właśnie tu, w Poznaniu. I że on, kapitan Wojska Polskiego, może w tym uczestniczyć.

Widok sunącej po torach żelaznej fortecy dosłownie go zmroził. Żołnierze ukryci za metalowymi osłonami działek bez żenady mierzyli do wiwatujących tłumów. Entuzjazm niemieckich mieszkańców Posen nie zwolnił ich z obowiązku czujności.

Każdy tyran boi się ludu — przemknęło przez głowę Krzepkiemu. Nawet jeśli tłum zdaje się go uwielbiać

Sonderzug Amerika, ukochany pojazd wodza III Rzeszy, szybko wytracał prędkość.

Krzepki poczuł mocniejsze uderzenie serca.

Gdzie się zatrzyma?

Czy znajdzie się w zasięgu?

Czy Antek zdąży odpalić ładunek?

Poznań, śródmieście, 12.12

Zbigniew Kaczmarek przedzierał się przez tłum fanatycznie rozkrzyczanych Niemców, osłaniając co rusz dłonią swój stary, wytarty prochowiec. W kaburze pod pachą spoczywał jego policyjny browning model 35.

Na rogu Martinstrasse i Ritterstrasse Kaczmarek zatrzymał się, by zawiesić oko na udekorowanej w nazistowskie symbole reprezentacyjnej arterii miasta. Okupacyjne władze zrobiły wszystko, by Posen wyglądał jak Norymberga podczas gigantycznych Parteitagów.

Świetne tło dla aktu zemsty — pomyślał komisarz. Co za paradoks! Nikt nie wyreżyserowałby tego lepiej niż słudzy Goebbelsa!

Zdroworozsądkowo założył, że szpicel Gestapo nie wybrał się do miasta, by przywitać Hitlera. Na jego miejscu nie manifestowałbym swoich prawdziwych uczuć — rozważał Kaczmarek, rozglądając się czujnie na boki. Lepszy moment może już mi się nie trafić. Wszyscy Niemcy żyją wizytą Himmlera. Kiedy zobaczą Adolfa, zapomną o bożym świecie. W tym właśnie tkwi moja szansa...

Pochylił się nieco i ruszył znowu przed siebie. Wyglądał co najmniej podejrzanie, bo jako jedyny w promieniu stu metrów nie posiadał w ręce chorągiewki, a jego twarz nie zdradzała cienia entuzjazmu. A jednak udało mu się pokonać kordon funkcjonariuszy partyjnych w piaskowych uniformach i wkroczyć na Ritterstrasse.

Zostawił krzykliwą hałastrę daleko za plecami. Gdyby nie majaczący daleko na horyzoncie gmach Gestapo i niemiecko brzmiące nazwy w witrynach sklepów, powiedziałby, że wrócił do dawnego Poznania.

Ulica, którą teraz szedł, nosiła jeszcze niedawno imię Franciszka Ratajczaka — powstańca, który zginął w grudniu 1918 roku, gdy Wielkopolanie poderwali się do boju przeciw zaborcy. Kaczmarek przemierzał ją wielokrotnie, wykonując swoje służbowe obowiązki. Ileż wspomnień stanęło mu w jednej chwili przed oczami! Ileż mniej lub bardziej radosnych chwil! To tutaj w trzydziestym drugim...

Komisarz natychmiast odgonił od siebie obrazy z przeszłości. Szedł przecież zabić człowieka.

Zdarzyło mu się to dwa razy, zawsze podczas służby. Nigdy nie polował na drugiego człowieka, by z zimną krwią wymierzyć do niego z pistoletu i bez wahania nacisnąć na cyngiel. Do tej pory działał w obronie koniecznej. Teraz miał wykonać wyrok. Wyrok Polski podziemnej.

Kaczmarek odniósł nieprzyjemne wrażenie, że półnagie kariatydy podtrzymujące balkony kamienic przyglądają mu się podejrzliwie. Jakby śledziły jego kroki...

Zwolnił dopiero gdy doszedł do rogu Luisenstrasse. Szum czyniony przez wiwatujących Niemców przypominał teraz odległe brzęczenie roju pszczół.

Zerknął w prawo i ucieszył się.

Ulica była pusta.

Poznań, okolice Dworca Głównego, 12.13

Forteca na torach zatrzymała się na wprost magazynów firmy Hartwig. Dokładnie w tym samym miejscu, w którym w grudniu ubiegłego roku stał przez pół doby pociąg specjalny Hermanna Göringa. Krzepkiemu skoczyło tętno. Jezus Maria, to się może udać! Oby Ślepy Antek się nie spóźnił. Oby...

Ze swojego miejsca Krzepki widział tylko dachy wagonów, bo otaczający go tłum wpadł w ekstazę. W niebo wycelowały tysiące ramion wyciągniętych w nazistowskim geście powitania. Na rozgorączkowanych twarzach odmalował się obłęd. Wszyscy spoglądali w jeden punkt.

Krzepki podążył wzrokiem za spojrzeniami tysięcy Niemców.

Salonka Hitlera odróżniała się od reszty składu nieco wyższym, półokrągłym dachem. Z tysięcy gardeł wydobył się nagle jeden przeciągły okrzyk:

— *Heiiil! Heiiiil! Heiiiil!*

Krzepkiemu zdawało się, że znalazł się w pogańskiej świątyni, otoczony przez fanatycznych wyznawców żyjącego bóstwa. Szaleństwo wyzierające z ich oczu wywoływało ciarki na plecach. Nazistowskie pozdrowienie przybrało na sile. Krzepki nie widział tego dobrze, ale był pewien, że w tym właśnie momencie w drzwiach salonki pojawił się Hitler.

Tłum zawył z zachwytu. Żołnierze, rozstawieni gęsto wzdłuż żelaznych barier odgradzających Bahnhofstrasse od torowiska, znaleźli się pod potężnym naporem. Ludzie pchali się w stronę torów, chcąc się zbliżyć do Führera.

Od strony dworca dały się słyszeć dźwięki orkiestry. Gauleiter Kralle postanowił wtrącić do podniosłej ceremonii swoje trzy grosze.

Krzepki dostrzegł w końcu Hitlera. Ubrany w wojskowy płaszcz wódz III Rzeszy opuścił wagon i szedł zbudowanym niedawno długim peronem prosto w stronę dworca. Towarzyszyło mu kilkudziesięciu mężczyzn w mundurach różnych formacji. Wśród nich, nieco na uboczu, rozpoznał krępą sylwetkę Himmlera.

Krzepki poczuł, że pocą mu się ręce.

Dlaczego nie ma wybuchu?!

Dlaczego Antek nie odpalił ładunku?!

Dlaczego…

Nim Hitler i Himmler ze świtą dotarli do placu przed dworcem, Krzepki już wiedział, że coś musiało się stać.

Pierwsza szansa została stracona.

Poznań, Luisenstrasse, 12.15

Przed wojną Luisenstrasse nazywała się Skarbowa. W trzydziestym drugim w jednej z jej bram Kaczmarek dopadł zboczeńca, który napastował kilkuletnie dziewczynki. Przypomniał sobie odrażający uśmiech, który pojawił się na twarzy dewiata, gdy wycelował w niego pistolet. Miał wtedy wielką ochotę, by wysłać go w zaświaty. Opanował tę pokusę w ostatniej chwili.

Choć ulica wyglądała na wymarłą, komisarz nie dał się zwieść pozorom. Musiał zadbać o to, by nie mieć świadków. A to wymagało zdwojonej czujności i roztropności. Spodziewał się, że lwia część mieszkańców Luisenstrasse świętuje właśnie przyjazd swojego Wodza, był jednak pewien, że nie wszystkie gospodynie domowe znalazły zrozumienie mężów i niejedna z nich właśnie przygotowuje obiad. Jego podejrzenia potwierdzał zapach gotowanych kartofli przemieszany z wonią parującej kapusty, niosący się nad ulicą.

Kamienica numer 6 miała cztery piętra i pamiętała zapewne czasy cesarza Wilhelma. Komisarz przypomniał ją sobie po charakterystycznym szyldzie nad wejściem, oświetlonym w nocy przez pobliską latarnię. „Mistrz krawiecki Wilhelm Minze" — przeczytał raz jeszcze.

To tutaj dotarł zdyszany wczoraj późnym wieczorem, gdy tylko odprowadził tego gestapowca pod Dom Żołnierza. Puścił się wtedy z powrotem w ślad za elegantem. Miał niesamowite szczęście: zobaczył go dosłownie kilka sekund przed zniknięciem w bramie domu. Ze spisu lokatorów wiszącego na parterze wywnioskował, że gestapowski szpicel nazywa się Bronisław Szwarc i mieszka w lokalu numer 8 na trzecim piętrze. I że raczej przebywa w nim sam.

Wytarty stopień schodów zatrzeszczał nieprzyjemnie.

Kaczmarek odniósł wrażenie, że na klatce jest ktoś jeszcze.

Zanim wykonał kolejny krok w górę, przez chwilę nasłuchiwał odgłosów domu. Poza radosnymi krzykami dziecka dobiegającymi gdzieś z góry nie odnotował niczego godnego uwagi. Ośmielony tym faktem znowu zaczął piąć się po schodach.

Gdy dotarł na pierwsze półpiętro, usłyszał warkot silników.

Wyjrzał przez okienko na podwórko i zadarł głowę.

Nad śródmieściem przelatywały właśnie trzy samoloty Luftwaffe, ciągnąc za sobą ogony czerwonego dymu.

To dla Hitlera — pomyślał Kaczmarek.

Miał nadzieję, że po raz ostatni.

Poznań, nieopodal, 12.18

Trzy focke-wulfy z głośnym rykiem przewaliły się tuż nad dachami kamienic, płosząc Kriminaldirektora Ottona Weissa. Nerwowo sięgnął do kabury po walthera, ale szybko zreflektował się, że to tylko popisy asów Luftwaffe. Gęsty, czerwony dym ścielił się tuż nad chodnikiem, gryząc w oczy i gardło.

O wizycie Hitlera dowiedział się wczesnym rankiem, gdy Langer zwołał wszystkich oficerów operacyjnych na niezapowiedzianą, ściśle tajną naradę. Langer spieszył się na spotkanie najwyższych czynników u Gauleitera, więc wszystko odbyło się szybko. Niemal każdy otrzymał jakieś zadanie. Jedynie Weiss został bez przydziału. Szefowie miejscowego Kripo najwyraźniej nie ufali aż tak bardzo przyjezdnym z Berlina. Zaraz potem ktoś zgłosił zabójstwo na Poststrasse i Langer z satysfakcją zlecił sprawę Weissowi.

Kriminaldirektor nie żałował jednak, że nie uczestniczy w ochronie wizyty. Nie przepadał za Himmlerem. Kojarzył mu się z bezwolnym, tępym siepaczem, który upolitycznił Główny Urząd Bezpieczeństwa Rzeszy. Nie miał dla niego ani odrobiny szacunku.

Co do Führera... Nie ufał nikomu w Kripo na tyle, by porozmawiać szczerze o swoich wątpliwościach. Po raz pierwszy naszły go, gdy do drzwi jego berlińskiego domu zapukał listonosz z tamtą cholerną depeszę. Informacją o śmierci Wolfganga. „Poległ śmiercią bohatera na przedpolach Moskwy" — ta fraza ciągle nie mogła opuścić jego pamięci. Idiotyczne zdanie o bohaterze, który znalazł śmierć nie w swoim domu.

Do wojny na wschodzie popierał Hitlera. Uważał, że Rzesza nie zasłużyła na traktat wersalski i Führer słusznie przywrócił jej należne miejsce w Europie. Wojna z bolszewikami była jednak niepotrzebna. Hitler przesadnie szafował żołnierską krwią. Ciągle było mu mało i mało. Kampania goniła kampanię. Po pobiciu Francji i zajęciu Bałkanów zapragnął poskromić Stalina. Gdy tego dokonał, z niemałą zresztą pomocą Polaków, zaatakował niedawnych sojuszników. A teraz wyrzuca podbity naród na obrzeża cywilizacji, skazując na powolną śmierć.

Pal licho Polaków — pomyślał Weiss. To Słowianie, element nie wart litości. Muszą ustąpić miejsca wyższej kulturze, taki już ich los. Najgorsze, że nikt i nic nie wróci mi już syna. Czy musiał zginąć tak daleko? Czy ktokolwiek doceni jego ofiarę?

Przygnębiony doszedł do bramy kamienicy numer 6 i westchnął ciężko. Wiedział, że musi odepchnąć od siebie kłębiące się w głowie myśli, bo inaczej zwariuje.

Poznań, okolice dworca, 12.19

Pokaz sprawności lotniczej wykonany na niskim pułapie wzbudził podziw wśród tłumu na Bahnhofstrasse. Piloci w wyjących maszynach zaimponowali także Hitlerowi. Przystanął i wymachem prawej dłoni pozdrowił asów Luftwaffe, zachwycony czerwonymi smugami na niebie.

Towarzyszący mu Himmler ograniczył się jedynie do zadarcia głowy. Baczny obserwator łatwo mógł dostrzec, że Reichsführer czuł się nieswojo w roli przystawki do głównego dania. A może po prostu nie miał humoru?

Pod główne wejście na dworzec, udekorowane imponujących rozmiarów napisem: *Posen grüsst den Führer!*[1], podjechały dwa czarne kabriolety. Do pierwszego z nich, luksusowego Mercedesa-Benz 770 wsiadł Adolf Hitler. Himmler usadowił się wygodnie na siedzeniu drugiego wozu z tablicą rejestracyjną o nazwie „SS-1".

Zanim mercedesy, otoczone kordonem żandarmów na motocyklach, ruszyły spod hali dworca, przed wóz Führera wyjechał samochód z szeroką platformą. Stojący na niej operator filmowy wycelował obiektyw w stronę wodza Rzeszy. Zaraz potem kilkakrotnym uderzeniem w dach szoferki dał znać swojemu kierowcy, że kolumna może ruszać.

Krzepki stał zbyt daleko, by widzieć, co się dzieje na placu przed dworcem. Z narastającej euforii tłumu wnioskował, że wódz Tysiącletniej Rzeszy jedzie do centrum miasta.

— *Mutti! Ich muss Foto machen! Schnell! Mein Gott!*[2] — ekscytowała się kilkunastoletnia blondynka z plecionymi warkoczami, przestępując z nogi na nogę. W rękach ściskała aparat, daremnie próbując się przebić przez rząd rozkrzyczanych Niemców.

— *Heil! Heil!* — niosło się wzdłuż całej Bahnhofstrasse.

Poznań, znowu Luisenstrasse, 12.20

Zanim Kaczmarek dotarł na trzecie piętro, spocił się z emocji. Dawno już nie uczestniczył w żadnej akcji, a w takiej jeszcze

---

1 Poznań pozdrawia Wodza!
2 Mamusiu, muszę zrobić zdjęcie! Szybko! Mój Boże!

nigdy. Dopiero teraz, gdy pokonywał ostatnie schody dzielące go od mieszkania numer 8, zrozumiał, że nie potrafi pogodzić się z rolą egzekutora. W dodatku ta dusznica... Przystanął, by wyrównać oddech.

Wilgotne powietrze z zacienionego podwórza postawiło go na nogi. Przez chwilę nasłuchiwał odgłosów życia kamienicy. Gdzieś piętro wyżej grała cicho muzyka. Coś jakby walc Straussa...

Przez ułamek sekundy zdawało mu się, że ktoś jeszcze wspina się po schodach. Zerknął przez prześwit między balustradą w dół...

E, wydawało mi się tylko!

Sięgnął jednak do ukrytej pod pachą kabury. Wyciągnął broń, odbezpieczył i celując pistoletem w drzwi, podszedł do dzwonka.

W imieniu Rzeczpospolitej Polskiej... — powtarzał w myślach przygotowaną uprzednio frazę. W imieniu Rzeczpospolitej Polskiej wymierzam ci wyrok...

Nacisnął przycisk brzęczyka.

Zza drzwi dobiegł go odgłos powolnych kroków.

Ktoś zakrzątnął się wokół wizjera.

Kaczmarek opuścił dłoń, by domownik nie dostrzegł broni.

— Kto tam? — usłyszał młody, męski głos. — Nie znam pana. O co chodzi?

Kaczmarek pohamował pokusę oddania strzału przez drzwi. To byłoby niehonorowe. Musiał mieć absolutną pewność, że to ten mydłek z lokalu Zum Ritter...

— Kto tam? — Głos zza drzwi zdradzał narastającą irytację. — Handel walutą mnie nie interesuje. Do widzenia!

— Ja w innej sprawie — chrząknął Kaczmarek, nie mogąc się zdobyć na coś bardziej oryginalnego. — Mam...
Mam wiadomość od „Neptuna".

Strzal był celny, choć przecież jeszcze nie padł.

Po drugiej stronie zapadła cisza. Zamek zazgrzytał i drzwi uchyliły się nieznacznie.

Kaczmarek zauważył znajomą, zaciekawioną twarz Bronisława Szwarca.

— A pan jest właściwie kim, jeśli wolno... — zaczął konfident, ale nie zdążył już dokończyć.

Komisarz szarpnął drzwiami, chwycił Szwarca za koszulę i siłą wepchnął do mieszkania.

Mężczyzna zahaczył nogą o brzeg dywanu i przewrócił się.

Na widok wycelowanego w siebie pistoletu skulił się na podłodze, chowając głowę w dłoniach.

— Niech pan nie strzela! — zawył ze strachu. — Niech pan nie strzelaaaa!

Poznań, okolice dworca, 12.22

Obrzucony kwiatami kabriolet Führera pokonał gładko dwieście metrów Bahnhofstrasse i znalazł się na zakręcie. Tu łagodnie zwolnił, by operator kamery uwiecznił ten moment. Filmowiec zachwiał się lekko, ale utrzymał się w pionie na szeroko rozstawionych nogach. Stał teraz dumnie przy kamerze, utrwalając na taśmie kroniki filmowej UFA[3] obrazy triumfu wodza III Rzeszy.

---

3   Universum Film GA — niemiecka wytwórnia filmowa, od 1937 r. pod wpływem NSDAP. Produkowała m.in. filmy propagandowe, kroniki filmowe i filmy antysemickie.

Hitler wodził beznamiętnym spojrzeniem spod daszka wojskowej czapki po tysiącach ludzi na chodnikach. Pozdrawiający go mężczyźni i kobiety nie robili na nim żadnego wrażenia.

Mercedesy nazistowskich dygnitarzy zjechały wolno z Kaponiery i skierowały się w stronę zamku. Krzepki przesunął się wzdłuż szpaleru rozkrzyczanych gapiów, by lepiej widzieć oddalające się pojazdy. Po lewej dostrzegł ogrodzenie, które przesłaniało pusty już plac po Pomniku Wdzięczności. Ze stojących przed nim latarni zwisały proporce ze swastykami.

Wszystko jest perfekcyjnie wyreżyserowane — pomyślał Krzepki. Za chwilę zepsujemy im to święto...

Poznań, Luisenstrasse, w tym samym czasie

Konfident wił się po podłodze niczym dźgnięta szpadlem glista. Kaczmarek wycelował w niego browninga i już miał nacisnąć na cyngiel...

— *Halt!* — usłyszał nagle zza pleców. — *Hände hoch!*[4]

Komisarz wiedział, co trzeba zrobić. Jak tylko szybko potrafił, obrócił się z pistoletem w dłoni, celując w półcień za swoimi plecami.

Coś nie pozwoliło mu jednak strzelić do nieznajomego. Zawahał się przez moment.

Tak samo jak jego przeciwnik.

---

4   Stać! Ręce do góry!

Mężczyzna przypominający ubiorem gestapowskiego tajniaka stał trzy kroki od Kaczmarka, mierząc z pistoletu. Komisarz rozpoznał w jego dłoniach walthera, służbowy model niemieckiej policji...

A niech mnie!

Komisarz Zbigniew Kaczmarek w jednej chwili zrozumiał, kogo ma przed sobą.

Kriminaldirektor Otto Weiss mógłby powiedzieć to samo...

Dziesięć lat wcześniej
Berlin, 3 czerwca 1935 roku, komenda Kriminalpolizei

— Chciałbym raz jeszcze podziękować panu za pomoc w ujęciu tego zboczeńca. — Kriminalkomissar Weiss, szpakowaty, około czterdziestoletni mężczyzna w szarym mundurze podał podkomisarzowi Kaczmarkowi kieliszek z francuskim koniakiem. — Bez pańskiej pomocy i bez zaangażowania pańskich podwładnych mieszkanki Berlina nadal żyłyby w strachu przed tym wampirem. *Zum wohl!*[5]

— Na zdrowie! — odpowiedział mu tęgi podkomisarz z Polski.

W jego ruchach można było dostrzec rezerwę wobec niemieckich gospodarzy. Wstrzemięźliwość podkomisarza nie uszła uwagi Weissa.

— Proszę się rozluźnić, panie komisarzu — zaproponował.

---

5 Na zdrowie!

— Podkomisarzu. Jestem podkomisarzem — poprawił go Kaczmarek.

— A tak, oczywiście — uśmiechnął się krzywo Weiss. — Myślę jednak, że nie pomyliłem się zbytnio. Po takim sukcesie jak ujęcie berlińskiego rzeźnika w Posen zostanie pan doceniony przez swoich przełożonych. Ba, jestem wręcz tego pewny! To przecież nie tylko wspólny sukces polskiej i niemieckiej policji. To również piękny asumpt do wspaniale się rozwijającej przyjaźni naszych krajów. Czyż nie o tym marzył zmarły niedawno marszałek Piłsudski?

Kaczmarek odstawił kieliszek na stół. Udając, że rozgląda się właśnie za jakąś przekąską, dał sobie czas na przemyślenie odpowiedzi. Pytanie wydało mu się bowiem niewygodne. Tym bardziej, że stronił od polityki podczas służby.

— Nie dowiemy się już, niestety, o czym marzył marszałek — odparł wymijająco. — A wracając do sprawy... Cóż, niewątpliwie była wyjątkowa. Po raz pierwszy nasze wydziały śledcze mogły współpracować. To na pewno było... hm, cenne doświadczenie.

Kriminalkommissar Weiss przysłuchiwał się śledczemu z Polski z pobłażliwym uśmiechem.

— Niech pan powie coś wreszcie od siebie, *Herr* Kaczmarek. To nie jest zupełnie służbowe spotkanie. Dziś świętujemy — zagadnął swobodnym tonem. — Zdaję sobie sprawę, że pewne okoliczności, nazwijmy je historycznymi, powodują pański dystans. Mamy jednak nowe czasy. Nasz kanclerz powtarza, że szanuje Polskę, która osłania Europę przed bolszewickim chaosem. Nasze kontakty są z roku na rok coraz lepsze. Pokazujemy Europie, że dwa niegdyś zwaśnione narody potrafią pokonać trudną przeszłość. To fenomen na skalę światową...

Podkomisarz Kaczmarek skrzywił się. Szesnaście lat wcześniej z bronią w ręku wyganiał niemieckich żołnierzy z Poznania i jakoś nie mógł przywyknąć do nagłej serdeczności na linii Berlin—Warszawa. Ta zadekretowana przyjaźń zdawała mu się nieszczera.

— Zapewne — mruknął, nachylając się znowu nad stołem w poszukiwaniu talerza.

— Wiem, wiem — odezwał się Weiss z nutą melancholii w głosie. — Wy, Polacy, uważacie nas za odwiecznych wrogów, *nicht wahr?* Rozumiem, że możecie nam nie dowierzać. Akceptuję to. Najwyższy czas jednak to zmienić. Najwyższy czas, *Herr* Kaczmarek...

Znowu Poznań, Luisenstrasse, 11 maja 1945 roku, godz. 12.23

Konfident wyczuł niepowtarzalną szansę.

Nim komisarz zdołał zrobić cokolwiek, Szwarc poderwał się z podłogi i puścił się w dół schodów. Wybiegając z kamienicy, wywrócił się z wielkim hukiem.

— *Guten Tag, Herr* Kommisar[6] — zaczął Kriminaldirektor Otto Weiss, zmrużywszy oczy. — Zmienił się pan, schudł. Miło zobaczyć pana znowu. Szkoda tylko, że w takich okolicznościach. Kiedyś był pan stróżem prawa. A dzisiaj, jak widzę, jest pan już po drugiej stronie barykady...

---

6 Dzień dobry, panie komisarzu.

Kaczmarek milczał, celując nadal z browninga w pierś Weissa. Walther Niemca był ciągle zwrócony w stronę Kaczmarka.

— Dziś, *Herr* Kaczmarek, jest pan zwykłym przestępcą — dokończył Weiss.

— Nieprawda! To wy mnie do tego zmusiliście! Wy i wasz cholerny Führer! Mam nadzieję, że skończy marnie! Tak samo jak wasza Tysiącletnia Rzesza!

Weiss uśmiechnął się szyderczo.

— Obawiam się, *Herr* Kaczmarek, że prędzej z areny dziejów zejdzie pańska Polska i Polacy. Właściwie już zeszliście…

— *Genug!*[7] — przerwał mu komisarz. — Los zetknął nas kiedyś na moment, ale to nie znaczy, że muszę pana słuchać. Proponuję dżentelmeńską umowę: chowamy broń i udajemy, że nas obu tutaj nie było. To chyba rozsądna propozycja?

Kriminaldirektor nie odpowiedział. Raz jeszcze rzucił za to okiem na broń Kaczmarka wycelowaną w swoją pierś.

— Więc to nie ty zabiłeś tego volksdeutscha — powiedział wolno, porzucając grzecznościową formułę *Herr*. — Zabójca strzelał z walthera. Ty preferujesz browninga…

— Jakiego volksdeutscha? — zdziwił się Kaczmarek. — O kim ty mówisz, człowieku?

— Nieważne — uciął ten wątek Weiss. — Proponujesz mi zawieszenie broni. Ale masz pecha. Przyjechałem tu z Berlina właśnie po to, by ciebie odnaleźć. I odnalazłem,

---

7 Dosyć!

choć, przyznaję, dość przypadkowo. Wiesz, co to oznacza. Dla ciebie i dla mnie.

Kaczmarek parsknął śmiechem.

— O czym ty mówisz, Weiss? Nawet jeśli wystrzelisz pierwszy, zdążę jeszcze poczęstować cię kilkoma kulami. Nie wyjdziesz z tego cały...

Weiss znowu zmrużył oczy, jakby szacując, czy Kaczmarek mówi serio.

— Masz rację, Kaczmarek — odezwał się w końcu. — Opuśćmy broń, to bez sensu.

— To opuść pierwszy.

— Nie, zrób to ty.

— Nie wierzysz mi, Weiss? Nie ufasz człowiekowi, który znalazł dla ciebie tego berlińskiego zboczeńca? Jak ten świat się zmienił, do kurwy nędzy!

Nagle, jakby na niesłyszalną komendę, obaj opuścili dłonie i schowali pistolety do kieszeni spodni.

Na dole pojawili się pierwsi gapie, wywołani z mieszkań hałasami na schodach.

— Lepiej wejdźmy do środka — zaproponował trzeźwo Weiss.

Kaczmarek przepuścił go przodem i zamknął drzwi.

Krótkim korytarzem dotarli do niedużego, słonecznego salonu. Stały w nim dwa fotele, kredens z alkoholem i pianino. Między fotelami dostrzegli mały stolik. W popielniczce ciągle tlił się jeszcze papieros.

— Nie ma czasu na długie rozmowy, Kaczmarek. — Weiss usiadł w fotelu i wskazał ręką na drugie siedzenie. — Ten facet był agentem Obersturmbannführera Hinkera. Na pewno pobiegł po pomoc na Gestapo.

— Nie jestem pewien — odparł komisarz.

Był zaskoczony zachowaniem Weissa. Skoro przyjechał do Poznania, by go odnaleźć, dlaczego teraz ostrzega go przed niebezpieczeństwem?

— Pewnie się dziwisz, Kaczmarek, czemu to mówię. — Weiss czytał w jego myślach. — Cóż... Obawiam się, że na swój sposób polubiłem cię wtedy w Berlinie. Wspólna praca... Wspólna robota zbliża ludzi, *nicht wahr*?

— Być może — mruknął komisarz.

Jakoś nie miał ochoty na spoufalanie się z Niemcem. Weiss uśmiechnął się znowu, tym razem sympatyczniej.

— Nic się nie zmieniłeś. Jesteś taki sam jak wtedy w trzydziestym piątym. Sceptyczny i zupełnie wycofany.

Kaczmarek nie wiedział, co odpowiedzieć. Mimowolnie sprawdził dłonią, czy jego pistolet spoczywa w kieszeni.

— Daj spokój, Kaczmarek — machnął ręką Weiss. — Coś już chyba ustaliliśmy?

— A co u ciebie, Weiss? Nadal masz w gabinecie barek pełen francuskich koniaków? A jak tam twój syn? Pewnie już awansował...

— Wolfgang nie żyje — wyszeptał Weiss, zamykając oczy. — Zginął na froncie pod Moskwą.

Poznań, gmach Poczty Rzeszy, 12.25

„Serdeczny", wspierając się na łokciu, mierzył z mauzera w stronę Kaponiery. Z nieznacznej pochyłości zjeżdżała właśnie ku Martinstrasse długa kawalkada samochodów. Przez lunetę dostrzegł najpierw samochód ciężarowy z wysoką platformą, na której stał operator filmowy. Potem w siatce jego celownika pojawił się pierwszy mercedes...

„Serdeczny" poczuł mocniejsze uderzenie serca.

To niemożliwe!

To chyba złudzenie!

W pierwszym wozie jedzie Hitler!

Ale przecież... Przecież rozkaz „Neptuna" dotyczył Himmlera!

Gdzie jest Reichsführer?!

No gdzie?!

W jednej chwili spocił się jak w łaźni. Musiał błyskawicznie zebrać myśli. Natychmiast zdecydował, co zrobi.

Przetarł czoło rękawem i pochylił się nad karabinem jak nad największą świętością. Z namaszczeniem przyłożył prawe oko do lunety.

W siatce celownika zobaczył najpierw bruk przed samochodami, a potem maskę kabrioleta.

Za chwilę w środku czarnego krzyżyka zamigotał stalowoszary płaszcz, dobrze mu znany z kolorowych niemieckich pism.

Adolf Hitler pozdrawiał właśnie wiwatujące tłumy triumfalnym wyrzutem ramienia...

Zanim „Serdeczny" posłał mu naciętą kulę, na ułamek sekundy przed oczami zobaczył łódzkie getto.

A potem ojca z długą, siwiejącą brodą.

Zatroskaną, wychudzoną twarz matki.

Siostrę Salcię z kotem na kolanach.

I brata Mosze z żółtą gwiazdą Dawida na ramieniu.

— Za moją rodzinę, którą zabiłeś w Auschwitz — powiedział, naciskając spust.

W tej jednej niepowtarzalnej chwili on, Aron Mojsiewicz, syn rabina z Łodzi, stał się mieczem sprawiedliwości.

Mieczem Jahwe.

12

POZNAJESZ MNIE, KRALLE?

W tym samym czasie, gdzieś na wschód od Poznania

— Jezusieńku Nazareński! — Chłopiec aż zadrżał z emocji, cofając ręce od bezwładnego ciała. — Ojciec! Ona chyba... Ona chyba dycha!...

— Ciiiicho, gówniarzuuu! Chyba nie chcesz, żeby nas Szwaby też tak urządziły...

— Ale ona...

— Słyszę, Józek. Słyszę! Zaraz sprawdzę, poczekaj...

Mężczyzna w wojskowym płaszczu bez pagonów podszedł do syna, który przykucnął obok ciała młodej kobiety w żakiecie. Musiała tu leżeć od dawna, bo jej spódnica przesiąkła już wodą. Plecy dziewczyny były zalane krwią. Sina twarz nie zdradzała żadnych oznak życia.

Ojciec Józka dotknął delikatnie palcem szyi kobiety — tak jak uczyli go przed laty na przysposobieniu wojskowym. Przez chwilę zdawało mu się, że wyczuwa puls.

Nie, to było tylko złudzenie.

— Trup — powiedział stanowczo.

— Ale przecie jęknęła...

— Mówię ci, synek, że to trup. Zobacz, jaka zimna. Już jej nie pomożemy.

— Ale tato...

— Szkoda, bo zdaje się, że ładna dziewczyna była...

Józek podtarł brudną dłonią wilgotny nos. Od urodzenia był niepokornym, upartym dzieckiem.

— Kiedy ona... Kiedy ona westchnęła tak jakoś, gdy ją na bok przewróciłem...

— E! Zdawało ci się, synek.

— Ale...

— Zbieramy się, Józek. Nic tu po nas. Jeszcze Szwaby wrócić zechcą...

Józek nie dał jednak za wygraną. Raz jeszcze poruszył ciałem kobiety, chcąc ostatecznie upewnić się, że ojciec się nie myli.

— No widzisz, Józuś... Przecie mówiłem, że ona już na wiecznej służbie u Pana Boga....

— Wieczne odpoczywanie racz jej dać Panie... — westchnął chłopak, z wolna podnosząc się z klęczek.

— A światłość wiekuista niechaj jej świeci na wieki wieków... — dokończył mężczyzna.

Nie zdążył jednak powiedzieć „Amen".

Wyraźnie usłyszał przeciągły, słaby jęk.

Odniósł nawet wrażenie, że palec wskazujący prawej ręki dziewczyny poruszył się nieznacznie.

— A widzisz, ojciec! — Oczy Józka rozbłysły radością. — A nie mówiłem, że ona żyje!

— Miałeś rację, synek. — Ojciec uśmiechnął się pod wąsem. — Pędź po brata Maciejowej! I jakieś nosze! — rzucił do chłopaka.

— Już lecę, ojciec. Już lecę!

— Ja zostanę przy dziewczynie. Może doczeka waszej pomocy.

— Na pewno, ojciec. Na pewno!

Poznań, w śródmieściu, 11 maja 1945 roku, godz. 12.26

Stado gołębi poderwało się z dachu poczty.

Choć mercedes Führera nie przyhamował, Adolf Hitler zachwiał się nagle nad barierką.

Operator stojący na wozie poprzedzającym auto Wodza oderwał głowę od kamery, jakby zaniepokoił się nagle czymś, czego nie dostrzegł nikt poza nim samym. Wyjrzał zza obiektywu i zamarł w bezruchu, sparaliżowany.

Twórca Tysiącletniej Rzeszy, który rzucił na kolana cały kontynent, a potem rozbił w puch komunistycznego kolosa, zrobił niewielki krok w tył. Dłonie Führera puściły chromowaną barierę, a jego ciało jak w zwolnionym filmie opadło na skórzaną kanapę samochodu.

Na bruk potoczyła się wojskowa czapka pana Europy. Jej otok był zbryzgany krwią.

Ulica zamarła z wrażenia. Zaraz potem tysiące ludzi zaczęły krzyczeć.

Kabriolet wiozący Führera zatrzymał się na wysokości udekorowanego flagami gmachu Uniwersytetu Rzeszy.

Blady jak śmierć adiutant Hitlera pochylił się nad bezwładnym wodzem.

Dopiero teraz dostrzegł ranę wlotową na czole swojego pana.

Tryskał z niej w górę krwisty gejzer.

Do luksusowego wozu dopadł mężczyzna w czarnym mundurze. Zszokowany kierowca Führera rozpoznał w nim Heinricha Himmlera.

— *Zum Krankenhaus! Schneller! Schnelleeeer!*[1] — usłyszał wściekłą dyspozycję.

Zanim jednak wdusił sprzęgło i wrzucił bieg, rozległ się drugi strzał.

Poznań, w kamienicy przy Luisenstrasse, 12.27

— *Entschuldigung*[2]. Nie wiedziałem. — Kaczmarek podniósł się z fotela, podszedł do Niemca i poklepał go po ramieniu. — Przykro mi, *Herr* Kriminaldirektor. Naprawdę…

— Akurat! — żachnął się Weiss.

Kaczmarek rozumiał, jakim ciosem musiała być dla Weissa śmierć syna. Przypomniał sobie, jak dumny był Niemiec wtedy, w trzydziestym piątym ze swojego Wolfganga. Przepowiadał mu karierę godną Clausewittza: „Ma chłopak dryg do wojska! Prawdziwy Niemiec! Zobaczysz, daleko zajdzie!".

— Naprawdę jest mi przykro — powtórzył komisarz.

---

1 Do szpitala! Szybko! Szybko!
2 Wybacz.

— Nie wierzę — prychnął Weiss. — Zresztą, nie oczekuję od ciebie współczucia! Wiem, że i tak będzie nieszczere.

— Dlaczego tak sądzisz?

— Bo jesteś Polakiem, Kaczmarek. A to oznacza, że jesteśmy wrogami.

Zamilkli na chwilę, wsłuchani w odgłosy dalekiej, zduszonej odległością i murami kamienic wrzawy, dobiegające do nich przez uchylone okno.

Nagle Kaczmarek drgnął. Odniósł wrażenie, że usłyszał strzał, a zaraz potem drugi...

— Słyszałeś? — zapytał Niemca.

— Nie. A co miałem słyszeć?

— Nic, nic... — machnął ręką Kaczmarek. — Coś mi się tylko zdawało.

Nie potrafił jednak opanować drżenia rąk. Czyżby to właśnie teraz?

Czyżby właśnie...

— Pamiętasz, Kaczmarek, zachowanie tego zboczeńca Fürstentallera zaraz po ujęciu? — Weiss zmienił temat, przywołując wspomnienia. — Kiedy schwytałeś go w Posen...

— W Poznaniu! — poprawił go komisarz. — To miasto nazywa się Poznań!

— ...błagał was, by go nie deportować do Rzeszy. Pamiętasz, jak mi to opowiadałeś, *Herr* Kaczmarek? Musiałeś mieć wtedy niezłą satysfakcję! On, Niemiec, Aryjczyk z krwi i kości, sprawdzony rasowo kilkanaście pokoleń wstecz, a więc niesplamiony żadnymi żydowskimi wpływami, błagał by mógł zostać w Polsce i być sądzony u was. Mimo że za seryjne morderstwa kobiet i tak według waszego kodeksu czekałby go stryczek.

— Pamiętam — mruknął Kaczmarek.

— To mi po raz pierwszy dało do myślenia — dokończył Kriminaldirektor. — Zastanowiło mnie wtedy, w jakim kraju żyję. Recydywista, zwyrodnialec jakich mało, błagał o możliwość egzekucji w Polsce...

— To było prawnie niemożliwe — odpowiedział mu komisarz. — Zdaje się zresztą, że ten morderca dobrze o tym wiedział. Ale o ile dobrze pamiętam, nie mieliście przeciwko niemu stuprocentowych dowodów.

— A któż ma takowe, Kaczmarek? — Weiss uśmiechnął się gorzko. — Ty w swojej pracy zawsze byłeś absolutnie pewny, że zatrzymujesz właściwego człowieka?

Kaczmarek zerknął na zegarek. Od ucieczki konfidenta upłynęło już sześć minut. Jeśli ta pogawędka przeciągnie się jeszcze chwilę, na schodach pojawi się cała kompania gestapowców...

— Co robimy? — rzucił nerwowo w stronę Weissa. — Co robimy, do jasnej cholery?

Poznań, znowu w śródmieściu, 12.29

Zza szyby swojego samochodu Gauleiter Kralle doskonale widział rozgrywającą się na jego oczach apokalipsę.

Reichsführer ss drgnął, jakby ktoś nagle podciął mu nogi. Zaraz potem szef tajnej policji i ss legł na bruku.

Przerażony Gauleiter zauważył przedśmiertne drgawki nóg Himmlera. Reichsführer ostatkiem sił wzniósł w górę dłoń, jakby chciał wskazać, skąd padł strzał.

Sekundę później jego ramię opadło na jezdnię.

Kałuża krwi wokół głowy Himmlera rosła z każdą chwilą, tworząc wokół niej szkarłatną aureolę.

Kralle poczuł potężny ucisk w piersi.

Nie teraz! — pomyślał.

Cholera, nie teraz!

Przekleństwo Kaczmarka utonęło w przeraźliwym wyciu syren. W kilka sekund ich dźwięk spotężniał, wzmocniony przez kolejne urządzenia alarmowe, które rozbrzmiały nagle na dachach Poznania.

Serce komisarza zabiło mocniej.

A więc jednak!

Stało się!

Zamach doszedł do skutku!

Zanim jednak zdołał cokolwiek zrobić, Weiss poderwał się z fotela. Na jego twarzy odmalowało się bezgraniczne zdziwienie.

— Alarm lotniczy?! — krzyknął. — Tutaj?! Teraz?! A kto by nas bombardował?!

Kaczmarek wzruszył ramionami.

Pozostało mu dobrze odegrać swoją rolę, bo wiedział, o co chodzi.

— Jaki alarm?! To na pewno ma związek z wizytą! — wrzasnął Kriminaldirektor. — Tam się musiało coś stać!

Weiss zrobił trzy duże kroki — i był już przy drzwiach. Zanim wybiegł z mieszkania z bronią w dłoni, po raz ostatni rzucił okiem na Polaka.

— Spieprzaj z Posen, Kaczmarek! Wiesz, że nie mogę ci odpuścić.

Poznań, sala tronowa zamku cesarskiego, 12.32

Esesmani poderwali się z krzeseł. Dźwięk dawno już niesłyszanych syren alarmowych wzbudził ich konsternację. Najlepsi, starannie wyselekcjonowani na to spotkanie funkcjonariusze nie wiedzieli, co o tym wszystkim sądzić. Od pół godziny oczekiwali na spotkanie z Himmlerem. A zaledwie kwadrans wcześniej Sturmbannführer Gürtel zdradził im trzymaną w najgłębszej tajemnicy informację — Himmler przybędzie do Posen u boku samego Führera! Właśnie mieli dostąpić zaszczytu, jakiego jeszcze nigdy nie przeżyli, a tu takie zaskoczenie — alarm bombowy!

Obersturmbannführer Hartmuth Hinker pierwszy opanował niepotrzebne emocje.

— To jakaś pomyłka, *meine Herren!* — krzyknął jak potrafił najgłośniej. — Nie ma powodu do nerwów! Siadamy!

Ogromna większość esesmanów wysłuchała komendy, szepcząc między sobą coś o prowokacji. Podniosły nastrój przepadł jednak bezpowrotnie. Najwyraźniej wyczuł to Sturmbannführer Gürtel. Po raz drugi wszedł na mównicę ustawioną przed czarnym popiersiem Führera i zbliżył usta do mikrofonu.

— *Meine Herren*, zachowajmy spokój i porządek! — Propozycja Gürtela zabrzmiała jak rozkaz, więc szum na widowni ustał. — Wykażmy się germańską cechą powściągliwości! To poruszenie jest niegodne prawdziwych członków ss!

Za chwilę powitamy w tych murach naszego Wodza Adolfa Hitlera oraz jego najbliższego towarzysza partyjnego, Reichsführera ss Heinricha Himmlera...

Gürtel nie zdążył zakończyć swojej przemowy donośnym „Heil!", bo oto niespodziewanie dębowe drzwi do sali otworzyły się z hukiem. Do środka wbiegło dwóch mężczyzn w mundurach Wehrmachtu.

— Zamach! — krzyknął jeden z nich, z obłędem w oczach. — Polscy bandyci zastrzelili Führera!

Hinker poruszył się nerwowo.

„Neptun" go przechytrzył!

Te polskie świnie zepsuły mu święto! Zabiły człowieka, który wyniósł Niemcy do potęgi, jakiej nie zaznały nigdy w swoich dziejach!

III Rzesza już nigdy nie będzie tak wielka. Jej chwała została właśnie zbrukana niemal na jego oczach!

— Wszyscy na zewnątrz! — ryknął Hinker dobywając z kabury pistolet. — *Alle raus! Schnelller! Schnelleeeeeer!*

Poznań, śródmieście, 12.33

— Ktoś strzelał z poczty! Strzały padły z poczty!

Pośród piekła, jakie rozpętało się na skrzyżowaniu między zamkiem a Kaponierą, spokój zachowało tylko dwóch żołnierzy pilnujących dotychczas porządku na chodniku. Obaj zgodnie wskazywali teraz oficerom z otoczenia Gauleitera, z którego kierunku strzelano do Hitlera.

— Na pocztę! — zakomenderował najwyższy rangą Hauptmann Georg Zimmer.

Przedzierając się przez rozbiegających się w popłochu cywilów, pociągnął za sobą żołnierzy i kilku esesmanów. Z gmachu zamku wysypało się kilkadziesiąt kolejnych postaci w czarnych uniformach, które dołączyły do pościgu.

— *Schnelleeeer!* — niósł się z oddali krzyk Hinkera.

Gauleiter Kralle nie znalazł w sobie siły, by ruszyć się z wozu. Bladymi ustami chwytał łapczywie powietrze, starając się opanować panikę. Mocny ucisk w okolicy mostka nie chciał ustąpić.

— Klaus! — krzyknął słabym głosem do swojego adiutanta. — Biegnij po lekarza! Biegnij...

Adiutanta nie było jednak w pobliżu. Kralle leżał w swoim samochodzie zupełnie sam. Oficerowie, którzy dotychczas mu towarzyszyli, pobiegli w stronę poczty za Hauptmannem Zimmerem.

Gauleiter widział teraz jak przez mgłę setki wykrzywionych z przerażenia twarzy. Słyszał paniczny tupot tysięcy stóp, które rozbiegły się we wszystkie strony miasta. Cały ten zgiełk uciszył się w jednej chwili, jakby ktoś jednym przekręceniem ebonitowej gałki wyłączył gigantyczny odbiornik radiowy. Kralle został na ulicy zupełnie sam.

Ogarnął go niepohamowany strach.

Ktoś podszedł do auta niespiesznym krokiem.

To były kroki starego człowieka, który lekko powłóczył nogami.

Kralle próbował sięgnąć po pistolet, ale zdołał ledwie odpiąć pasek skórzanej kabury...

Nad sobą zobaczył siwe, przerzedzone włosy, a potem gęste brwi.

To była znajoma twarz.

Oglądał ją codziennie, wertując akta Gestapo.

Major „Neptun" ubrany w mundur szeregowca Wehrmachtu spoglądał na Gauleitera, jakby studiował rzadki okaz ryby wyrzuconej na brzeg Bałtyku. Ciężko oddychający, niemal zupełnie bezwładny Kralle przypominał mu oślizgłego węgorza wijącego się w przedśmiertnej męce.

— Poznajesz mnie, Kralle? — zapytał Niemca. — Pamiętasz Gdynię?

Dygnitarz milczał wściekły z bezsilności.

— A moją żonę pamiętasz? Mojego syna? Synową?

Czoło Gauleitera zrosiły krople potu.

— To nie ja… — wybełkotał w końcu nieskładnie. — To… nie ja…

„Neptun" pochylił się nad Niemcem tak nisko, że ich czoła niemal stykały się ze sobą.

— Wiem, że tam byłeś, Kralle — wycedził powoli.

Zanim odszedł, wrzucił coś do wnętrza auta.

Kralle zdążył jeszcze usłyszeć kroki oddalającego się „Neptuna".

A potem zobaczył błysk.

Ten błysk odebrał mu oddech.

*

„Völkischer Beobachter", organ NSDAP, 12 maja 1945 roku. Strona pierwsza.

„Wczoraj o godzinie 12.30 w niemieckim mieście Posen zakończył swój żywot Adolf Hitler, Wielki Führer Narodu

Niemieckiego i nieustraszony bojownik w walce ze światowym żydostwem i bolszewizmem.

Zginął od zdradzieckiej kuli wrogów Tysiącletniej Rzeszy. Poległ na posterunku, oddany do ostatniego tchnienia pięknej idei Nowej Niemieckiej Przestrzeni Życiowej na wschodzie.

Jego Wielkie Dzieło trwać będzie przez kolejne wieki, na chwałę narodowosocjalistycznych Niemiec — i ku ostatecznemu pogromowi słowiańskich podludzi.

Niech każdy narodowy socjalista, wierny przesłaniu Adolfa Hitlera, wypełni swój święty obowiązek walki o ostateczne zwycięstwo Wielkich Niemiec. Niech żal i żałoba po stracie Wodza zjednoczą nas wszystkich we wspólnym dziele zemsty.

Śmierć polskim bandytom!

Śmierć słowiańskim podludziom!

Śmierć! Śmierć! Śmierć!"

EPILOG

Tydzień później

Poznań, piątek 18 maja 1945, Park Miejski przy Glogauerstrasse, 12.00

Na skrzydle szeroko otwartej bramy parku miejskiego zobaczył napis *Kein Zutritt für Polen*[1]. Zawahał się na moment, ale przeszedł przez wejście, mijając pusty cokół po pomniku prezydenta Wilsona. Swobodnym krokiem doszedł do drewnianego mostku przerzuconego nad stawem. Pod łukiem kładki przepływała właśnie para łabędzi. Z naprzeciwka szła ku niemu żwirową alejką rodzina z dwójką dzieci.

— *...also du sollst mehr Klavier spielen, mein Kind*[2] — usłyszał wesoły głos mężczyzny.

— *Nein, Vati! Ich spiele schon besser als du!*[3] — Mężczyźnie wtórował pogodny śmiech dziewczynki z zaplecionymi warkoczykami na plecach.

Był szczęśliwy, gdy wesołe towarzystwo szybko ucichło

---

1 Zakaz wstępu dla Polaków.
2 ...więc powinnaś grać więcej na fortepianie, moje dziecko.
3 Nie, tatusiu! Gram już lepiej niż ty!

285

za jego plecami. Jego żona i córka wpadły w łapance. Od dwóch miesięcy nie miał o nich żadnej wieści…

Po prawej stronie zobaczył białą, gładką ścianę muszli koncertowej. Na ławce w głębokim cieniu platanu odpoczywał siwy staruszek. Jego pomarszczona twarz i pokryte srebrnym zarostem policzki upodabniały go do wilka morskiego z rysunków Walentynowicza. Do pełnego podobieństwa mężczyźnie brakowało tylko kapitańskiej fajki w zębach.

Wokół nóg starszego pana kłębiło się głośne stadko gołębi. Dokarmiał je okruchami chleba, wyrywanymi z wyschniętej pajdy.

Spacerowicz przysiadł się na ławce. Rozejrzał się dokoła, a potem odezwał się znienacka:

— Lubię dokarmiać gołębie.

— Ja także — odpowiedział mu starszy mężczyzna.

— To bardzo szlachetnie z pana strony.

— Pan również zasługuje na szacunek.

Zmęczoną twarz przybysza przeciął ledwie dostrzegalny uśmiech. — Gratuluję — powiedział. — Sztab Główny jest pełen podziwu dla bohaterstwa pana grupy.

— Dziękuję.

— Dostanie pan za to Virtuti, majorze.

— Mam to w dupie.

— Jakie straty?

— Nie mam żadnych wieści o „Serdecznym". Do dzisiaj nie zgłosił się w umówionym punkcie kontaktowym.

Spacerowicz zasępił się na moment.

— Mam nadzieję, że go nie dorwali. I że nie zepsuli mu święta — skomentował po chwili.

— Też mam taką nadzieję.

Przez pewien czas siedzieli w milczeniu, podziwiając grę promieni słonecznych rozproszonych po alejce.

— A jaka jest cena sukcesu?

Siwy mężczyzna miał nadzieję, że to pytanie nigdy nie padnie. Najgorsze było to, że musiał na nie odpowiedzieć.

— Trzy dni temu nasilili wywózki naszych na wschód. W bydlęcych wagonach, bez wody i chleba. W tym tempie za miesiąc w Poznaniu nie będzie już ani jednego Polaka! Ale wywózki to jeszcze nic. Najgorsze jest to, że codziennie na ulicach wyłapują tysiące mężczyzn, kobiet z dziećmi, starców... Wszystkich wywożą w lasy pod Stęszewem... Pan wie, co to oznacza?! Czy pan to rozumie?!

Łącznik z Warszawy zbladł.

— Rozumiem — szepnął.

Przesiedzieli w ciszy kolejny kwadrans.

Gołębie u ich stóp walczyły o ostatnie okruchy chleba.

— Zastanawiam się, czy gra była warta świeczki — odezwał się w końcu siwy mężczyzna. — Bilans jest gorzej niż zły.

— Nieprawda — zaprzeczył jego rozmówca. — To niepra...

Zamilkł, bo tuż obok przeszła para zakochanych, szczebiocząc coś do siebie po niemiecku. Gdy młodzi Niemcy byli już dostatecznie daleko, dorzucił gwałtownie:

— Śmierć tych bandytów była warta każdej ceny!

Major „Neptun" nie powiedział już nic więcej. Wstał z ławki, strzepał resztki chleba ze spodni, podał dłoń łącznikowi i ruszył chwiejnym krokiem ku bramie parku.

Nieopodal amfiteatru zobaczył rumiane twarze jasnowłosych dzieci bawiących się radośnie na huśtawkach. Pęd
powietrza targał ich kolorowymi ubrankami. Wokół niósł
się radosny śmiech.

Przypomniał mu się jego syn Julian.

Małe, spocone rączki kurczowo trzymające się drewnianego konika na biegunach.

I kręcone włosy, złocące się w nadmorskim słońcu.

Mój Boże — westchnął na wspomnienie świata, który
już dawno przeminął.

Przechodząc obok kolorowego ogrodzenia, zobaczył
tabliczkę z napisem: *Spielplatz nur für deutsche Kinder.*[4]

Poznań—Warszawa, wrzesień 2012

---

4 Plac zabaw tylko dla dzieci niemieckich.

KILKA SŁÓW OD AUTORA

Drogi czytelniku,

książka ta stanowi kontynuację mojej pierwszej powieści *Kryptonim Posen*, której akcja toczy się w sierpniu 1944 roku. Przedstawiam w niej alternatywną wizję dziejów: Polska jako sojusznik hitlerowskich Niemiec wygrywa wojnę z ZSRR. Niestety, alians z III Rzeszą nie kończy się dla II Rzeczpospolitej dobrze. Dostajemy się pod niemiecką okupację w warunkach jeszcze gorszych niż w 1939 roku.

Rache znaczy zemsta powstała z potrzeby zasygnalizowania, jaki los czekałby Polskę i Polaków, gdyby III Rzesza rzeczywiście wygrała wojnę w Europie. Po premierze *Kryptonimu…* gościłem w jednej ze stacji radiowych. Rozmowa dotyczyła historii alternatywnej opisanej w mojej książce. Od jednego z uczestników dyskusji usłyszałem wówczas zaskakującą uwagę: „Może szkoda, że w 1939 roku nie poszliśmy na współpracę z Niemcami, bo dzisiaj mielibyśmy w Polsce tysiące kilometrów autostrad".

Ta refleksja mnie zmroziła. Musiałem zareagować. „Może rzeczywiście powstałaby na naszych ziemiach sieć autostrad, ale na pewno nie jeździliby po nich Polacy" — odpowiedziałem, psując nieco wesoły nastrój. Jednocześnie uświadomiłem sobie, że rośnie nowe pokolenie, które nie zna niuansów naszej tragicznej historii. Pokolenie, dla którego znajomość II wojny światowej ogranicza się z reguły do fabuły gry komputerowej. Zrozumiałem wtedy, że *Kryptonim Posen* powinien mieć kontynuację.

Rache... jest powieścią sensacyjną, ale równie ważne jest w niej historyczne tło. Chciałem pokazać, że triumf hitlerowskich Niemiec w Europie oznaczałby dla Polaków koniec ich obecności w dziejach. Prawdziwy *finis Poloniae*. Dzięki ocalałym z pożogi wojennej dokumentom oraz pracy historyków wiemy, jak wyobrażali sobie przyszłość Europy Wschodniej aryjscy „nadludzie". W Głównym Urzędzie Bezpieczeństwa Rzeszy już w 1941 roku powstał Generalplan Ost (Plan generalny Wschód), o którym z dumą rozmyśla na kartach powieści Obersturmbannführer Hinker. Plan, który można nazwać zakrojonym na niewyobrażalną skalę projektem czystek etnicznych w naszej części kontynentu, powstał pod kierunkiem Reichsführera ss Heinricha Himmlera. Zakładał częściowe wyniszczenie oraz wysiedlenie milionów Polaków na wschód, w okolice Uralu. Oderwanie ich od ich historycznych ziem, wykorzenienie i wynarodowienie. Mieli stać się masą posłusznych niewolników, którzy ledwie potrafią liczyć do stu. Mieli egzystować gdzieś na obrzeżach Rzeszy w charakterze bezwolnej, nieświadomej swojej tożsamości siły roboczej.

W miejsce Polaków, Żydów (przeznaczonych w niemieckich planach do bezwarunkowej likwidacji), Rosjan i innych narodów słowiańskich — uważanych przez kierownictwo III Rzeszy za „element bezwartościowy" — napłynąć miały miliony niemieckich osadników, którzy raz na zawsze zmienią oblicze tych ziem. Na kartach *Rache...* obserwujemy konsekwentną, bezwzględną realizację tych zamierzeń przez okupantów. Poznań jest już niemieckim Posen, za chwilę powstanie tu Uniwersytet Rzeszy, a ludność mówi głównie po niemiecku. W takich ponurych okolicznościach polska Armia Podziemna przystępuje do ostatniej akcji. Konspiratorzy są jednak świadomi, że to tylko dramatyczna demonstracja.

Historycy odnotowali co najmniej kilkadziesiąt zamachów na Adolfa Hitlera. Wszystkie były nieudane. Najbardziej znany — i brzemienny w skutki — został przeprowadzony 20 lipca 1944 roku w Wilczym Szańcu w Kętrzynie przez pułkownika Clausa von Stauffenberga. Na szczególną uwagę zasługuje próba zamachu podjęta przez polskie podziemie już 5 października 1939 roku — a więc zaledwie tydzień po kapitulacji stolicy. Führer odbierał wówczas „defiladę zwycięstwa" w Alejach Ujazdowskich. Gdy po defiladzie ruszył w objazd po zdobytej Warszawie, w przykrytym deskami wykopie przeciwczołgowym w okolicy budynku Dyrekcji Kolei (w tym miejscu stanął po wojnie Komitet Centralny PZPR) czekało na niego pół tony trotylu. A jednak Hitler przejechał limuzyną niezagrożony. Tylko dlatego, że odpowiedzialny za zdetonowanie trotylu major Franciszek Niepokólczycki nie dotarł tego ranka na miejsce akcji. Kilka godzin przed uroczystością Niemcy zamknęli bowiem kluczowe ulice i ładunek okazał się bezużyteczny. Zupełnie tak samo jak bomba przygotowana w mojej powieści przez Ślepego Antka...

Choć większość bohaterów tej książki to postaci fikcyjne, warto wspomnieć, że Ślepy Antek jest bohaterem prawdziwej historii. Antoni Gąsiorowski, przed wojną juchta eki z Chwaliszewa, był woźnicą. W nocy z 20 na 21 lutego 1942 roku miał wielki udział w sukcesie akcji „Bollwerk" — w spaleniu niemieckich magazynów w porcie rzecznym nad Wartą. Był twardy do końca. Podczas przesłuchania w siedzibie Gestapo — mimo związanych rąk — rzucił się na jednego z prześladowców i przegryzł mu gardło. Zapłacił za to śmiercią.

Nie jest tajemnicą, że okupacyjny Posen w mojej książce jest wzorowany na mieście z okresu prawdziwej okupacji hitlerowskiej (choć w kilku elementach zawierzyłem własnej wyobraźni). Niemieckie nazwy ulic Poznania zaczerpnąłem z autentycznego planu okupowanego miasta z 1940 roku. Większość lokali, knajp i hoteli występujących w *Rache...* istniała naprawdę — przynajmniej w niemieckiej książce teleadresowej miasta Posen z 1941 roku. Hotel Ostland, w którym mieszka Kriminaldirektor Otto Weiss, to przedwojenny hotel Rzymski. Gestapo urzęduje w mojej powieści w dawnym Domu Żołnierza przy Ritterstrasse 21A — dokładnie tak samo, jak to było podczas okupacji. A kiedy volksdeutsch Bombke dzwoni do Obersturmbanführera Hinkera, wykręca autentyczny numer telefonu centrali poznańskiego Gestapo: 82 61. Numer, który w okupowanym Poznaniu budził grozę.

Z prawdziwej historii zaczerpnąłem wiele innych motywów: na przykład powieściowy Gauleiter Kralle urzęduje w zamku cesarskim — tak jak Arthur Greiser, prawdziwy namiestnik Rzeszy w Kraju Warty. Warto pamiętać, że zamek ten był w trakcie II wojny światowej przebudowywany na jedną z oficjalnych siedzib Adolfa Hitlera. W prawdziwej historii wódz III Rzeszy nigdy oficjalnie nie odwiedził jednak swojej przyszłej kwatery w Poznaniu. Nie zdążył, bo... na szczęście przegrał wojnę o Europę.

Piotr Bojarski